梦旅回眸

邹靖方短篇通讯集

CNS
湖南人民出版社

图书在版编目（CIP）数据

梦旅回眸：邹靖方短篇通讯集 / 邹靖方著. —长沙：湖南人民出版社，2017. 12

ISBN 978-7-5561-1869-4

I. ①梦… II. ①邹… III. ①通讯—作品集—中国—当代 IV. ①I253

中国版本图书馆CIP数据核字（2017）第313695号

MENGLÜ HUIMOU ZOU JINGFANG DUANPIAN TONGXUN JI

梦旅回眸——邹靖方短篇通讯集

著　　者　邹靖方
责任编辑　廖　忠
装帧设计　胡　子

出版发行　湖南人民出版社［http://www.hnppp.com］
地　　址　长沙市营盘东路3号
邮　　编　410005

印　　刷　长沙安溢印务有限公司
版　　次　2017年12月第1版
　　　　　2017年12月第1次印刷
开　　本　890 mm × 1240 mm　　1/32
印　　张　12.25
字　　数　287千字
书　　号　ISBN 978-7-5561-1869-4
定　　价　68.00元

营销电话：0731-82683348（如发现印装质量问题请与出版社调换）

序

年纪轻轻，刚做几年新闻，就出起专著来，真有点令人不敢置信。然而，案头上这叠书稿，每篇的分量却都是沉甸甸的，有血有肉，且全部在省委机关报——《湖南日报》上发表过。

事实，不禁让人感叹：后生可畏！

作者靖方，从小就混迹在新闻人堆里。他父亲就是做新闻的，从地方通讯员一直做到《湖南日报》专业记者。靖方身边的叔叔阿姨都是耳熟能详、名声在外的新闻人。耳濡目染，使他深深爱上了这份“爬格子”的事业，当一名新闻工作者成了他人生的梦想。考大学时，他毫不犹豫填报了新闻专业，2010年大学毕业，恰逢《湖南日报》公开招聘编辑记者，在400多名应试者中，靖方初生牛犊不怕虎，以名列前茅的成绩，如愿以偿进入《湖南日报》经济新闻部，成为一名名副其实的记者。

心中有梦，做起事来就会充满激情，朝着梦想目标去追求，脚踏实地，勇往直前。书稿中的这些作品，正是作者追梦路上的足迹。

靖方所处的时代，正是全国上下为实现中华民族伟大复兴中国梦而努力奋斗的时代。伟大时代需要伟大精神凝聚人心。靖方作品中的人物，以劳模、工匠为主体，如“中国智造”追梦人曾艳梅，电网“铁人”周智勇，跨出国门闯天下的李雪江，梦随炉火旺时圆的炼焦工刘唐清，铣床边冒出的“数控专家”杨芳，敢动专家图纸的镗工牟密，“枪王”邹亮，名扬神州、技惊海外的电焊工易冉，手握8项专利的“工人发明家”徐仲维，“雕”出现代创意的非遗传承人杨奇尚，“修车就像医生治病”的汽车修理工胡元波，毫厘之间抖绝活的钳工陈文斌，12年磨一“轮”的石东飞，乃至“最美养路工”龙运跃，“最美马路天使”刘银珍，31年与精神病患者打交道的“妈妈”护士长曾韵华，九嶷山下的播富使者柏劲松，不出车间、两年走完“长征路”的纺织挡车工龙吉珍，等等。这些看似平凡的人物，心系国家，胸有情怀，爱岗敬业，精益求精，在生产车间、医院病房、建筑工地、乡村田野，在许许多多的平凡岗位上，干出了不平凡的事业，创造出了骄人的业绩。他们的身上无不体现出以爱国主义为核心的民族精神和以改革创新为核心的时代精神。靖方倾情运笔，用心讴歌，以其感染人、鼓舞人，凝心聚力为实现伟大梦想而不懈奋斗。在这一件件彰显精神力量的作品中，靖方个人的新闻梦与中华民族伟大复兴的中国梦紧紧地融为一体。

有梦难能可贵，圆梦得靠笃行。新闻作品体裁众多，论其写作，通讯颇难，其中短通讯更难，而靖方偏向难处着力，呈现给读者近100篇作品均为短通讯。他深知，彰显精神力量的作品，首先得可信可读、亲和感人，方能起到“团结人民，鼓舞士气”的作用，收到“成风化人，凝心聚力”的功效，文字精简、语言生动又兼具细节、情节的短通讯自然成为首选。采写短通讯作品，必须到基层、到一线、到现场，面对面甚至深入人物的内心世界去把握细节，捕捉“闪光点”，寻访心路历程。这意味着要花更多的时间和精力，这在一个“信息爆炸”“新闻快餐”的时代，没有理想情怀，没有宁静的心态，没有踏实的作风，是不可能做到的。靖方思敏言讷、憨厚实诚，看准了的事，就脚踏实地，坚毅前行。书稿的字里行间，你仿佛看到：数九寒天，他踏着冰雪出行；盛夏酷暑，他挥汗如雨采访；荒山野岭，他与电力工人一道忙碌；崎岖邮路，他和投递员携手飞奔。艰苦深入的采访，精雕细刻的写作，使这部书稿中的作品，虽谈不上字字珠玑，篇篇锦绣，却无一不沾着泥土，带着露珠，飘着油香，冒着热气，亲和力、感染力力透纸背，跃然纸上。

梦旅回眸，呈现的是作者 7 年的追梦足迹。7 年，无论是人生里程，还是新闻生涯，都只是短短的一段，刚过而立之年的靖方要走的路还很长。捧读这部书稿，我既为作者纯朴的情怀感到欣慰，又深信，作者在漫长的新闻生涯中，定会牢记职责使命，发力前行，奋发有为，写出更多有思想、有温度、有品质的新闻作品，在追梦路上留下更坚实更闪光的足迹。

湖南日报社党组成员、副总编辑　邓献忠

2017 年 10 月于长沙

目　录

劳模风采篇

湖湘工匠篇

励志图强篇

相关链接篇

梦旅回眸

邹靖方短篇通讯集

劳模风采篇

“中国智造”追梦人

——记“全国五一巾帼奖章”获得者、中车株机高级工程师曾艳梅

【专家点评】这是一篇写专家的通讯。所不同的是，用了更大的篇幅、更铁的事实、更过硬的数据。这样写出的主人翁，也就显得更高大。新闻标题是新闻的门面、招牌，是新闻的精华所在。这篇通讯的标题给读者先入为主的感觉，讲述主人翁追梦的经历、奋斗的故事，标题本身就具有可读性。作者撷取其忙碌的一个场景作为导语，使读者在阅读中产生共鸣，体现了积极的舆论导向，具有简短、明晰、生动等特征。

4 月 28 日下午，在中车株洲电力机车有限公司转向架生产车间，记者看到一位眉目清秀的中年女子，不时钻进转向架底部，聚精会神地用仪器测量工件的部位，并随时记录测量数据。正在忙碌的，就是中车株机转向架设计专家、高级工程师曾艳梅。

曾艳梅 1999 年进入中车株机，从事轨道交通车辆转向架设计工作 18 年。转向架是轨道交通车辆的核心系统，其重要性和

作用类似于汽车底盘，质量和性能直接关系到车辆行驶安全和乘坐舒适度。

曾艳梅作为核心技术人员申报的发明专利“轻轨车辆及其铰接式转向架”，获第十八届中国专利金奖、授权专利30项、湖南省科学技术进步奖3项、中国中车科学技术奖2项。她由此当选中国中车首届“技术专家”。今年2月，她还荣获“全国五一巾帼奖章”，全国仅10人获此殊荣。

她主持设计的120千米/小时速度级A型地铁转向架，通过湖南省科技成果鉴定，居国际领先水平。

“小事做不好，肯定干不成大事”

刚参加工作时，曾艳梅从事的是转向架系统中很不起眼的“扫石器”研究工作。当时还有人为她鸣不平，认为是大材小用。

“小事做不好，肯定干不成大事，小事大事都要用心去做，都需要有智慧。”曾艳梅并不认为自己的工作不重要，重要的是能不能发挥自己的聪明才智，把事情做好。她接到任务后，全身心投入研究工作。

其实，当时的中车株机在轨道交通车辆制造方面，扫石器还是沿用舶来的部件，自己没有系统的技术和成熟的产品。

曾艳梅接受这项研究任务后，不到半年，不仅拿出了产品的全部设计图纸，还制订了这项研究技术的系统方案。从那时开始，中车株机的扫石器的制作全都是采用曾艳梅的技术。

扫石器技术研发，其实非人们想象的那么简单。扫石器的功能好坏，直接影响到转向架重要部件的正常运转。“扫石器与转向架不配套，就会导致行车事故。”曾艳梅这根弦一直绷得很紧。

研发之前，她曾查阅过上千种资料和世界上许多轨道交通事故与扫石器有关的案例，在吸取教训和借鉴成功经验的基础上，她先后设计出10多种方案，并将这些方案放到现场进行实物制作，与制作系统的专家一同论证与选择，从中找出适合多种转向架工作的最佳设计和制作方案。

如今，她设计的扫石器，已随着中车轨道交通车辆遍及全国，并进入世界数十个国家和地区。至今，这些车辆没有出现一例因扫石器质量问题引发的行车事故。

由于早有追梦“中国智造”的准备，曾艳梅在研发扫石器的同时，便开始熟悉和掌握转向架的结构、性能、作用等技术参数。在自己还没有被明确研发转向架课题前，就打起了“提前量”，利用工余时间，制订了多个研发转向架设计方案。21世纪初，她主动请缨，承担这一核心技术的研发。

为了尽可能多腾出时间来搞研发，曾艳梅把“家”直接搬到了离办公室最近的单身公寓，除了睡觉全泡在办公室。经过艰苦努力，项目比原计划提前1个月完成。

该项目是国内第一个速度最高的B型地铁转向架。其研制成功，摆脱了公司在地铁车辆转向架方面长期依赖跨国公司的局面，使公司具备了B型地铁转向架自主创新的能力，实现了中国地铁高速转向架技术“零”的突破。

“制造是基础，智造是关键，取胜靠的是技术含量”

“中国的轨道交通车辆若要长期引领世界，制造是基础，智造是关键，取胜靠的是技术含量”，曾艳梅在谈到国际市场竞争时，这样评价核心技术的价值。

作为轨道交通车辆最核心技术之一的转向架技术，是世界各国轨道交通厂商关注的焦点。

在转向架技术领域，拥有优于竞争对手更多的发明专利、更广泛的适应性和先进性，就能立于不败之地。

面对激烈的国际市场竞争，曾艳梅的脑海中，始终想到的是要使转向架这项核心技术和产品，时刻优于竞争对手。

几年前，公司参与欧洲某国一个城际轻轨的大项目竞标，业务量达 10 多亿元。

由于轻轨车辆须在城市复杂的地形与狭小且不规则的空间运转，对转向架的设计有诸多难以想象的特殊要求。

同时参与竞标的多家国外大型轨道交通厂商，由于在转向架核心技术上无法响应标书，都自动退出了竞标。

中车株机对这一项目却底气十足，转向架核心技术优势明显，毫无争议地竞标成功。

曾艳梅和她的团队对这种特殊转向架技术，早有系统研究，技术储备充足。

他们围绕“小曲线通过能力”“抗侧滚扭杆装置”等技术特点设计转向架，成功攻克了轻轨车辆及其铰接式转向架运转的科研课题。

曾艳梅团队自主研发出的这一成果，获得发明专利后，已广泛运用到城际轻轨车辆生产领域。

至 2016 年底，采用该发明专利技术的车辆 129 列车，使用转向架 1479 台，该项专利产业化带来的直接销售收入达 30

亿元。

经过十多年的磨炼和积累，曾艳梅先后顺利主持完成多项轨道交通车辆转向架设计项目，其中包括100千米/小时速度级A型、B型地铁车辆转向架，城市轨道交通蓄电池电力工程车14吨轴重两轴转向架，大功率交流传动电力机车转向架，哈萨克斯坦机车转向架，Ⅱ型、Ⅲ型动力集中动车组转向架，马其顿动车组非动力转向架，等等。她主持研发的技术和产品，已为公司形成收入53亿元。

而且，通过其技术辐射，带动了我国钢铁、齿轮传动、电机等10多个产业的发展，有力支撑了经济发展和国家“走出去”战略的实施，创造了重大的经济效益和社会效益，为中国轨道交通走向世界立下了赫赫战功。

“众人拾柴火焰高，技术研发更是如此”

“众人拾柴火焰高，技术研发更是如此。”曾艳梅在转向架技术研发中，特别注意集思广益，善于集中团队的智慧。对每一个研发课题，都会召开多次“诸葛亮”会，让大家充分发表意见，献计献策。

自主研制转向架初期，一款地铁转向架所需钢材把他们难住了。当时生产转向架的钢材，是从德国进口的，采购成本昂贵，曾艳梅决定从国内市场找材料。她带领自己的团队，花了近两个月时间，足迹遍布省内外各大钢材市场。

她和团队成员像大海捞针一样，终于选出了10多种参数可能达标的钢材，再按照性能参数、焊接工艺一一对比，最后硬是把那根匹配的“针”给捞了出来。

前不久，正式通车的埃塞俄比亚—吉布提铁路运行的列车，是中车在非洲承接的一个重大项目，其列车使用的转向架，全部使用的是株机曾艳梅团队研发的产品。

由于项目地处非洲境内，高温、沙漠、山地等恶劣自然环境，对轨道交通车辆的转向架在技术上的要求特别高。为了研制出适应非洲环境的特殊转向架，曾艳梅和她的同事，进行了多次有针对性的考察调研，充分把握内部环境和外部环境的特殊性。

在此基础上，曾艳梅参考各种考察资料和数据，无数次召开技术研讨会，制订研发方案，他们根据国内高原电力机车转向架的技术参数，并针对该项目大轴重、高温、高原及沙漠运行等特殊要求，对其进行优化及适应性设计，量身设计了“耐热型”大功率电力机车转向架。

已交付使用的埃塞俄比亚机车，产品质量可靠，动力学性能优良，是非洲第一款运营速度最高为120千米/小时、轴重最大为25吨的六轴机车。该车辆投入使用，将埃塞俄比亚与吉布提两地的货运时间，由原来的3天缩短为12个小时。

其转向架在运行过程中显示出特有的设计优势和针对性极强的特点，深受国外专家和同行的好评。

“不经一番寒彻骨，怎得梅花扑鼻香。”曾艳梅，犹如一株傲霜斗雪的梅花，在中车人实践“中国智造”的征途上，砥砺前行，让自己的青春和智慧，散发出醉人的芳香。

（载2017年5月1日《湖南日报》第1版）

“匠”心独运

——记“全国五一劳动奖章”获得者、中交二航局益阳项目部桥梁工程师李志成

【专家点评】不足千字的短文，写出了一位桥梁工程师的“工匠”风采，显示了作者以短通讯写活人物的坚实功底。作品的成功之处在于：不“穿靴戴帽”，不写言之无物的套话，少用或不用烦琐而费解的专业术语，直接用事实表述主人翁的不同寻常。

他是一名普通80后桥梁建设者，在从业的10余年时间里，从未停止对工匠精神的追逐，一步一个脚印地朝着自己的工匠梦想前进。

他就是“全国五一劳动奖章”获得者、中交第二航务工程局有限公司（简称二航局）益阳项目部桥梁工程师李志成。

2003年，李志成从长春工程学院毕业，选择了“四海为家、拼搏奉献”的二航局，并直接上了工地。

刚开始，李志成很不习惯，施工现场的高温酷暑，无数次“敲击”着他的梦想。

随着李志成的专业知识与现场管理能力日益增长，在岗位上有了独当一面的能力，他被破格提拔为桥梁主墩技术主管，负责江苏淮安五河口大桥主墩桩基施工。

通过努力，他所负责的46根超百米大直径孔桩的主墩桩基施工全部按时完成，经检测均为高质量的I类桩。

“工匠，不但能干脏活苦活，更要能干高难度的技术活”，李志成用自己的理解表达工匠精神。

2010年，由李志成负责技术的湖南赤石特大桥项目，集规模大、科技含量高、技术复杂、安全管理难度大于一身，是当时同类型桥梁中排名世界第一的高墩多塔斜拉桥。

山区大体积混凝土施工期水化热温控施工、超重挂篮的设计与施工及安全防护、高空主梁施工等施工技术，在当时都是世界级的技术难题。

为攻克这些难题，李志成团队发明一种“下放架”的工具去辅助钢筋笼的下放工作。研发的过程十分艰辛，无数次将李志成推到放弃的边缘。

可了解李志成的人都知道，越是这个时候，李志成越不会放弃。经过反复试验，他终于研发出了一种用于桩基钢筋笼安装的下放架，并成功投入生产。该发明解决了山区桥梁桩基施工中起重设备无法满足吊装作业的难题，并获得了2012年国家实用新型专利。

从此，李志成团队一发而不可收，先后研发出“大体积混凝土施工水化热温控装置”“索导管管口中心定位装置”等。5年时间，他获得了13项国家实用新型专利与2项发明专利。

（载2016年5月10日《湖南日报》第4版）

焊花照亮人生

——记“全国五一劳动奖章”获得者、南车长江车辆株洲分公司电焊高级技师易冉

【专家点评】 新闻业内人士曾说，大人物的小事是新闻，小人物的大事更是新闻。对于这点，作者不仅认同，而且把握得非常到位。本文的主人公，是个刚刚30出头的电焊女工。但别看她年纪轻轻，干的是非常普通的工种，可“在电焊技术领域，早已誉满神州，技惊海外”，曾多次夺得全国技术比武和国际大赛冠军。文章围绕主人公快速成才连创奇迹和把自己的绝活毫无保留地传授给同事等事迹，有层次、分先后布局谋篇。而每个章节，除重点内容外，在逻辑上与下个章节的内容形成连环式结构，上节内容为下节内容铺垫，下节内容为上节内容延伸，纵横衔接天衣无缝。文章开头一改传统方法先抑后扬，令人耳目一新。

人们心目中的劳模，总是阅历深，满脸沧桑。刚过而立之年的易冉，却截然相反，年轻貌美，面若桃花，举止文静，如不在车间，不戴头盔，看上去就是一个大家闺秀。

可谁都没想到，正是这位连说话都很腼腆的姑娘，在电焊技术领域，早已誉满神州，技惊海外。

岗位快速成才接连创下奇迹

今年32岁的易冉，21世纪初从武昌一所专业技校毕业后，被顺利地招工进了南车集团。

进入南车集团，几乎是每一个年轻技工梦寐以求的愿望。这里是我国列车设计、生产的心脏，也是世界列车研发之都。人才辈出，尖端技术与产品辐射全球。

当时的易冉，心情格外舒畅，加上俏丽的外表，供她挑选的专业有10多种，因她还有较强的写作功底，集团的一些管理部门也向她抛出了橄榄枝。

然而，在挑选岗位时，易冉的志愿栏里只填了唯一的工种：电焊工。

外秀内强的易冉，天生有股“敢为人先”的韧劲，在岗位快速成长方面，连续创下奇迹。

2000年8月，易冉刚满18岁，也正是她下车间的整整一个月时间。当时，株洲市举行一场省级青工电焊技能大赛。车间主任们正为找不到合适选手而犯愁。

“让我去试试”，易冉毛遂自荐，闯进了车间主任们的会议室。突如其来的黄毛丫头，着实让主任们吃了一惊。

此时的易冉，面对大家疑惑的目光，不慌不忙地搬出了几条理由，翻来覆去好说歹说，反正要请缨出征。

她的执着与韧性，很快打动了在场的主任们。这次比武，易冉技压群芳，在30多名选手中脱颖而出，一举夺得了第三名。

其后连续3年，她代表公司多次参加省内和全国各种技术比武，每次都是满载而归。她本人也在3年内实现了从技术“铜星”“银星”到“金星”的名誉跨越。

2011年“嘉克-LVM杯”国际焊接大赛在德国吕内堡举行，易冉作为中国代表队顶级选手出征。她在电弧手工焊“平、立、横”3个项目的竞赛中技惊四座，折服了在场的所有专家和焊接高手，一举斩获赛场最高奖项“特别奖”，被德国媒体亲切称呼为“电焊花木兰”。

如今的易冉，已经是焊接领域的高级技师、国际焊接师、株洲市节能大师。据调查，她这种奇迹般的嬗变，仅仅用了6年时间，在我国电焊界绝无仅有。

电焊工不吃苦想出成绩是假话

“她最大的长处就是苦干”，对于易冉的快速成才，她的恩师杨卫东一口否决“电焊天才”的说法。

杨卫东对这个女徒弟，首先并不太上心，总觉得电焊是男同胞的事，“女人能干，但并一定干得长，干得好”。他压根儿也没有把易冉当成自己技术的接班人。

可易冉以自己的行动使杨卫东改变了看法。

一次出差回来后，不断有人跑到杨卫东面前告易冉的状：“你那女徒弟太折腾人了，一天到晚缠着我们要材料。”

一打听，杨卫东才知道，在自己出差的这段时间，女徒弟打着他的旗号，到处找人要焊接工具、原材料，没日没夜扎在车间，练习师傅教给的焊接技法。

杨卫东悄悄来到车间，查看易冉焊接的产品后，对易冉发出由衷地赞叹："这丫头还真对得起这些材料。"2007年6月，公司承接澳洲FMG公司"首辆"试制任务，易冉与另外一名同事负责试制核心部位中梁，客户要求的标准是精明焊接受的最高标准。试制期间她与同事在车间连续焊接了几天几夜，每人用掉的焊条就有120多公斤。

一个星期过去，第一根中梁就以优质级水平试焊成功，澳方技术监造代表特意将这根中梁标示出来，作为检验质量的示范标本。

这次特殊任务后，因劳累过度，易冉被送进了医院。

不到两天时间，易冉便趁机溜出了医院，奔向另一个目标。

焊接工种，时刻都处在火花飞溅之中，焊接工被烫伤的事时有发生。

"请问您被烫伤过吗？"当记者这样提问时，易冉没有直接回答问题，她摘下防护眼镜，指着自己的鼻梁骨："这就是上个月打下的烙印。"仔细一看，豆大的疤痕明显可见。

"老的疤痕时间一久，会慢慢变淡，但新的又会加进来"，易冉边说边捋起袖子，从手掌手背一直到手肘部，大大小小的伤疤就有10多处。

一有难题她的脑子就会转起来

"脑子转得快，技术上的难题，她总会想办法去解决"，女子焊工班的前班长欧清莲这样评价易冉。

2006年，公司投产时速120公里的新型C70敞车，该车型车底架与侧墙采用横焊工艺，一开始出现未熔合缺陷，比仰焊还难掌握。

易冉通过几天的现场观察与查询资料发现，主要原因是温度未控制好，她采用斜圆圈摆动手法控制温度平衡，不使铁水下坠，尝试成功后在生产线推广，操作时间由 90 分钟缩短到 30 分钟。目前，该车成为国内市场主流车型，产值达数十亿。

易冉在负责 C80BH 新型载重高速不锈钢敞车试制期间，经过反复试验，发明了一种“小摆快频仰角焊法”，焊缝药皮全部翘起脱落，焊缝成型十分完美。这一成果，获得国内外专家一致肯定，目前，已在全国电焊岗位普遍推广。

易冉的无私在于把绝活倾囊相授

有人说，竞争社会，“教会徒弟，饿死师傅”，可易冉从不这样认为，“团队要靠大家，一个人成不了气候”。

易冉把恩师传授给她的那些绝活，加上自己 10 多年打拼出来的成果全部编成技术小册子分发给车间的每个同事。

易冉工作才 10 多年，可她带的徒弟遍布全公司 12 道焊接工序岗位。而她这些徒弟中，几乎每年都有人晋升电焊高级技师。

她每获得一项成功技术，总会手把手地教给身边的每个徒弟。

“小摆快频仰角焊法”这一关键技术成熟的当年，易冉便不断组织现场演示，讲解技术内容、操作要领。

有一次演示，师傅杨卫东也在场，看到爱徒将核心技术毫无保留地传授给大家，心里有说不出的开心。

据公司技术部门统计，近 3 年来，易冉带领大家先后攻克

20多项焊接技术难题，全面推广成熟标准技法12项，在焊接上为南车走向世界提供了强大的技术支撑。

13年了，易冉把一个女孩子最美丽的13年，献给了她所钟情的电焊事业，耀眼的焊花照亮了绚丽人生。她也因此获得“湖南省三八红旗手”“湖南省劳动模范”“全国五一劳动奖章”等一系列殊荣。

“焊花在我眼中是有生命的，它代表着磨难，也预示着希望，焊枪点击出绚烂火花照亮着我的人生”，易冉这样评述自己的这份工作。

易冉还很年轻，前方的路还很长，很宽敞，相信发生在她身上的奇迹也会更多。

（载2014年5月1日《湖南日报》第1版）

“这个丫头不简单”

——记“全国五一巾帼标兵”、中建五局项目总工程师许宁

【专家点评】有志不在年高，一个80后的姑娘担任了3个重大项目的总工，作者感到惊讶。带着几分不解，寻访了这位巾帼英雄。“在一处密密麻麻的脚手架下，许宁蹲在地上，十几名男子围在她身边。许宁在摊开的图纸上指指点点，旁边的人不停点头。”看到这一场景，作者顿时意识到她的分量。深入采访发现，她手头的3个工程，规模都在几十亿至上百亿元之间，每个项目都被她摆弄得井井有条，连现场监理都夸她“这个丫头不简单”。出于钦佩，作者从表现她的能力这个角度写下这篇通讯。内容分三个方面，不仅紧扣主题，行文也充满激情。

80后姑娘担任3个项目总工

许宁，一个混在建筑工地“男人堆”里的女性，名不见经传，如今，却成了响当当的“全国五一巾帼标兵”。

“五一”前夕，记者带着几分钦佩，寻访了这位 80 后“巾帼英雄”。

长沙市河西交通枢纽项目现场，在一场春雨的冲刷下，暂别了往日的尘雾与喧嚣，中建五局的醒目招牌，在绿水青山的衬托下，显得格外明亮。年轻的许宁，就是这个“巨无霸”项目的总工程师。

在一处密密麻麻的脚手架下，许宁蹲在地上，十几名男子围在她身边。许宁在摊开的图纸上指指点点，旁边的人不停点头。

许宁尽管讲话声音低沉，在一群膀大腰圆的大老爷们面前略显娇小，但毋庸置疑，在他们中间她是个有分量的人物。

2007 年，许宁从长沙理工大学结构专业硕士研究生毕业进入中建五局。当时局领导考虑：许宁是硕士高才生，放到公司的科研所比较合适。

听到这个消息后，许宁赶快写申请，坚决要求上一线工地。申请中最刺激领导的是：“别小看我们这些 80 后的娃娃兵，不会给集团丢脸的。”

“有志气！应该尊重年轻人的选择。”许宁的意愿得到了集团党委书记周勇的肯定与支持。她如愿以偿来到了建筑工地。

6 年时间，她先后干过哈大高铁、长沙音乐厅、通用时代、河西交通枢纽等多个大型和特大型工程。其中，河西交通枢纽工程，是全国目前统一启动的 17 大交通枢纽工程中投资最多、规模最大、任务最艰巨的工程。

短短 6 年时间，许宁从技术员、项目工程师到副总工程师、总工程师。一段时间，她还同时兼任了长沙音乐厅、通用时代及河西交通枢纽工程3个项目的总工程师。

"她是我们建筑领域的铿锵玫瑰"，面对记者，中建五局董事长鲁贵卿这样评价许宁。

监理心服口服："这个丫头不简单"

初到哈大高铁项目时，项目部租住在铁岭农村。

房子窗户小，没电扇，6个女孩子挤在一间房内，饮用水重金属严重超标，时间一长，身上都长满了斑点。同去的5个女孩，先后都"打道回府"了，唯一留下来的只有许宁。

她与另外2个男同事，白天到玉米地勘探，晚上看图纸、做方案，从来没有在凌晨2点前睡过觉。

3个多月下来，本来就偏瘦的许宁，竟掉了10多斤肉，人也被烈日烤成了"黑珍珠"。

起初，现场监理对她的专业技术还有怀疑，有意问她一些技术性难题，可她每次不但没有被考倒，回答问题往往还出人意料的圆满和富有创意。监理心服口服："这个丫头不简单!"

通用时代是许宁首次担任总工的项目。她看过设计方案后，发现方案没有考虑红线之外的地质因素。在对周边地质进行详细调研后，许宁发现两个大的施工隐患，如不修改方案，后患无穷。

参与评估的10多位专家对许宁的意见一致肯定。方案修改后，消除了施工隐患，也节约了一大笔施工费用。

结合工作搞科研，已成了许宁的习惯。许宁说："建筑工地是宝库，科研成果顺手捡，不捡白不捡。"

她在任长沙音乐厅项目总工时，就"捡"到了"基于声学模拟与热环境模拟的音乐厅工程建设关键技术研究”“窄截面混凝土结构纵向施工缝或后浇带组合钢模板体系施工工法”两大系列 6 项成果，分获湖南省建设厅、湖南科技厅立项和工法评奖，首开中建五局在建项目成果立项和工法评奖之先河。

6 年时间，许宁从建筑工地“捡”回的科研成果有一大串：2 项国家专利、2 项中建总公司 QC 一等奖、1 项国家级 QC 成果、3 项工法通过省级鉴定；在国家核心期刊上发表论文 5 篇，省部级刊物 3 篇，完成课题过程报告 11 篇。

12 次过家门而不入

“比男人还男人”，是同事们对她行事作风和能力的概括，更是对这个年轻女性敢于面对恶劣的工作环境，困难面前迎难而上、机智果敢的高度赞誉。朝朝暮暮，伴随许宁的都是混凝土、脚手架。作为独生女，她一年到头都难得回家一趟。

2011 年，许宁手头有两个重点工程，无法分身，她曾 12 次过家门而不入。

这年冬天，许宁的父亲遭遇交通事故住院，因实在放不下手头的工作，父亲住院 10 多天，她仅去过一趟医院。在工地，夜深人静的时候，许宁落泪了。

“唯一感到愧疚的是亏欠父母太多”，许宁说，为了圆梦，自己无怨无悔，相信父母也能够理解。

许宁在成长，铿锵玫瑰，正在绽放。

（载 2013 年 4 月 29 日《湖南日报》第 2 版）

电网“铁人”

——记国家电网益阳供电公司配电运检一班班长周智勇

【专家点评】一提到铁人，人们会想起全国劳模王进喜，也自然会想起他“宁肯少活 20 年，也要拿下大油田”的豪言壮语。了解周智勇的事迹后，作者很快意识到周智勇就是当代的电网“铁人”。在采访中，作者始终围绕“铁人”这个中心词挖掘和组织材料。通过周智勇在 40 摄氏度的高温下，连续工作 30 个小时，突发心脏病，休克超过 1 小时，经过 14 次电击才恢复心跳，醒来第一反应是要去现场抢修等感人事迹的描述，将一个用生命诠释责任的电网“铁人”形象呈现在读者面前。同时，通过周智勇勤学苦练、精通业务，成为管辖范围的“活地图”和敢于创新，获得许多新成果等业绩，来歌颂主人公的毅力与坚持，来赞美这位当代“铁人”超强的综合素质和崇高的奉献精神。全文近 4000 字，主题集中，层次分明，详略得当。同时，用丰富的细节描写凸现人物性格，文章可读性很强。

2013 年 12 月 24 日上午，2013“感动中国之感动湖南人物”评选揭晓，国家电网益阳供电公司周智勇以一个普通电力职工的身份和感人的职业操守赢得众多选票，当选“感动湖南十大人物”。

周智勇，48岁，共产党员，益阳供电公司配电运检业务部配电运检一班班长。

2014年1月24日是农历腊月二十四，南方过小年，记者在益阳市铁秀线大桃路见到正在这里巡查的周智勇。

周智勇头发斑白，看上去比实际年龄大，一身蓝色工装，洁净朴素，本来就不善言辞，加上大病初愈，说起话来明显不利索。记者问他为什么不好好休息养好身子，他说要过年了，用电是大事，每天到班里看看，去自己负责的线路上走走，心里安稳。

累倒的“铁汉子”

2013年8月26日。早上5时，周智勇就到了工地，直到晚上9时多才收工回家。刚到自家楼下，周智勇突然胸口剧痛，大汗淋漓，倒在方向盘上。

他竭尽全力才打通妻子的电话，妻子赶紧叫来同事，把他送往医院。

到医院不久，周智勇病情加剧，一度呼吸停止，心跳全无。医院紧急抢救近1个小时，电击14次，周智勇才缓缓恢复微弱的呼吸和心跳，但仍处于昏迷状态。无论前来探望的亲人、同事怎么叫他，都没有任何反应。

两天后，副班长徐国春来看望，冲他喊：“周智勇你快起来，有抢修任务了，班里这么多事，你还躺在这里!”话音刚落，奇迹出现了，周智勇有了知觉，脑袋摆了摆，手抖了几下，来探望的班员们眼泪夺眶而出，“我们的班长，这个样子了，还对工作念念不忘！”

“自迎峰度夏以来，他就一直连轴转，班长的病是活活累出来的！”徐国春说。

2013 年的夏天，是湖南电力部门历年迎峰度夏最艰难的，持续 2 个月的晴热高温天气，对设备、对人员都是严峻的考验。

配电运检业务部主任刘卫华坦言：“不要说周智勇这些一线员工没有周六周日，甚至没有白天黑夜，工作到凌晨是家常便饭，就是我们管理人员有时跟着跑一下，都感觉受不了。”

当年 7 月 25 日，室外气温高达 40 摄氏度。赫山区桃花仑街道姚家湾村，台区低压电缆烧断，300 余户人家停电。置换新电缆，必须从居民家的墙壁上通过，但老百姓不同意。周智勇一直在现场协调、指挥，最后确定挖开水泥路面，开设一条电缆沟。

当晚，他忙到凌晨 4 时多回家。第二天 7 时 30 分许，他就早早地赶到了现场组织施工。连续 3 天，每天如此。抢修完工恢复送电在凌晨 3 时多，周智勇回家睡了 3 个小时不到，他记起为了安全起见需进行一次停送电操作，便一骨碌从床上爬起来赶到现场监护。

配电运检一班辖区内的用电户有将近 6 万户居民，700 多台公用变压器，400 多公里的高压电缆，500 多台专变用户。迎峰度夏的 60 多个日日夜夜，周智勇有记录的参与出警近 400 次，现场监护 24 次停电倒闸操作，8 轮次夜间设备测温测负荷。常常 1 天只休息两三个小时，最多的 1 天出警近 60 次。

电网“活地图”

城区配电网络如人体毛细血管，千头万绪，错综复杂。接线与接线之间纵横交错，而且每年都有新设备投产和新技术运用，要想完全掌握，几乎不可能。周智勇硬是把不可能变成了可能。同事们给他取了一个外号：“活地图。”

熟悉周智勇的人都知道，“活地图”名不虚传，无论城区范围内哪条线路、哪台开关、哪个配电箱出了故障，周智勇一到现场就能说出这里的接线方式怎样，根本不用搬出图纸东查西找。

只有高中文化的周智勇，一直摸爬滚打在生产一线。“只要听说哪里有工作，他就像蚂蟥听水响，硬是要到现场看个究竟。”正如同事王燕萍所描述的那样，每一次设备投产验收，每一次排除故障，无论这项工作是不是由他所在班组承担，他都会赶到现场，认真观察、详细记录，有不同意见时，他还会与同事争得面红耳赤。

寒来暑往，日积月累，城区庞大繁杂的供电网络周智勇已了然于心。

电力检修人常年与电打交道，无异于在刀尖上跳舞，特别需要胆大心细。周智勇因为勤于钻研，业务娴熟，无论遇到什么难事都得心应手，手到“病”除。特别是在众人犹疑不决时，周智勇一到现场总能当机立断，大胆拍板，一锤定音。

2013 年 4 月，园林苑小区因山体滑坡，一块大石压断电缆，造成小区停电。

看似简单的意外事故，对于抢修人员来讲并不是难事。处理完故障后，同事们仔细对电缆进行了试验，试验合格准备送电，周智勇示意不急：“再摇测一下！”有同事说，按照惯常操作办法，故障处理试验合格，就可以送电了，没必要再摇测，这是多此一举。

同事的忐忑质疑，终究没能动摇周智勇的坚持。大家只好再次摇测周围的电缆，果然发现了问题——前一级电缆由于线路短路时电流过大，也发生了故障，如果贸然送电，很有可能对设备造成更为严重的损坏。同事们惊出一身冷汗，心服口服地继续投入故障处理，避免了故障范围和停电影响进一步扩大。

不断创新的“土专家”

碰到难题从不绕道走，总是自己千方百计想办法，以最优的办法解决，这是周智勇的习惯性思维和一贯做法。这种习惯使周智勇在实际工作中历练成了不折不扣的“土专家”，而且是不断创新的“土专家”。

2008 年，益阳城区因为电缆入地，大力推行环网柜。由于本身设计和南方潮湿天气影响等原因，环网柜内非常潮湿，有时打开柜门，水珠唰唰往下掉，造成线路短路跳闸。

仅 2008 年城区环网柜就因潮湿跳闸达 12 次之多。

周智勇了解到这一情况后，独自开始摸索破解这个难题的办法。在多次探查现场仔细分析后，他提出了自己的改造方案：把环网柜基础由 10 厘米升高到 50 厘米，并在四周挖通风口，再嵌入百叶窗，然后将原来敞开式的柜底用防潮膜完全密封。经过这样一改造，城区配网再没有出现过因环网柜潮湿而跳闸的现象。

2013 年 8 月，一段埋在地下的电缆被施工人员挖断，造成停电。经现场勘查，大约有 5 厘米电缆被破坏。按正常的抢修模式，需要把电缆被挖断的部分锯断，加一截新电缆，再用两个电缆头与原电缆连接上。

这时，一到现场就埋头查看的周智勇大胆地提出：可以只用一个电缆头，把它由原来的 13 厘米加长到 18 厘米，多出来的 5 厘米可以填补坏掉的电缆部分。同事们将信将疑地尝试用这个方法操作，结果不仅检修成功，还节约了 1 万元左右的成本，抢修时间也由原来的 8 个小时压缩到 4 小时。这个新方法，在随后的检修工作中得到广泛运用。

据大家初步估算，近年来，周智勇主持研发的小技改、小革新达到 30 多个，每年为企业节约成本 10 多万元，大大节约了抢修时间，提升了供电可靠率。

（载 2014 年 1 月 27 日《湖南日报》第 1 版）

通信“牛人”

——记“全国五一劳动奖章”获得者、通信技术评标专家方皓辉

【专家点评】 这篇通讯的特点在于它的结构。作者紧紧扣住主人公的“牛”来布局谋篇。作者思索更多的是通过哪些素材和事实来体现主人公的“牛”，于是几个不同方面的事例，构成这篇通讯的几个层次，也就是文章的结构。方皓辉是个“全才”，岳阳局各方面的事情他都干过，经历的事情也就很多。作者对已掌握的材料作了取舍，最终选定能有力说明“牛”的3个事例逐一展开。用“不守本分”说明他干好“分外”事的“牛”，用“胆大包天”体现他另一种“牛”，用“料事如神”说明他“牛”出了大名声。3个层次，干净利落，“牛人”的形象就这样清晰地呈现在读者面前。

已近知天命之年的方皓辉，中等身材，看上去，文质彬彬，一介书生模样。

但在通信行业，他并非等闲之辈，说起方皓辉的名字，熟

悉他的都会竖起大拇指："真牛！"

"牛人""牛"在哪里？其实是"牛"在通信行业及联通系统内部高超的通信技术能力和创新能力。

方皓辉从2001年开始就一直担任省通信技术评标专家和技术创新带头人，他所负责的节能降耗、安全生产等方面的10多个项目，均获得全国及省级通信系统多项殊荣，创造了巨大的经济效益和社会效益。

方皓辉的"牛"，首先"牛"在他的"不守本分"

本为联通岳阳公司营运经理的方皓辉，是个行政管理干部，按理说，他的工作主要是关注人员的调动和管理。但他始终把精力放在技术研究上。

"在人家眼里，根本干不成的事，他一上手，就有惊喜"，方皓辉的同事们这样评价他。

电费失控，一直是岳阳公司最感头疼的事，公司投入过大量资金进行电网改造，但仍无济于事。

方皓辉从电耗源头着手，一环套一环进行评估、测试，掌握了近万个数据，在此基础上，制定出了全系统首份《电费管理系统控制方案》。

方案实施，效果很快显现出来，据连续3年的统计，用电总量在网络流量增加的情况下，与实施前同期相比降低25%。该项目获得省联通科技进步三等奖和技能减排一等奖。

方皓辉利用自己专业特长，围绕基站传输资源做节约文章。

他先后完成了"GSM基站带CDMA基站""利用传输和GSM菊花链优化网络"等科研课题。两项成果运用后，传输资源成本较以前降低25%。其成果也分获省联通科技进步二等奖和三等奖。

“胆大包天”，是方皓辉的另一种“牛气”

2007年，岳阳联通实施整体交换局搬迁。这是项系统工程，关键是新旧网络衔接、设备测试更替方面不能出现任何“脱节”，弄得不好将导致全面瘫痪状态，乃至影响整个联通体系。

管理层压力山大，在讨论方案时，多数人提出外请专家。但也有不同意见，这种不同声音正是来自方皓辉。

“请专家并没错，但专家对岳阳情况不见得清楚，熟悉过程会拖得很长，自己做轻车熟路，恐怕还靠得住些。”

方皓辉的一番话使会场像炸开了锅，两种意见根本无法统一。

“大家别争了，这事交给我，千斤重担我一人挑！”方皓辉斩钉截铁地请战，会场顿时变得鸦雀无声。

接着，方皓辉系统谈了自己早已成竹在胸的方案，连每条线路的对接，每种交换平台设置都有精准的表述。

“胆大包天”“书呆子”“有好戏看了”……方皓辉接受任务的当天，背后就议论起来了。当然，也有不少人看好方皓辉。

没有不透风的墙。这些议论，很快传到了方皓辉的耳朵里，可方皓辉一点都没有理会。他每天仍旧一头扎在资料中，泡在数据里。

“艺高人胆大。”方皓辉带领自己的团队，硬是把这偌大的工程摆弄得井井有条。

通过整整一年时间，岳阳联通完成了搬迁，新建了本地传输网，安装核心网元 8 个、数据设备 32 台、互联互通设备 15 套，进行了大大小小的线路割接 30 多次。

在新站房建设的同时，方皓辉还进行实地科技攻关，先后完成“解决郊县 GSM 用户拨打紧急号码无法免费问题”“数据语音专线计费问题”“运维信息交换平台”“空余纤芯组成铜缆保护环”等 4 个课题。

方皓辉做事善于精打细算，搬迁中，光电缆、2M 线、2M 头等物资及维护费就节约上百万元。

料事如神，“牛”出了方皓辉的大名气

2008 年，湖南遭受百年不遇的冰灾，通信行业首当其冲，全省各地通信有的瘫痪，有的严重受损。

然而，岳阳联通系统却毫发未损，这得益于方皓辉的未雨绸缪。

做网络通信，养成了方皓辉琢磨老天爷脾气的习惯。他结合洞庭湖区近百年来天气史料分析，加上观察当年气候异常的各种现象，嗅到了冰灾的危险气息。

冰灾发生前一个月，他组织部门员工从武汉、广州等地收集发电物资、线路材料、备用油机，为抗击冰灾赢得了宝贵时间。

截至 2008 年 2 月 4 日，岳阳联通 441 个 GSM 网基站、215 个 CDMA 网基站全部恢复，保证了全市春节期间的通信正常。岳阳联通也因此获得“全国通信行业抗冰灾先进集体”的称号。

事后，公司的人每谈到方皓辉“未卜先知”的预见能力时，都会发出同样的赞叹：“方皓辉，真牛！”

（本文为作者与范文波合作，载 2014 年 5 月 3 日《湖南日报》第 2 版）

与焊花共舞

——记“全国劳动模范”、湘电集团电焊工易国强

【专家点评】 作者在采访易国强时，就思考这样一个问题：一个人能力的决定性因素究竟是什么？有人说天生具有，也有人说是实践中磨炼出来的，作者从易国强身上似乎找到了答案。易国强的成功，说明他既有聪颖的先天气质，更有刻苦钻研的超强能力和深厚功底，二者缺一不可。刚过不惑之年的易国强，干的是一份极其平凡的工作——电焊工，可他就是在这极平凡的岗位上干出了惊天动地的业绩，不仅是全国技术能手，还拥有德国焊接教师、国际焊接技师等头衔。文章不仅告诉人们“行行出状元”是永恒的真理，更重要的是强化读者“先天的聪慧只是成功的条件，后天的艰苦努力才是成功的关键”这一道理。

他拥有德国焊接教师、国际焊接技师等各类头衔，他是两所职业学院的客座教授，他还是“全国技术能手”“全国劳动模范”。

他，就是湘电集团有限公司电焊工易国强。

“没本事，永远都干不出名堂”

1992 年，19 岁的易国强成了湘电一名电焊工。

刚开始时，易国强显得很笨，简单的焊件都无法通过验收。

无情的事实让易国强警醒：“没本事，永远都干不出名堂。”

从那时起，易国强把全部精力都花在学习和钻研中。

除了向自己的师傅和工友学习操作外，他还自学了《焊工工艺学》《有色金属焊接》等 30 多部专著，光学习笔记就做了 20 多本，近 200 万字。

1994 年，集团举办电机焊接班现场比赛，还处在实习期的易国强破格参加。比赛中，易国强在操作时间、焊接质量、技术难度上远远超过其他对手，一举夺得第一名。

自此以后，易国强一发不可收拾。20 多年来，无论在集团，在全省全国，甚至国际技术比赛，几乎都有易国强的身影，夺得多个冠军。

一步一个脚印，易国强用智慧和汗水，实现了从“门外汉”到高级技师的成功蜕变。

“啃下硬骨头，比什么都爽”

易国强对攻克难题的感受，有一句经典的话：“啃下硬骨头，比什么都爽。”

他先后参加了电机转轴、变频防爆电机等课题的技术攻关，焊接中的难题一个个被攻克下来。

在结构件焊接中，易国强遇到了前所未有的挑战。

2011 年，集团与澳大利亚力拓公司签订了 4 台 230 吨电动轮自卸车合同。对方对性能、质量等要求十分苛刻。

由于产品材料为低合金、高强钢，钢板较厚，坡口较大，无法观察熔池，几次试焊都不合格。

易国强一连几个星期都泡在车间里。

他经过无数次用废材料对比焊接，终于把握了这种特殊焊接的要领：果断将对称坡口改为不对称坡口，不断调整角度，并通过调整焊接电流、电压和焊接顺序等方法，攻克了难题。

澳方专家十分满意，还特意指定该项焊接为标本，来比对其他项目的焊接质量。

攻下难题，易国强因劳累过度，人瘦了一大圈，但他心里却有一种啃下“硬骨头”的成功喜悦。

上千弟子中不乏“能手”“标兵”

易国强看到自己的一些成果，被编成技术资料，在集团内推广，心里特别开心。

他为了把“绝招”直接传授给年轻焊工，每年要接收一些徒弟，手把手地去教他们。

20 多年下来，从师易国强的徒弟有千余人，有的获得了“全国技术能手”、有的考取了国际焊接技师资格证书，还有一些徒弟成为省市各级的“技术标兵”。

易国强的人生，伴随着焊花飞舞。

（本文为作者与张玲燕、罗姣合作，载 2015 年 5 月 17 日《湖南日报》第 3 版）

显微镜前的坚守

——记“全国五一劳动奖章”获得者、南方航空工业有限公司高级工程师王红

【专家点评】志存高远，为国争光，是新一代高级人才的共同愿景。王红在我国航空工业领域小有名气。文章围绕“坚守”展开，选材得当，重点聚焦守护产品质量、坚持技术创新和勇于挑战难题等方面，充分反映主人公以实际行动为国争光，实现“承接历史，对接未来”航空梦的伟大抱负。

王红，航空技术领域的高级工程师。刚过不惑之年的她，文静高雅，言谈举止充满学者的风度与气质。1990 年，从北京航空航天大学金属材料专业毕业的王红，走进了南方航空工业有限公司。

“守护产品的质量是我的天职”

材料的理化检测与失效分析技术，是航空发动机制造中至关重要的一环。

王红从事的工作，就是做理化检测及失效分析。王红一进

厂，就像钉子一样，牢牢地钉在这个岗位上。24 年来，显微镜成了她的“火眼金睛”。凭着雄厚的知识功底和技术能力，任何瑕疵都无法从她的眼皮底下溜掉。

2006 年底，公司某型号钛合金叶轮锻件毛坯力学性能不合格，无独有偶，另一型号发动机也先后出现压气机部件断裂、产生裂纹的重大故障。为锁定问题所在，王红在查阅大量国内外资料的同时，对锻件性能进行了系统分析。在车间，王红自己动手磨制试样、制备断口，为了找到其典型的疲劳特征，需要对断口反复清洗观察，显微镜的放大倍率从几倍到上百万倍。王红连续花了 5 天时间，蹲在车间跟踪热加工全过程，每天都到凌晨 3 时才回家。掌握上百组数据后，她重新调整了工艺规范，锻件性能问题得到成功解决。

紧接着，在电子显微镜下，王红又开始对压气机部件断裂、产生裂纹的故障进行分析。王红花了 3、4 个月时间，在无数个复杂的断口中找到了首断件，并对“症”下“药”，从而杜绝了故障的再次发生。

认真、细致的敬业精神，使王红从一名冶金分析技术员，迅速成长为物理冶金分析技术的一级专家。

“要赶上世界同行，必须加快技术创新”

“要赶上世界同行，就必须加快技术创新”，王红深感自己肩上担子的分量。

2007 年，在公司某新型号航机国产化研制进行中，有个核心部件在锻造过程中遇到技术瓶颈。王红带领团队经过一个月的连续奋战，终于找到关键突破点，胜利实现了该型发动机核心部件的国产化。

去年，公司有两批共40多件外购钛合金锻件，需要对表面进行局部改进。由于零件大，空间小，晚上试验，难度很大。这种试验需要人工直接在零件上磨制，一次试验下来，需要对零件翻动数次。王红的双手都磨出了血泡，但她一声不吭，经过几个通宵的试验分析，找到了创新工艺的依据，锻件全部合格交付。这次试验，为公司避免了几百万元经济损失。

近3年，王红的团队硕果累累：完成新机预研技术分析726项、失效分析496项、技术攻关86项，发表部级以上论文30余篇，获省部级以上成果12项。

“干科研，就是要不断挑战难题”

“南方”人有自己的“航空梦”，王红明白，自己遇到的难题会越来越多。

王红面临的第一个难题，就是负责建立国家级理化检测实验室。成立过程中，王红遇到了前所未有的困难，光标准制定就花了整整一年时间。她必须跟踪世界一流水平找参数，找依据，翻译的英文资料就有三大本。接着，王红又组织编制了300余份理化检测实验室的管理系统文件。实验室获得国家级资质后，又顺利获得加普惠材料控制实验室资质，并通过NAD-CAP（国家航空航天和国防合同方授信项目）认证。

“钛合金蓝色阳极化工艺技术”，是航空材料领域的世界性难题。如何把这种技术运用到军用航空发动机上，是“南方”人多年的期盼。

几年前，王红果断地接下这一攻关项目，她带领自己的团队，奋战了近两年时间，目前，项目已通过评审，并成功用于科研生产。

坚守，是一种信念；坚守，是圆梦的动力。王红在显微镜下的坚守，正是为让自己的“航空梦”承接历史，对接未来！

（载2014年5月24日《湖南日报》第3版）

不出车间，两年走完“长征路”

——记“全国五一劳动奖章”获得者、湖南金丰纺织集团挡车工龙吉珍

【专家点评】这又是一篇有正面导向的人物通讯，所不同的是，写的是一位纺织女工，在车间里两年走完“长征路”，取得了骄人成绩。通讯从早年写起，娓娓道来，让人看到了一个女工的足迹，让读者相信有志者事竟成的真谛。

挡车工龙吉珍，看2800锭纱，每个班来回走动的距离近30公里。有人为她算了一笔账，除去节假日，加上加班时间，两年下来，不出车间，所走的路程多达1.3万公里，超过了二万五千里长征的距离。

今年45岁的龙吉珍，是湖南金丰纺织集团细纱车间的一名挡车工。她30年如一日，坚守岗位，把青春和汗水倾注在事业上。

龙吉珍出生于洪江大山深处的一个农民家庭，幼年丧父后与体弱多病的母亲相依为命，因无经济来源，家里十分困难。正是这种艰难的环境，使她练就了一股“不怕苦、能吃苦”的

韧劲，生活中再苦再累的事情都扛得住。

“砍柴、种地的粗活难不倒我，但挡车工是个眼疾手快的灵巧活，起初还真干不来”，龙吉珍回想刚进厂时这样说。

龙吉珍记得，做挡车工的第一个月内，所看的纱锭不到200个，但在这一个月内，自己岗位上发生的断纱、疵点等质量问题就上百个，面对这种工作质量，车间领导语重心长地为她分析、讲解发生的原因、提高质量的方法。

龙吉珍深受感动，暗下决心，一定要练好本领，来报答这种关心与爱护。

从那时开始，龙吉珍花了近半年时间，先后向车间的5位老师傅拜师学艺，重点掌握掐头、拔管、捉疵防疵等基本功。

第二年，龙吉珍所看的纱锭已经超过了1000锭，断纱、疵点等质量问题的控制已达到公司熟练工的要求标准。

随着时间的推移，龙吉珍所看的纱锭数也不断增加，2009年，她照看的锭数已达到2800锭。2016年，她最高看锭数达3600锭，所挡机台的空锭率仅0.18‰，年捉疵量4600多个，质量一等品率达100%，并实现全年无质量扣分记录，每年完成个人产量计划130%以上。

“技术上遇到难题并不可怕，关键是要找到解决难题的办法。”每当遇到技术难题时，龙吉珍总是充满信心地去想办法。

2012年，公司上了一个叫“U”纺的新项目。新机器工作时，纱缠、堵锭、挂纱等现象严重，清洁难做，断头多且不好接。

面对这些新问题，龙吉珍连续一个礼拜没有离开车间，天天在琢磨解决问题的办法，她发现了纱缠、堵锭、挂纱原因，主要是纱距的控制、纱锭的固定和辅助装置不流畅导致的。掌握这些情况后，她主动向车间技术人员提出了整改意见。根据她的设想，车间很快摸索和总结出了一套紧密纺、赛络纺、氨纶包芯纺等纺织流程，把这些方法运用到实践中，存在的问题迎刃而解，产品全部达到优等品档次。

有志者事竟成。龙吉珍在十分枯燥和极其平凡的工作岗位上长年累月地坚持，赢得了社会的普遍尊重，也获得了诸多荣誉。2009 年 12 月，荣获“湖南省巾帼建功标兵”称号；2014 年 4 月，又被授予湖南省“芙蓉百岗明星”称号和“湖南省五一劳动奖章”；2016 年，荣获“全国五一劳动奖章”和“湖南省劳动模范”称号。

（载 2017 年 3 月 10 日《湖南日报》第 9 版）

从大学保安室“拼”到全省市场

——记“湖南省劳动模范”、湖南联通总经理刘桂清

【专家点评】刘桂清是个“拼命三郎”，文章紧抠一个“拼”字展开。作者通过“赖”“带”两个层次来表现主人公的“拼”，很有意境。为了打开校园业务，他“赖”着不走，不达到目的绝不罢休，结果硬是“赖”出了名堂；他“带”头开拓市场，身先士卒，带出了一支一流的营销队伍。文章以“赖”“带”为主体，刻画了主人公的坚毅性格，同时彰显了主人公“拼”出来的业绩。行文干练，见好就收。

“刘总真是蛮拼的!”在湖南联通，提起总经理刘桂清，大家的印象就是一个字：“拼”。

出生于湘南大山深处，当过兵，2004 年 5 月，放弃了民营企业老总一职，加入湖南联通。等待他的，是一条充满荆棘和考验的道路。

“赖”出来的市场

2005年，刘桂清成为湖南联通市场部经理。彼时的湖南联通，规模小，份额低，在湖南通信市场上的话语权极弱。

面对困难，刘桂清没有畏惧。经过策划、调研、考察后，他决定从高校这一细分市场入手，打造湖南联通的局部市场优势。他带领同事从湖南大学的门卫开始拜访。门卫不让进，就“赖”在保安室，和两个保安一遍一遍介绍联通的业务。就这样，从保安队长到保卫处长，再到学生处长，校长助理，最后到常务副校长，他一个办公室接一个办公室的“赖”。湖南大学的领导都被他这股拼劲折服了，合作协议顺利签订。

就这样，一家家校园“赖”过来，湖南联通在高校市场上收获颇丰。2005年，湖南联通在高校的新增市场占有率超过50%。

因表现突出，刘桂清升任湖南联通副总经理。分管市场线的他，热衷于到基层调研，上任不到一年，他基本将全省14个市州的每一个县都跑了个遍，“白天黑夜连轴转”成了家常便饭。

“带”出来的天地

2013年，刘桂清升任湖南联通总经理。“火车跑得快，全靠车头带。”他开始更多地思考，如何拼出创新、拼出价值、拼出活力。

上任伊始，他大胆提出“竞争合作”理念，叫停湖南联通在营销层面的不理性行为，并频频主动拜访省内移动、电信高层，商讨三大运营商合作，力争保持通信行业的健康、良性发展，营造出湖南通信市场的价值生态圈。

2013年10月，一位厂商想在湖南省内销售自己生产的设备，为此专程走进刘桂清的办公室，将一叠百元大钞放在沙发角。刘桂清发现后非常生气，严词拒绝了厂商。

从进入联通开始，他便严令禁止自己的亲朋好友到联通揽工程、做业务。他多次在公司大会小会上强调，任何打着他的名义来办事的人，都不许理睬。

刘桂清担任湖南联通总经理的3年时间里，带领湖南联通闯出了一片新天地，3年实现业务收入超过220亿元。公司先后获得“全国五一劳动奖状”“全国模范劳动关系和谐企业”“全国模范职工之家”等称号。

（载2015年5月29日《湖南日报》第5版）

“拼命三郎”

——记“全国五一劳动奖章”获得者、五矿（湖南）铁合金公司冶炼二厂炉长傅电波

【专家点评】也许有人认为，现在工业技术飞速发展，“拼命三郎”式的蛮干已没有必要。然而，主人公正是凭着拼命精神，在本职工作岗位上，接连创造一个又一个辉煌成绩，攻克一项又一项技术难关。事实证明，拼命干事业的精神永不过时。文章以弘扬这种精神为主线，如数家珍地将主人公创造的业绩呈现在读者面前，通过一连串事实，讴歌为事业和时代所需要的拼命精神，有豁然开朗之感。

一连三天三夜，炉长傅电波没有合眼。到第四天上午，料面刺火、翻渣、铁水出不来等三大问题全部解决。此时的傅电波，却在炉台的操作间进入了梦乡。工友们不忍心叫醒他：炉长太辛苦了。

这是今年3月出现在五矿（湖南）铁合金有限责任公司冶炼二厂206号炉前的一个动人画面。被称为“拼命三郎”的傅电波从部队转业到地方工作16年，与火花四溅的冶炼炉台结下

了不解之缘。从进公司的第一天起，他就有了思想准备，“为了事业，即使把命拼上，我也在所不惜”。

2010年，傅电波在204号炉当炉长。当时，一直不被市场看好的碳锰突然成了紧俏产品，公司果断调整产品结构，204号炉改为生产碳锰产品，并把任务交给了炉长傅电波。

生产碳锰，对傅电波来说，其实心里并没有底。当天晚上，他一个通宵都在思考：一张白纸，我该如何下手？他虚心向专家请教，把流程中的每个环节、操作中的每个要领烂熟于心，并不断在炉台进行实地操作。

炉衬的寿命长短，是考核炉台操作技术的关键。傅电波为了掌握炉衬的性能，多次冒着危险采集样品，记录数据，全面摸透了炉衬在不同温度下的性能。他把自己的心得和体会告诉大家，让所有操作人员能灵活把握各种炉台技术。国内炉衬寿命最高纪录为9个月，而204号炉台的炉衬，从2009年7月送电至今，还没有做过任何更换，刷新了碳锰炉衬使用寿命的新纪录。

用氧气管开眼出铁，是冶炼行业惯用的手法，这种操作，冶炼工的手一不小心就会被回火烧伤。此类事故，以往多次发生，也成了傅电波的一块心病。他琢磨，如果能用另一种办法来替代氧气管开眼，不产生回火，事故就不会产生。他跑了多处冶炼炉台现场，在借鉴他人技术的基础上，大胆采用六角钢代替氧气管开眼。此种操作不仅无回火产生，炉眼的寿命也大大延长，出铁口由过去每月修补3次，下降到每月修补1次。一个炉眼每年节约成本就超过20万元。

矿里的206号炉电极多次发生事故。今年3月，傅电波主动请缨，带领 204 号炉原班人员，接下了这个“烂摊子”。他从改造电极铜瓦入手，全部更换三相电极铜瓦，并加大了铜瓦之间空隙，以提高电极的辐射热，为电极焙烧提供了良好的热量环境。同时控制电极下放长度，增加下放次数，调节铜瓦的冷却水量等。通过这些技术改造，206 号炉很快进入正常运转，每月节约成本 10 多万元。

（载 2011 年 5 月 2 日《湖南日报》第 2 版）

临危受命挽狂澜

——记“全国五一劳动奖章”获得者、中建五局董事长鲁贵卿

【专家点评】影响一个企业的兴衰，原因是多方面的，能否坚持改革，则是关键所在。鲁贵卿临危受命，3 年时间让企业起死为生，成功秘诀就是改革。文章通过对鲁贵卿和他的团队进行的改变市场定位、向精品要效益、“拆庙瘦身”等三大改革的详细记载，不仅说明改革是企业走出困境的根本出路，又充分展示了鲁贵卿和他的团队大刀阔斧改革的担当和魄力。文章为“临危受命挽狂澜”的改革者奏响赞歌。

“那是一段刻骨铭心的日子，国家审计署出具的审计报告中这样描述：‘企业因资不抵债，濒临倒闭。一些困难职工甚至到菜场捡剩菜叶过日子。’”4 月下旬，面对记者的采访，鲁贵卿董事长说起他刚上任时企业的困境。

中国建筑第五工程局有限公司（以下简称中建五局）在湖南久负盛名，为湖南的建设事业立下奇功无数。但因改革步伐滞后，企业从 1998 年到 2003 年一度跌入了低谷。

记者翻开中建五局有关部门的数据，了解到中建五局当年的窘境：企业报表利润总额亏损1575万元，不良资产达4.8亿元，16家二级单位有11家亏损，企业拖欠职工各种款项4亿多元，大量员工被迫离开企业另谋生计。

面对这样的“烂摊子”，鲁贵卿要做的事千头万绪。经过近一个多月的调查摸底，他提出了“强心、换血、搬山”的企业由衰转兴的改革思路。

“信心是金，哀莫大于心死。”鲁贵卿上任后，针对企业“信心丢失、信用缺失、人和迷失”的“三失现象”，提出建设“信心、信用、人和”三项工程。他带领全局中层以上干部上井冈山，重温“星星之火，可以燎原”的光辉历程，增强必胜信心。鲁贵卿在市场中不断出招“亮剑”，带领五局成功突出重围。

如今中建五局广东公司“独步东莞”，捷报频传；安徽公司多年在同行业排名第一；广东公司拿到五星大酒店建筑总承包权；重庆公司每年承接的项目在数十亿元以上；五局“走出去”，在刚果布和阿尔及利亚承建工程七八十亿元……这些傲人的业绩，很快使五局人重新拾回了信心。

打造优势团队，是鲁贵卿在“换血”中使出的第一招。过去的中建五局机关，时常上班找不到人。办公楼前有个棋牌室，机关的一些管理人员上班跑去“修长城”。鲁贵卿来中建五局做的第一件事，就是对机关进行改革，机关100多人全员下岗，重新竞争上岗。获得成功后，打造优秀管理团队的工作全面展开，先后调整中层干部660人次，有84名在职干部被调整出二级单位领导班子。调整后的管理团队，在年龄、专业和能力等素质方面都有脱胎换骨的变化。

在人力资源优化上，鲁贵卿采取“清用并举，以用促清”的方针，通过依法终止合同清退一批、政策扶持退休一批、副业改制剥离一批、海外经营输出一批，在短短两三年时间内，不显山不露水，实现了万余员工的进出。同时，组织专门班子到专业对口学校招聘大学生，近年来，更是将招生对象瞄准“211”重点本科大学生，3年来每年招生都在1000人以上。年轻人给企业带来了生机和活力。通过这种“换血”，在岗员工平均年龄下降到32岁，大专以上学历人员占60%。

“经营规模不大、集约程度不高、内部发展不平衡”是中建五局多年存在的根本性问题，被五局人称为“三座大山”。鲁贵卿和他的团队，花了3年时间，通过改变市场定位、向精品要效益、“拆庙瘦身”等大动作，硬是彻底搬走了挡在企业发展路上的“三座大山”。

中建五局发生凤凰涅槃式蜕变：8年时间，企业合同额由20多亿元提高到700多亿元，营业额由20多亿元提高到300多亿元，利润总额从亏损1500多万元到2010年盈利近10亿元，三项主要经济指标分别增长32倍、12倍和净增9.8亿元。几年间，企业先后获“全国五一劳动奖状”“中国最具成长性企业”“全国优秀施工企业”“全国十大管理创新示范企业”等殊荣。

（载2011年5月7日《湖南日报》第3版）

成果垒出精彩人生

——记“全国五一劳动奖章”获得者、长岭炼化公司主任工程师谢清峰

【专家点评】谈到新闻的主题，有一点值得把握：主题的变化既由新闻事实确定，也由量变到质变而改变。例如，某人获得一项成果是新闻，因为这是第一次，相对而言，第一次是新闻，第二次就不一定是新闻。如果获得的成果特别多，这就是量变到质变的过程，新闻的主题也随之改变。作者写这篇通讯时，正是把握了这一规律。作者意识到成果之多已成为新闻的主题。主人公的精彩人生正是这些成果垒成的，从这点出发，既主题突出，又形象生动。

成果像座小山包

在长炼，提到炼油二部主任工程师谢清峰，不少人会竖起大拇指，称赞他是长炼的功臣，他的成果图纸加起来可以垒成一座小山包。

2008 年，他负责实施中石化“十条龙”科技攻关项目中的

“RSDS-Ⅱ催化汽油选择性加氢脱硫技术开发与工业试验”，获得成功，获中石化科技进步一等奖。

2009年，负责实施科技攻关项目“柴油液相循环加氢技术工业实验”，获得成功，在中石化系统首创柴油加氢精制的新技术，成果在全国推广。

他先后担任70万吨连续重整装置改造、120万吨催化汽油吸附脱硫装置和每小时5万立方制氢等3套装置的建设开工，创造了国内同业最高水平，获中石化科技成果奖，并立一等功。

他先后获得中石化系统、湖南省和国家级科技进步成果奖20多项，并在国家权威专业刊物上发表论文20多篇，被大伙称为“成果专业户”。

最近，他又喜获全国五一劳动奖章。

要啃就啃硬骨头

“老谢这个人，本性温和，内心坚毅，他认定的事，不搞出名堂来，绝不放手”，公司总经理侯勇这样评价谢清峰的韧劲与钻研劲头。

2007年，公司“三苯”、溶剂油、戊烷油和车用液化气等几个产品的产量和质量，相继落入低谷，装置运行跌至历史最低点。

查出原因成为焦点。公司起初准备从国外请洋专家来“把脉”，可远水难救近火，何况中石化在炼油领域，其技术水平已经达到世界前沿，劳神费力，洋专家来了能不能解决问题也说不定。

这时，公司高层想到了谢清峰。在接受任务时，谢清峰只说了一句话："我来试试"。

那段时间，谢清峰吃不好，睡不香，带领团队，整天泡在车间里，查阅资料，化验垢体，测试数据。

经过整整1个月时间，终于找到了根本原因：由于重整反应及催化剂再生长时间注氯，造成主分馏塔塔盘和管壁铵盐结晶，阻碍和降低了反应后生成油的分馏效果。

找到原因后，谢清峰如释重负。接着，他又花了3昼夜，设计出了解决方案。

在方案实施的头一周，谢清峰把铺盖都搬进了车间，日夜盯着高速运转的机器，生怕发生什么意外。

可喜的是，方案实施异常顺利。各产品综合收率上涨5.5%，光生产维护费就一次性节省90多万元。

"危险的事交给我"

"与氢气打交道，比走钢丝还危险！"长炼职工这样形容氢气车间的危险性。

而制氢气正是长炼的主打产品。每年可为企业带来上亿元的经济效益。

上制氢项目时，有两种不同的意见争论不休：一种意见担心安全问题，最好不要接这个"烫手山芋"；另一种意见则截然相反。

谢清峰属于后者。"只要我们采用现代企业的管理方法，严格规程，科学把握，危险完全可以避免。"

谢清峰等人的意见，坚定了公司高层上氢项目的信心。

制氢气具有高温、高压、临氢的危险，特别是开机与调试阶段，危险系数更大，一不小心发生爆炸，后果不堪设想。

让谁来干这个项目，公司领导有些犯愁。

正在这时，谢清峰主动请缨来了。他在自荐信中明确表示："有危险，交给我，请大家放心。"

谢清峰在接到项目的1周时间内，就拿出了设计方案。

2010年6月，每小时5万立方米制氢装置很快进入施工阶段。

从项目建设到竣工投产，仅花了50天时间，与国外同行比，不仅工期提前近20天，同时还节省投资上千万元。

谢清峰的成果，熠熠生辉；谢清峰的人生，精彩夺目。

（本文为作者与刘沅合作，载2013年5月3日《湖南日报》第6版）

一串向善的感人故事

——记“全国五一劳动奖章”获得者、湖南龙骧巴士公司驾驶员浣兵

【专家点评】人的行为有善恶之分，将善良的东西记录下来，就能弘扬人的美德，也是正能量传递的一种形式。作者采访浣兵时，同事们对他向善的故事如数家珍。如及时抢救突发疾病的老人，敏捷消除行车隐患，机智报警抓小偷等。时代需要这种精神，乘客需要这种服务，做人需要这种美德。把主人公这串向善的感人故事报道出来，也正是作者写这篇通讯的初衷。

在长沙市 11 路公交线上，经常可以看到一个笑容可掬的年轻驾驶员。正是这个年轻人，在这 10 米车厢写出了一连串向善的感人故事。

他，就是湖南龙骧巴士公司一车队 11 路线年轻驾驶员——浣兵。

今年 25 岁的浣兵，中专毕业后成为龙骧巴士的一名公交车

驾驶员。今年五一前夕，他荣获全国五一劳动奖章。

一个举动感化一车人

2011年11月30日上午，浣兵像往常一样上班。当公交车从湘江世纪城往赤岗冲方向行驶至潮宗街时，他突然听到一名女乘客在呼喊："快！救救我妈妈！"车内一阵骚动。浣兵连忙停车起身察看，一名年约六旬的女乘客突发疾病，已经昏厥。她女儿哭着说是心脏病发了。

浣兵见此情形，在征得全车乘客同意后，把车直接开向省人民医院。

当时正是上班高峰。当公交车行驶到解放西路繁华地段时，路上非常拥堵。浣兵焦急万分，只好伸出头朝外面喊："车上有病人，请大家配合让一下路！"

在众人的配合下，平时要用半个小时的路程，仅用了几分钟就赶到了医院。

老人得救了！

这个事迹央视以《最美的中国人：为救乘客公交上演"生死时速"》为题作了报道，在全国引起很大反响。

央视有这样一段评论："这是一个由司机和全车乘客相互理解、互为配合的双向义举，这是一个突发危机之下一次社会道德的真情检验，它证实了向善之心其实人皆有之，助人为乐的雷锋精神仍然是新时期人们的价值取向，一个善举的种子可以激活人们内心深处对美好道德的尊重。"

隐患在敏锐中消除

三伏天的太阳，像一团火，露天的公交车被烤成了“火桶”，热气袭人。

2012年8月中旬的一天中午，浣兵跑完一趟车回到终点，走下驾驶室，习惯性地检查车况。

当他打开尾盖时，突然，一股强烈的焦灼味扑鼻而来。他敏锐地意识到：车子出毛病了。

原来，散热排风扇转速变慢，热气无法外排，导致发动机温度骤升。气味是风扇的传动带磨损发出来的。

查明原因后，浣兵顶着烈日，火速拆下排风扇和传动带，将扇叶上原来的积垢清除干净，并换上新的传动带。

两个小时的暴晒，浣兵全身已没有一根干纱，双手烫出了水泡，胳膊和背部变成了紫红色。

此事传出后，让机修车间的师傅们吓了一大跳：不久前，某省一台公交车爆炸，伤亡惨重，正是因排风扇不工作引发的。

感人故事仍在继续

2012年5月28日下午，苏小姐在定王台搭乘11路公交车，准备前往赤岗冲。

上车后不久，她发现背包被人拉开了，里面的钱包不见了。

她马上大声求助：“我的钱包不见了，请大家帮我找找！”浣兵听到有乘客求助，立即将车辆靠边停好，要求乘客把窗户关好，并大声说：“我们现在直接开到派出所去！”

在他的引导下，乘客纷纷弯腰帮苏小姐找钱包。“是不是这个钱包?”很快，一位大学生模样的男青年发现在后车门附近有一个棕色的钱包。苏小姐打开钱包，发现只剩下几张卡，现金都不见了。

“这就是我的钱包，小偷一定还在车上!”苏小姐有些激动，她跑到驾驶室，将手机交给浣兵，请他报警。浣兵随即拨通了110。几分钟后，在公交车开往派出所的途中，车后门附近的底板上又突然冒出一叠百元大钞和一些零钱。苏小姐捡起来一数，正是自己丢失的1050元。

“雷锋是我的前辈，他做的事迹，感动了中国，也感动了世界；作为雷锋故乡人，为雷锋骄傲，更要为雷锋争光。为社会无私奉献是最大的幸福和乐趣。”浣兵在接受采访时说。

（载2013年5月5日《湖南日报》第2版）

跨出国门闯天下

——记“全国五一劳动奖章”获得者、水电八局项目经理李雪江

【专家点评】跨出国门闯天下凭的是实力，凭的是过硬本领。李雪江从1991年开始就在国内大公司建筑工地上摸爬滚打，练就了一身“功夫”。但他不满足，跨出国门更做了一连串叫得响的项目。文章选取李雪江在国外几大项目的坚守，道出“闯天下”的艰辛和喜悦，对“一带一路”的推进和拓展国际市场具有较强的现实意义。同时，文章的表达也恰如其分。

松邦河4水电站是水电八局这支钢铁之师在越南拿下的第二个项目。4月1日上午10时，随着这一水电项目大坝左岸最后一仓碾压混凝土浇至顶端，大坝浇筑工程全部完成。

“腰斩”松邦河的壮举，正是水电八局项目经理李雪江团队的杰作。

凭真本事走向国际舞台

今年43岁的李雪江，是科班出身的水电建设者。1991年，他刚从葛洲坝工程学院毕业，就加盟了水电八局。先后参与五强溪、凌津滩、广西龙滩、三峡等水电工程枢纽的建设。从一名基层技术员，一步步成长为能独当一面的项目经理。

如何使自己的优势在国际竞争中立于不败之地，水电八局管理层一贯的做法是挑选最优秀的人才担任项目经理。在近几年组织的“比武”中，李雪江脱颖而出，连续3次竞争到国外项目的项目副经理和项目经理职务。

说到李雪江，八局人都知道，他是个拼命三郎，交给他的事，总会给人惊喜。在五强溪，在凌津滩，他总会为工程抱回一大堆奖状和奖品；在三峡工程中，他还在一个项目的技术竞赛中得到了奖牌。

“出国的项目，非李雪江莫属”。这是局里同行的一致看法。

在东南亚国家声名远播

2009年，水电八局的领导与专家去柬埔寨考察项目时，工地上组织非常隆重的仪式，业主方代表第一句话就说：“中国有个李雪江，我们都知道李雪江。”

李雪江为柬埔寨做了两个最大的项目：甘再水电站和沃代水电站。那时候，李雪江还是项目的副总指挥。

柬埔寨的交通、物资条件无法与中国比。柬埔寨沃代水电站工地，地处边远的深山老林之中，项目组20多号人，连日常生活的必需品都无法保证。但李雪江只有一个念头："既然来了，就要克服一切困难，把项目拿下来！"

"买点大米、蔬菜，都要过草地、穿河流，跋山涉水。"建设者们饱尝苦头，此类活总是李雪江来完成。

建设方看到中国的水电工人这种能吃苦、又乐观的精神，连连称赞："中国人真伟大。"

李雪江也因此像明星一样受到柬埔寨人民的爱戴和追捧，很多柬埔寨官员和民众与他合影留念。

李雪江，这个能吃苦、会做事的中国汉子，一时间也成了当地媒体宣传的焦点人物，老百姓也把他当成了"舶来的英雄"。

把"烂尾"工程干成优质工程

松邦4水电站是越南国家一级水电项目，总装机容量15.6万千瓦，年发电量5.9亿千瓦时。

该项目因规范要求不一，执行比较困难，导致项目一度陷入困境：大坝左岸施工滞后一年，右岸施工滞后10个月，进水口滞后9个月，引水隧洞滞后10个月，调压井滞后7个月，厂房施工滞后8个月，工期无法满足合同要求。这一工程明显成了"烂尾"项目。

"烂摊子"谁来收拾？成为水电八局当时最头疼的事。

危难时刻，李雪江主动请缨："就交给我吧！"他从2011年踏进松邦水电工程建设基地后，再也没离开工地半步。他与自己的团队全身心投入工程建设。

李雪江针对工程中存在的各种问题，像挖地雷一样，既谨慎又大胆地去排除。

他通过改进设计方案，加强质量管理与控制，加强成本核算等多管齐下，很快使工程进入良性循环。

项目获得越方监理和业主的高度认可和一致好评。业主方正在准备资料，申报国家优质工程项目奖。

（本文为作者与高晨婷合作，载2014年5月25日《湖南日报》第3版）

“最美马路天使”

——记“全国先进工作者”、桑植县环卫所清洁工刘银珍

【专家点评】热爱是一种情怀，低调更是一种情怀。主人公扫大街整整30年，无怨无悔。当初，她完全有机会找到更好的工作，但她又偏偏选择了当环卫工：“只要工作稳定，脏活累活不要紧”“每天跟扫帚在一起，心里就踏实”“事做得越多越开心”。正是这种情怀打动了作者。在文章中，作者以饱满的热情，书写主人公那些感人的故事，每个故事都是主人公高尚情怀的真实写照。在表达上，文中的情节及开头结尾的文字也很自然优美。

山城桑植的冬天，天上飘着雪花，结了冰的树枝，不时发出“吱吱”响声。这天是2013年农历正月初五。早晨，街上行人稀少。但在老城区和平路，有位中年妇女，一早就来到了这里。只见她蹲下身子，单膝跪地，用双手不停地从排水沟缝隙中掏出污泥和垃圾。她，就是全国先进工作者、桑植县环卫所清洁工刘银珍。

这一场景传到网上感动了许多人，一时间点击率高达20多万次，网民们称她为“最美马路天使”。

“每天与扫帚在一起，心里就踏实”

今年49岁的刘银珍，祖祖辈辈生活在大山深处。19岁那年，她被县城管局录用为正式职工。在分配工作时，刘银珍面临多种选择：市政管理、城市建设、园林绿化、环境卫生等单位都需要人。刘银珍掂量着：自己从小在大山里摸爬滚打，什么苦都能吃，加上文化又低，只要工作稳定，脏活累活不要紧。在志愿表格里，她毅然决然填写了“环卫清洁工”。

“脑子进水，干什么不比扫大街好。”当时，就有人这样嘲讽刘银珍。家里人对她的选择，也不理解：“丢人现眼，没出息！”

可刘银珍却不这么想：靠自己劳动生活，哪点不光彩？“不做事，游手好闲，我没那个命，也从来没想过”。

扫大街遭人白眼是常事。2004年4月，刘银珍在街道的十字路口打扫人行道时，一门面店主将一大桶生活垃圾，当着刘银珍的面，倒在刚打扫干净的街道上。当她上前好言相劝时，竟遭到店主辱骂，并被殴打致伤进了医院。

工作中车轮滚滚有危险。2010年12月的一天下午，刘银珍在一隔离带的排水沟旁掏垃圾，刚蹲下身子，一疾驰而来的摩托车将她绊倒，人被拖出3米多远，工作服也撕了一个大口子。

2013年3月2日，刘银珍在和平西路清扫街道时，因哮喘急性发作，晕倒在路边。

三十年风风雨雨，刘银珍没有退缩。用她自己的话来说，“每天跟扫帚在一起，心里就踏实”。

“事做得越多，人就越开心”

刘银珍扫大街30年，有人为她做过这样的统计：累计清扫路面3000万平方米，折合面积45000多亩，相当于一个中小乡镇的面积；往返街道路程加起来达到13000多公里。

“事做得越多，人就越开心”，刘银珍把劳动当成一种生活的必需，当成一种享受。

刘银珍多年担任清扫班长，但在同事面前，从没有指手画脚过。遇到重活脏活或其他突击任务，她总是用行动感化和带动大家去干。

2010年元宵节前的晚上，山城下了一场暴雨，雨后的和平西路人民医院旁街道，由于地势低洼，山洪猛烈，100米街道上积满了20厘米厚的淤泥。而和平路正是山城的繁华地段，每年的龙灯花鼓和其他节目都要在这里集中表演。

山里人有进城闹元宵的习俗，必须及时清除淤泥。

元宵节那天，天还没亮，刘银珍就带着铲子、泥桶上了街。当同事们到齐时，刘银珍已清除了1吨多淤泥。

气温虽然在零度左右，但刘银珍却满头大汗，工作服上全是泥水。

“刘姐，您休息一会，我们来”。同事们很感动。

“没关系，出点汗还舒服些”。她提着两桶淤泥，快步向垃圾车走去。

经过十多小时的奋战，刘银珍和她的同事们，把街道上的淤泥全部清除，并将街道路面冲洗得干干净净，硬是抢在夜幕降临之前，完成了任务。市民们赞不绝口，说是他们用汗水冲洗出了元宵节的“美丽舞台”。

刘银珍为人朴实，没有一句豪言壮语，在平凡的岗位做出了不平凡的业绩，用扫帚书写了“马路天使”的美丽情怀！

（载 2013 年 5 月 14 日《湖南日报》第 4 版）

“邹老虎”的创新求索路

——记“全国五一劳动奖章”获得者、国家电网娄底电业线路管理所所长邹德华

【专家点评】从哲学的角度来看，共性寓于个性之中，而无数个性构成事物的共性。发现采访对象的个性，就能充分把握其与众不同的东西，就能顺利地挖掘其新闻价值。作者没有被主人公邹德华日常工作困扰，而是以一个局外人的眼光来观察，发现他的与众不同之处。文章从主人公个性入手，挖掘主人公在性格、遇到困难的态度、独特思维方式等方面鲜为人知的东西。把握了事物的个性，新闻就不会落俗套。

邹德华，刚过不惑之年，看上去，一介书生，斯文谦逊，可同事偏偏送给他一个“邹老虎”的绰号。

原来，这是他敢作敢为的性格所致。他做起事来雷厉风行，就像猛虎下山，谁都别想拦住他。

邹德华脑瓜子转得快，凭着层出不穷的新点子、新套路，他把所里的事摆弄得井井有条。

1988年，邹德华从学校毕业，到国家电网娄底市电业线路

管理所当了一名电工。

这一干就是20多年。经过输电线路运行检修、带电作业、工程施工等一线岗位锤炼，很快成为独当一面的业务骨干。他先后担任过带电作业班班长、工程班班长，工程股股长、副所长，去年竞聘走上了所长岗位。

不少人称邹德华为“创新达人”。

工作中，邹德华经常生发出种种疑问。他总是带着这些问号，边工作，边思考。

“遇到技术‘卡壳’时，他会像磁铁一样，粘住不放，即使几天睡不好、吃不香，也不放弃”，一位同事这样形容邹德华的钻劲。

导线走线的隐蔽性挠伤，一直是困扰输电线路走线的难题。

早在工程班工作时，邹德华就盯上了这一难题。他抠住难题，冥思苦想，翻阅了大量电工线路材料方面的资料，走访了多位线路老同行，但始终没有得到满意答案。

一天，他突然想起了自己的电动车上的广告，“遥控一按，动力就转起来”。邹德华顿时产生灵感：如果把这一原理利用到输电线路走线上，既可完全避免导线人工走线带来的挠伤，又能减轻劳动强度。

他与所里的技术人员一道，经过近半年攻关，终于研制出了输电线路导线遥控走线机。使用这种走线机，完全克服了导线走线挠伤，工作效率比原来提高了3倍，人力成本也大幅度降低。

人作业，电不停，工人把带电操作比作“与死神共舞的玩命活”。

邹德华把杜绝安全事故，作为技术创新与设备创新的头等大事。他除千方百计提高员工的业务知识水平和业务素质外，每年在操作流程、设备改进、防护设施等方面，都有多项创新成果。如“全方位升降绝缘平台”“高性能防护攀登设备”等都已装备每个施工现场和全体一线施工人员。安全保障方面的创新效果十分显著，该所创造了连续12年无安全事故的记录，已成为全省电网系统的安全标杆。

成功的喜悦，激发了邹德华一发不可收拾的创新“钻劲”。他带领所里的质量创新小组成员，在短短两三年内，完成了“架空线路带电跨越网”“水泥电杆上绝缘操作平台”“融冰短路装置”等10多项研究课题。

这些项目，有的被推荐申报国家电网公司技术创新优秀成果，有的获得省、市创新项目奖。目前，所有成果都运用到了作业现场，并被推广到全省电力系统。

邹德华在管理上也是新招迭出。

线路管理所人员少，设备多、线路分布半径达20多公里，跳闸问题突出。他经过反复调查发现，原有管理模式的漏洞，是产生问题的根本原因。

他果断推出“四级设备主人制”线路管理新模式，把运行班成员，班组长、片区负责人，专责，所领导分成4个级别的设备主人。一级设备主人为线路设备责任主体，负责具体实施；二级负责区域管控、组织协调；三、四级负责整体调度、检查和管控。级与级之间，在责任和利益上又有一整套首尾照应、环环相扣的制约机制。

实行这种“四级设备主人制”后，管理水平很快登上新台阶，线路跳闸率大幅降低，其中220千伏线路跳闸率比过去降低近九成。其管理模式也被收入国家电网公司典型经验库。

邹德华在创新求索路上，孜孜不倦，用汗水和智慧默默书写传奇。他把线路管理所带进了全省电力系统先进行列，先后获得省电力公司授予的“工人先锋号”“质量创新先进单位”“优秀质量信得过班组”及“科技创新先进集体”等荣誉。

（载2012年4月26日《湖南日报》第6版）

为危重患者带来“第二次生命”

——记“全国五一劳动奖章”获得者、永州市第三人民医院心血管内科主任张熠

【专家点评】 写医生的报道，救死扶伤是主题。文章独特之处是将重点放在给病人“第二次生命”上。平常的看病就诊当然重要，但给病人“第二次生命”相对而言更重要。作者翻阅主人公抢救病人的档案发现，这些年他保持手术成功率和先进技术临床应用率100%的记录，累计抢救危重患者1000多名。同一题材如何写出自己的特色，这篇通讯有一定的借鉴作用。

永州市第三人民医院心血管内科主任张熠，在当地知名度可不小：千例高危患者手术无事故，曾连续24小时不下手术台，资助贫困患者出手大方……

张熠是个矢志不移的人，很早就立志从医。

张熠童年曾经历过这样一件事：当时他正上小学三年级。一天放学回家，路过医院门前，见一名来自农村的老大爷，躺在担架上，手脚不停地抽搐，脸色铁青，口吐白沫。在送进抢

救室的途中，老人却停止了呼吸。

这在年幼的张熠心里，留下了刻骨铭心的一幕。张熠在为逝者深感悲恸的同时，萌发了今后学医救人的念头。

报考大学时，他的各科成绩都很优秀。家人和亲友都希望他进一所国内名牌大学。但张熠不改初衷，填报了省内一所综合类医科大学。

大学期间，他先后研读了《西医内科学》《西医诊断学》《西方心血管病百科全书》以及中国医学宝典中的《本草纲目》《黄帝内经》等 50 多部医学著作。仅读书笔记就做了 30 多本，共 100 多万字，这为他后来的事业奠定了坚实的理论基础。

人们用"十八般武艺样样皆通"来形容武林高手，而这种境界，正是张熠在业务上的追求。

张熠长期坚持跟踪世界心血管病前沿科学技术，撰写的 20 多篇学术论文，均在国内外权威医学刊物上发表。

他近期发表的《急性心肌梗死病后不同时间溶栓对血管再通的影响》和《卡对普利对慢性肺心病患者急性血动力学及激素变化的研究》两篇论文，受到国内外心血管病专家的高度肯定，并被收入中国西医优秀论文索引目录。

张熠率先将一些世界先进成果运用到临床，如冠动脉造影、经皮冠状动脉介入、冠脉内溶栓、射频消融等 10 多种技术。这些成果的运用，大大提高了心血管内科医疗的整体水平，手术成功率也因此名列全省同类医院前茅。

"手术，对高危患者来说，比救火还急。"张熠常常用这句话告诫同事。

去年 2 月的一个深夜，张熠做完当天第二例手术时，已是凌晨1时。他正准备回家休息。

这时，急诊室转来一名冠心病急性发作的老年患者。病人由东安县农村送来，经过山路长途颠簸，呼吸困难，脸色发紫。

张熠见状，立马招呼护士把患者推进手术室。他重新穿上工作服，走上了手术台。

当他做完手术，拖着疲惫的身子走在回家的路上，天边已露出了鱼肚白。

“解病人之难，是我们的天职”，这是张熠给科室人员上医德课时常用的开场白。

疾病无情，发生在贫困家庭，如果没有人救助，很可能使一个家庭人财两空。

孩子重病，父母变卖仅有的房子；老伴卧病在床，妻子、丈夫走亲访友求助；父母身患绝症，儿女四处筹措费用……每次听到或看到这种事，张熠的内心十分难受，总想努力去帮助这些人。

有一次，道县一患者做手术后，其妻子已身无分文。本想等亲人送钱来，可两天过去了，却杳无音信。这位妇女一连3餐粒米未进。张熠见状，马上掏出1000元钱，塞到患者妻子手里。“这样熬下去，好人也会病倒。”

近两年，张熠为患者垫付的住院费、治疗费、生活费等超过1.5万元。

无影灯下，张熠一直在默默地书写精彩人生。他保持的3项纪录，在永州至今无人打破：手术成功率最高，冠脉造影术等8项手术成功率都保持100%；新技术临床应用效果最佳，目前国内外10多项先进技术全部用于临床；抢救重症患者数量最多，先后为1000余名危重患者带来了“第二次生命”。

（载2012年4月29日《湖南日报》第3版）

梦随炉火旺时圆

——记“全国五一劳动奖章”获得者、涟钢炼焦工刘唐清

【专家点评】炼焦炉前工工作单调清苦，没有多少技术含量可言。从报道的角度来说，更是无从下笔，可作者采访中，却挖出了所需要的东西。首先，他掌握了主人公从小就有进涟钢工作的梦想；其次，他发现炼焦的技术含量并不低，大有学习的潜力，刘唐清在这方面下了很多苦功；第三，平凡的岗位也能创造出不平凡的业绩，刘唐清工作平凡，但业绩超群。主人公追梦路上的成长历程，也正是作者报道所需要的。文章中的几处议论有画龙点睛作用。

人生有梦，都在追寻，追寻自己圆梦的路。

刘唐清的梦，在华菱涟源钢铁。

今年43岁的刘唐清，是涟钢一名炼焦炉前工。进厂21年，天天都在与焦煤打交道。铲子是他的伙伴，炉火是他的希望。

涟钢，在湘中，是很多年轻人的“梦想剧场”。

刘唐清来自新化农村，在童年就有自己的梦——长大后去

涟钢上班。

机会来了，1991 年他从学校毕业，亲人希望他能进机关，进省城。然而，刘唐清的首选，就是进涟钢。理由很简单，“我的专业是炼钢，当个涟钢人是我的梦想”。

进涟钢，刘唐清无怨无悔，一直在焦化厂，先后从事过出炉工、吹哨工、炼焦副作业长、作业长等工作。

有梦，就有追求。刘唐清对梦的追求，定格在炼焦炉台。

炼焦炭，在人们眼里是个简单的体力活。最开始时，刘唐清也这样认为。

其实不然。他曾多次遇到过令人揪心的场面：火候不到位，出炉的焦炭全是“夹生饭”，生熟不均，焦炭出炉率也达不到要求。

记得就在他进厂第三年的一天，由于焦炉温度失控，接连出了两炉“夹生饭”。这次事故造成的直接损失，至少在 50 万元以上。

焦炭是炼钢的主要燃料。焦炭供不上，炼钢炉就得全部停摆。

从那时起，刘唐清便开始对炼焦进行仔细观察，他发现，“夹生饭”主要是对炉温控制不到位所致。温度时高时低，炼焦就会出现生焦和过火焦问题。

为把握温度控制规律，刘唐清索性卷起铺盖，一头扎进了车间，连续日夜跟班，对一个月烧制焦炭的温度变化、出炉产量、焦炭质量进行全程记录并将其全部录入电脑，组织班组质量小组成员逐项分析研究，从而总结出一整套温度控制、进料出料、煤气交换机调剂等操作规程与方法。

刘唐清将这些操作规程与方法运用到生产中，很快获得成功。调整后的焦炉温度平均系数与安全系数由过去的0.7提高到了0.8，完全解决了炉温不稳导致产品生熟不均的问题。

在装煤环节上，刘唐清采用公司的科研成果——“杨跃雄操作法”装煤，即螺旋给料式进煤。运用这种操作方式，可以将原煤均匀送入炉膛，达到满炉原料完全燃烧的效果，并能有效克服原料结板、无法烧透的问题。先进的进煤操作法的运用，不仅保证了焦炭质量，单炉产量也一直稳定在22.8吨以上，出炉率达到全国特级焦炉标准。

“吃不得苦，我不会选择干这一行”，刘唐清说的是实话。在这里干，时刻都要准备吃苦。

2010年9月的一个傍晚，刘唐清刚下班回家，家里的电话响了。车间来电话称，正在燃烧的A排焦炉突然停工了。因车间煤塔A排煤斗改造，需将储煤全部清空。一切工作就绪后，备煤车间却不知情，误将配合煤仍卸到已清空的A排位置，导致10多吨配合煤垮至煤塔夹层和炉顶平台，完全堵塞了进炉口，焦炉被迫熄火。

正在家中做饭的刘唐清，放下电话，疾步赶到车间。他带领大家很快下到煤塔夹层，一铲一铲地将垮煤移走。

夹层密不透风，空间低矮，最低的地方不到0.5米，且伸手不见五指，照明全靠头盔上那点微弱的灯光。刘唐清和几位同事，干了4个多小时，才将煤塔夹层清理完毕。

他们从煤塔夹层钻出来时，每个人的衣服里里外外都湿透了，人人都变成了“黑雷公”，只剩下一双眼睛在滴溜溜地转动。

焦炉恢复了正常，这时，刘唐清的脸上也露出了笑容。

把事业当成天职，把奉献视为己任。刘唐清的执着与坚持，博得了同事们的赞许和尊重，也赢得很多的荣誉。他先后被评为涟钢优秀员工、生产标兵，娄底市优秀共产党员，省级优秀班组长，还获得了“全国冶金系统劳动模范”等荣誉称号。

炉火越烧越旺，刘唐清的梦，也像炉中的火焰，在默默地升华。

（载 2012 年 4 月 30 日《湖南日报》第 2 版）

九嶷山下的播富使者

——记“全国先进工作者”、湖南省永州市林科所所长柏劲松

【专家点评】 这篇通讯的主题是“播富使者”。在材料的组织方面，通常把重点放在主人公如何向农民传授栽培技术，提供技术资料等等。这篇通讯当然少不了这方面的内容，但着墨更多的是主人公如何身体力行搞科研的事迹。主人公的用意是要将成熟的技术传授给农民，如果自己不先行先试，技术传出后心里没底。文章围绕这点交代了许多细节，如三伏天在橘园里熬了整一个月等。强化这方面的内容，更能反映“播富使者”的责任感。

初夏的九嶷山，峰峦耸翠，郁郁葱葱。山脚下成片的蜜柑、油茶等果木基地，叶茂枝繁，花香扑鼻。丛林中，经常能看到一位中年汉子，时而采集油茶林标本，时而修剪果树枝叶……

他，就是被当地老百姓称为“财神爷”的柏劲松。

今年45岁的柏劲松，1988年从浙江林校毕业，被分配到

当时的零陵地区林业科学研究所当技术员。后因工作变动，几经辗转，又于 2002 年回到了林科所，并担任了所长、党支部书记。

按照柏劲松的话说：“转来转去，又转到原点，这才是‘缘分’。”

其实，柏劲松早就与果树结下了不解之缘。他从中专毕业到后来攻读硕士，学的都是林业专业，而果木等经济林正是他的专修课程。

重回林科所，柏劲松踌躇满志。

他要带领所里的同事们拿出最好的成果，奉献给山区的父老乡亲。让乡亲们在漫山遍野、房前屋后建起财源不涸的“绿色银行”。

上任后，柏劲松就花了大半年时间跑省里、跑大专院校找课题，报项目。

他选定的“永州市耐寒桉树引种试验研究”“红壤山地温州蜜柑丰产栽培技术研究”“邓恩桉播种育苗技术研究”等 3 个课题，当年就被省科委和省林业厅列为科技攻关项目。

柏劲松搞科研，总是亲力亲为。从小试、中试，到大面积推广，每个环节，他都步步紧跟。

在红壤山地温州蜜柑丰产栽培技术研究中，为了观察病虫发生的季节、部位与损害程度，柏劲松特意在柑橘园搭起了简易工棚，每日三餐，都是他妻子送到工棚里。

有段时间，因天气变化，病虫害活动规律异常，原来采集的一些数据与实际状况有出入。柏劲松为了找出原因，一连 20 多天蹲在柑橘园里。妻子为了照顾日夜待在柑橘园的老柏，便带着炊具，一同住进了工棚。

三伏天的柑橘园，白天，烈日如火如荼，一到晚上，蚊子漫天飞舞，一叮就是一个疙瘩。

为获得可靠的防治病虫害数据，柏劲松夫妇在柑橘园的工棚里整整熬了一个月。

2002 年以来，柏劲松先后从事了 18 个课题的研究，其中有 13 项获省、市科技进步奖。“耐寒桉树丰产栽培与推广”“油茶采穗圃穗果兼营技术研究”分别获省科技进步二、三等奖。

“‘养在深闺人未识’，成果再好，也没有意义”，柏劲松对科研成果推广看得特别重。

他以写科普文章的形式，把每项成果写成若干个系列，在公开刊物上发表。据统计，3 年内，柏劲松在省级以上报刊发表的林业科普文章就有 200 多篇，其中有 30 多篇在中国林学会、省林学会获奖。

在所里他成立免费咨询机构，向社会公布咨询电话。去年，他们所向全国提供咨询就达 2000 多次，免费寄出书面资料 1500 多份。

祁阳县白水镇孙庆河，是个油茶种植大户。两年前，孙庆河打算新造 300 多亩油茶林，想请老柏帮忙进行技术指导。

柏劲松二话不说，就答应下来了。他利用双休日，从选址、平地、挖穴、施基肥，到种植时间、种植密度、品种搭配等，为孙庆河提供了详细方案。

动工那天，正遇倾盆大雨，在 5 公里多的山路上，老柏被淋得全身透湿。为在密度与品种搭配上做示范，他在大雨中待了两个多小时。

回到家里，老柏病倒了，体温高达39.6摄氏度。妻子把他送进医院，打了一个星期的点滴。

在永州各县，柏劲松一手扶植起来的林业种植大户就有30多家。

市林业部门为柏劲松算了一笔账。

10年时间，柏劲松在全市推广了18个项目，面积达41.2万亩；累计新增产值10亿余元，纯收入5.3亿元；提供就业岗位1.7万余个；6000多农户因此脱贫致富，其中400余农户年收入突破10万元；年收入在100万元的大户就有50多个。

“成果加推广，等于财富。”柏劲松的这道算术题，做活了一方产业，做富了万千农户，同时，也成就了自己精彩的人生。

柏劲松年度考核连续10年优秀；两次立三等功；2007年获全国五一劳动奖章；2010年被国务院授予全国先进工作者光荣称号。

（载2012年5月3日《湖南日报》第3版）

天雷山上的“绿色信鸽”

——记“全国五一劳动奖章”获得者、新晃侗族自治县邮政局乡邮员杨国荣

【专家点评】 乡邮员工作单调枯燥，长年累月几乎就是做一件事。大山深处的邮递员工作也很平凡，找报道的亮点比较难。文章在报道这位先进人物时，着眼点不是落在杨国荣的日常工作上，而是讲述他是如何“传递真情、传递爱心”，如何为老百姓排忧解难。采访中，作者被杨国荣对一些看来平常，但又难以做好的事情的坚持所感动，如“救活”一封又一封死信、自己掏钱给五保户安装自来水、资助贫困户等。这样的事做一件两件不难，但要长年累月坚持下来就不容易。作者正是因为感同身受，才会饱含深情地去挖掘、去展现主人公的可贵精神。

杨国荣，今年49岁，是新晃侗族自治县步头降苗族自治乡邮政支局的一名乡邮员。

步头降乡有一座海拔1136米的高山，叫天雷山。天雷山山高坡陡、沟壑纵横，交通极其不便。当地苗家人有句话叫：

“天雷山，离天三尺三，人过要弯腰，马过要下鞍。”

2001 年，杨国荣成为乡邮政支局的一名乡邮员。此后 13 年，他始终坚持做大山里的“绿色信鸽”，每日行走在天雷山的崎岖山道上。没通乡村公路时，邮件用扁担挑，邮路用双脚走，苗家人称赞他“一根铁扁担，挑来万家欢”。

邮递员的职责就是及时将用户的报纸、信件、包裹收发到位。为了履行这份看似普通的责任，从上岗第一天起——邮路，便成了杨国荣心中一道神圣的使命。

2008 年临近年关的时候，全省遭遇持续低温雨雪冰冻灾害天气。百年难遇的大冰冻封了天雷山，道路全部中断，路上行人绝迹。

此时却来了几个天雷山林场的包裹和 10 多张汇款单，还有一大捆报刊，怎么办？

杨国荣习惯性地整理好邮包，准备出门。同事们都劝阻他不要去，太危险！可他当时脑子里只有一个念头：“哪怕是步行，我也得送去！”在他心里，这些包裹说不定是寄给在家父母过年的钱物，不能耽误。

他找来拐棍，用草绳将鞋子捆扎好防滑，把邮包一层层封好，驮在肩上，便出发了。

往日崎岖的山道此时犹如镜面。杨国荣从上午 8 点开始，一步三滑爬山越岭，摔倒起来，起来又摔倒，几十公斤的邮包，27 公里邮路足足走了 5 个多小时。

下午 1 时，又冷又饿的杨国荣终于到达林场。看到收到包裹和汇款单后乡亲们掩饰不住的惊喜，杨国荣明白，今天做的事情意义非凡。

投递工作平凡，但的确很重要，一封信一颗心，一份报一片情。

2010年3月，邮局收到从香港寄来的一封平信，收信地址是新晃步头降乡吴德胜收。查遍全乡14个村，都没有吴德胜。按惯例，地址不详可以退回。但杨国荣意识到，这有可能是一封寻根问祖的信，不能轻易断了。

杨国荣挨家挨户走访一个多月，终于打听到怀口村有个已去世30多年的人叫吴德胜，有个儿子叫吴必胜。杨国荣立即赶到吴必胜家，把信交给他。当时，当事人不屑地说："我父亲都死了30年啦！鬼才写信给他！"

杨国荣叫他先打开看看，当他打开后立即激动起来。原来，这封信是他离散多年的姑妈写来的，他的姑妈从小给人当童养媳，后来去了香港，她日日渴望能回故乡。

杨国荣辗转送达的这封信，终于圆了老人的回乡梦。这也让他倍感欣慰。

10多年里，为投递上百封地址不详的信件，杨国荣打听询问上千人次，足迹踏遍天雷山的沟沟壑壑，让100多封疑难"死信"变成"活信"。在天雷山的邮路上，他日行65公里，总行程30多万公里，相当于绕地球赤道行走7圈半。

山间的邮路总是遥远而艰辛。但只要怀着感恩之心，主动担当责任，就能获得勇气和力量，杨国荣有颗金子般的心。

步头降乡是特困乡，乡里大部分青壮年常年在外务工，留守孤寡老人特别多。

2006年的一天，杨国荣送邮件时，看见一位老人，一手提着一小桶水，一手拿着棍子探路，走走停停，正坐在路边喘气。

他上前询问，才知道这是姑巴村圹坎组70多岁的“五保”老人杨爱英。她30多岁守寡，唯一的儿子2004年因车祸去世，老人因此哭瞎了双眼。得知情况，杨国荣当场把身上仅有的200元钱留给老人。第二天买来100多米塑料管，为老人接上自来水；每3天看望一次，送上生活必需品，8年从未间断。

13年里，杨国荣利用职业便利，为村民上门讲解农业新品种和种养技术，帮助上百户苗族同胞脱贫。这几年，他还用摩托车每年给苗民送化肥20多吨、种子2000多公斤、农药4000余瓶，把邮路当成了帮扶苗家脱贫致富之路。

杨国荣，天雷山上的“绿色信鸽”，长年累月，不但在传递邮件，还在传递真情，传递爱心。

杨国荣始终如一，也赢得了社会的广泛尊重，他先后被评为“湖南省爱心邮路先进个人”“湖南省敬业奉献模范”“全国职工职业道德建设标兵”，并成为“全国五一劳动奖章”获得者。

（载2014年5月5日《湖南日报》第2版）

为了这方神奇山水

——记“湖南省劳动模范”、张家界市武陵源区新闻网络信息中心工作人员邓道理

【专家点评】 怎样寻找报道对象的闪光点，是采访时经常思考的问题。邓道理是土生土长的张家界人，从小就热爱这方神奇的土地。参加工作后他用自己的方式为张家界的声名远播，尽心尽力，成功打造了风景名胜区的多个营销策略，如“飞越天门”“龙凤联姻”“俄罗斯特飞赛”等颇具影响的大型活动都是来自邓道理的大手笔。这些亮点活动，正是景区“宣传大使”身上的闪光点，也是主人公对大自然真爱的流露。作者在这篇文章中着重记录了邓道理在这方面付出的努力和奉献的爱心。主题集中突出，行文自然流畅。

张家界绝美山水能名扬海内外，一大批“宣传大使”居功至伟。而在张家界本土，有一位民间“宣传大使”，20 年来为了宣传这方神奇山水不遗余力，成绩卓越。他就是 2010 年省劳动模范获得者、张家界市武陵源区新闻网络信息中心工作人员邓道理。

16 年做好一件事——“土记者”

今年 43 岁的邓道理，原是张家界市武陵源区的一个土家族农民。

1989 年高考落榜后，他先后做过养路工、代课教师、村干部、营销员。1991 年，他开始接触新闻写作，笔耕不辍，成为当地小有名气的“笔杆子”。

1998 年 7 月，邓道理被黄龙洞公司相中，从事专职旅游宣传。公司一系列诸如“穿越天门”“龙凤联姻”“2006 俄罗斯特飞赛”“2009 中国张家界国际乡村音乐周”等大手笔，让他有了驰骋写意的平台。

一路走来，在张家界，“土记者”邓道理几乎家喻户晓。16 年来，他共发表各类新闻作品近 5000 篇。黄龙洞公司老板叶文智先生评价：“黄龙洞”品牌叫响，邓道理是“有功之臣”。

2004 年，邓道理出版首部新闻作品集《见证张家界》；2009 年，邓道理又出版通讯散文集《情牵张家界》。

《阿凡达》营销事件——主策划

机会总是留给有准备的人。2010 年初，邓道理策划了轰动世界的张家界《阿凡达》营销事件。

2009 年底，好莱坞大片《阿凡达》在北京首映，大导演卡梅隆在发布会上告诉影迷，片中哈利路亚山原型来自中国黄山。“这绝对是我们张家界的乾坤柱，怎么远嫁黄山呢？”时隔两日，邓道理看见电影海报后，当天下午，他在红网论坛发出

《明明是张家界，阿凡达导演偏偏说是黄山》的帖子，公开叫板卡梅隆，说他“张”冠“黄”戴、信口雌“黄”。

“《阿凡达》是大影片，卡梅隆是大导演，宣传张家界的时机到了。”做过多年宣传专干的邓道理意识到这个大好“商机”，随后，他又给红网写了一篇网络新闻：《阿凡达》导演错用中国元素，张家界网友质疑。一石激起千层浪，邓道理“炮轰”国际导演，引起舆论广泛关注。

邓道理和武陵源袁家界管委会主任宋志光合计，干脆把乾坤柱改名叫哈里路亚山。不久，张家界乾坤柱旁正式悬挂“哈里路亚山”的牌子。乾坤柱更名为“哈里路亚山”的消息迅速引起一片哗然，一时间，反对声超过赞成声，其中不乏“崇洋媚外”“文化不自信”的声音，当天，中央电视台新闻频道予以关注。

2010 年 3 月 5 日，导演詹姆士·卡梅隆首度公开承认《阿凡达》悬浮山原型在张家界。

借力《阿凡达》事件，邓道理让张家界的名声传得更远。

“我愿意一辈子做宣传大使”

付出有回报，耕耘有收获。2011 年初，邓道理被武陵源区破格录用为国家工作人员，在区新闻网络信息中心工作。

有了更好的宣传平台，邓道理宣传张家界的步伐迈得更加稳健，更加自信。2012 年农历大年初一，他没有和家人一起享受天伦之乐，一大早就撰写张家界魅力湘西节目《追爱》成功登陆央视春晚的消息。随后，他白天独自深入景区，拍摄雪景，现场采访游客，晚上来到魅力湘西大剧院，采访龙年张家界首台民俗节目演出情况。

他撰写的《张家界民俗歌舞惊艳央视春晚》《张家界魅力湘西节目受热捧》《天子山龙年新春绝美雪景迎游客》等新闻作品先后在《湖南日报》《中国旅游报》等媒体刊发，实现“开门红”，吸引大江南北客人前来张家界“追爱”。

2011 年至 2013 年，邓道理先后在全国各类媒体发表新闻稿件达 1000 篇，为推介张家界的奇山异水再立新功。

曾经有人说，邓道理作为一个“泥腿子”，干什么都有道理，就是搞旅游宣传没有道理。现在看来，邓道理能为建设张家界世界旅游精品做出自己独特的贡献自然有他的道理。“我为自己是一个张家界人而感到自豪，为了这方神奇山水，我愿意一辈子做宣传大使！”面对未来，邓道理的话语充满了美好的向往。

（本文为作者与廖声田合作，载 2014 年 5 月 9 日《湖南日报》第 3 版）

“连心桥上”三十年

——记“全国劳动模范”、湖南省石门县新关镇信访干部陈建教

【专家点评】信访工作几乎都是维权问题，涉及方方面面，处理起来相当麻烦，有的甚至十分棘手。可陈建教热爱这项工作，先后干了近30年。当作者走近陈建教的工作和生活才发现，他之所以矢志不渝，是因为他对党的事业无限忠诚，对人民群众感情深厚。他以自己的责任、忠诚的汗水，在党和政府与人民之间，架起了一座“连心桥”。作者从他处理的上千桩纠纷中，找出几件有代表性的事例，来回答他热爱信访工作的原因，来颂扬他“情为民所系，利为民所谋”的崇高精神，其立意谋篇值得肯定。

摆在记者面前的一大堆笔记本，因年长日久，绝大部分已经变质发黄，墨水褪色，字迹也变得模糊不清。这堆笔记本是陈建教花了近30年时间做的《民情笔记》，共178本，500多万字，垒起来有7米多高。

现年60岁的陈建教，是湖南省石门县新关镇政府的干部，省第八届到十二届人大代表，在他的工作生涯中，绝大部分时间是做信访工作。

他以自己的责任、忠诚和汗水，在党和政府与人民之间，架起了一座“连心桥”。

只身入“虎穴”

2006年，石门县人陈小平误入河北东光县“黑砖窑”做苦力。

“‘黑砖窑’里打工，过的是‘地狱’般的生活”，陈小平说。每天要干16个小时以上的活，头两年拿不到分文薪水。最简单的饭食根本无法果腹。

为防止外来人营救打工者，窑老板雇有一帮打手，对工人进行24小时监控，打工者没有任何人身自由，逃跑就会惨遭毒打，陈小平就经历过两次毒打。

“黑砖窑”的内幕，让陈建教十分震惊、愤怒！

“不入虎穴，焉得虎子”。陈建教扮成砖商，只身打入陈小平所在的“黑砖窑”，掌握了砖窑老板虐待、伤害工人的大量违法事实后，在当地政府和公安机关的大力支持下，成功将陈小平等100多名打工者解救出来。

陈建教还撰写了《严厉整治“黑砖窑”的调查报告》，《报告》经过国家信访局上报时任国务院总理温家宝，温总理当即做出重要批示。没多久，一场整治“黑砖窑”的专项行动在全国范围内展开，数以万计的“黑砖窑”民工也因此获得解救。

借力索赔偿

现年34岁的石门县雁池乡重复村村民戴清化，前年在县内一家私人企业打工时失去右臂。老板只肯出2万元了难。

陈建教借助县劳动监察大队的力量帮戴清化维权。通过仲裁法庭，让戴清化拿到了20万元的伤残赔偿。

借助党政机关的力量，帮老百姓维权，陈建教的这种招法，甚至用到了驻外使馆。

两年前，石门县子良乡民工肖德高在蒙古国境内一家企业打工时致残。在未履行任何赔偿的情况下，老板花言巧语、连哄带骗，把肖德高送出了蒙古国界。

因语言、文字等信息不通，可怜的肖德高“喊天天不应，叫地地不灵”。

陈建教获悉后，迅速以全国劳模身份给中国驻蒙古国大使王小龙写信，请求大使出面帮助追讨赔偿。

不久，陈建教就收到了王大使的亲笔传真。之后，肖德高也收到了蒙古国厂方付来的伤残赔偿金。

追讨“血汗钱”

“帮助农民工追讨工资，几乎是我每天都在考虑的事”，陈建教的精力大都放在这个方面。

光去年，陈建教先后到广东、福建、江苏等9省市，为690多名民工讨回被拖欠的工资870多万元。

去年，石门县白云乡胡华程在广西南宁承包了一个工地，竣工交付甲方后，还有50万元工资款没给，胡华程往返10多趟，都未讨回分文。

陈建教受托后，专程赶到南宁核实情况，并带着事先写好的报告，登门找到自治区人大常委会主要领导杨道喜，事情很快有了结果，未过半个月，50 万元“血汗钱”已汇到石门胡华程的账户上。

石门县二都乡一些农民工承包了常德柳叶湖 6 栋安居房建设，大多数安置户已搬进新居。因发包方将工程几经转包，民工工资始终拿不到手，陈建教几经努力，拖欠的 350 万元工资款，在年关如数发放到近百名农民工手中。

（载 2014 年 5 月 15 日《湖南日报》第 2 版）

铿锵玫瑰，绽放电信平台

——记“全国五一劳动奖章”获得者、湖南电信客户经理王琼

【专家点评】文章从王琼获奖落笔，向读者推介这位不寻常的女子。之所以不寻常，作者从四个方面记述了她的成长过程。她是个“赛手型”“奉献型”“学习型”“专业型”女子，四个小标题简单明白，一目了然，故事行文流畅，同时注重细节。

2010年9月16日，四年一度的中央企业红旗班组（科室）和先进职工表彰大会在北京人民大会堂召开。中国电信湖南政企客户部王琼在此次会议上被国务院国资委授予中央企业先进职工标兵称号，并受邀赴京参加表彰大会。

王琼获此殊荣，耀目光环之下，人们并不知道，王琼究竟何许人也？

一个赛手型的女子

1993年，王琼大学毕业，进入中国电信长沙分公司，当上了一名普通的机务员。从充满浪漫情怀的大学生，骤然转型为成天对着机器的职场人，王琼没有因为这种生活的落差而消极，反而全情投入工作。

在职场上，王琼是一个赛手型的人才：紧绷神经，饥渴求学，勤力充电。

湖南政企客户部渠道管理部负责全省直销渠道的建设和能力提升，一线的营销"渠道为王"，王琼通过组织全省"赢在网格"营销实战和"领航团队"标杆创建活动，快速全面地提升了全省直销经理个人营销能力和综合素质。

一个奉献型的女子

"家企难两全。"王琼对这句话感慨颇深。

为了工作，她放弃了婚假；为了工作，她一再推迟要小孩的计划，到生小孩时已经32岁了；为了工作，她的公休假基本没休过。

2000年IP网发展迅速，网络建设工期紧且多在系统上进行扩容和改造，既要保证工程的顺利实施又不能影响用户的使用，王琼常常通宵搞工程，第二天又继续上班。

有一次系统故障，为了尽快恢复系统，她连续三天三夜都没有休息，回家照镜子才发现因为劳累过度脸已经有些浮肿了。

从2009年3月起，她连续14个周末放弃休息时间组织本地网政企部人员的体验和培训，每个季度组织送培训下基层，组织各种集团和省内培训 29 期，培训覆盖率 100%，快速提升了客户经理营销技能。

一个学习型的女子

她不满足于计算机专业大学本科学历，坚持在职通过了全部研究生课程的学习和考试，2002 年 4 月获得了中南大学计算机应用技术专业硕士学位。

类似的个人“充电”，让她在工作中如虎添翼。在长沙 IP 宽带接入网建设中，她通过翻阅大量的新技术资料，撰写了《宽带网网管和计费系统技术要求》，并在实际工作中解决了 ADSL 网管、NAT 地址转换等技术难题。她在工作中积极进行新技术、新业务的创新，获得了省公司和市公司“163 三期扩容工程”“专线流量计费”“宽带 IP 城域网”“ADSL 技术规范”等多项科技成果奖。

短短 2 年多时间，她结合工作实际创造性地提出了极速通、固网支付等产品的构想和解决方案，支撑实现了大额支付系统集成、全省组网和呼叫中心外包项目、维护外包等转型项目，创收近亿元。

一个专业型的女子

2007 年，王琼在业务营运部牵头建成了全省政企客户营销服务管理系统，初步界定了政企和家庭两大客户群，为实施集团公司“聚集客户的信息化战略”奠定了基础。

2008 年，担任专业市场营销中心部门经理的王琼，在全省实施“300 计划”，组织全省第一届“超越杯”专业市场拓展训练营实战竞赛，通过以赛代训的方式迅速启动了全省专业市场版商务领航套餐的销售。王琼组织了“领航扬帆”“领航夺冠”等专项营销活动，在全省专业市场推广驻场经理加常态集中营销的服务模式。

王琼还组织完成了全省 2000 多万用户数据的清理和 100% 进网格营销支撑系统。网格营销支撑系统的建设使湖南第一次能直接管控到区县公司甚至到网格到客户，使湖南电信第一次具备了开展专业化团队营销、精确营销和协同营销的能力。

（载 2014 年 5 月 29 日《湖南日报》第 6 版）

“妈妈”护士长

——记“全国五一劳动奖章”获得者、邵阳市精神病医院护士长曾韵华

【专家点评】与精神病人打交道，曾韵华一干就是31年，其中委曲只有她自己清楚。但她很阳光，除了她将其作为一份事业来坚守外，那就是难能可贵的“妈妈”情怀。文章正是通过曾韵华无微不至地关爱病人的动人故事，来表达母爱更深远的内涵。

一个女性，每天都扎在精神病人堆里，不知挨过多少次打，遭过多少次骂，31年了，曾韵华自己也记不清了，她也根本没用心记这些事。

每当病人带着笑容离院的时候，曾韵华的心里总会升起一股暖流：自己的付出没有白费。

“用真情打开病人的心窗”

精神病人情绪稳定时，总会为自己的病情自卑、忧虑或产生轻生念头。几十年的摸索，曾韵华透彻地把握住了精神病人

的心态。

“用真情打开病人的心窗”。这是曾韵华的经验之谈。

记得10多年前，一名19岁的姑娘被送进医院，她父亲早逝，母亲因病长期瘫痪在床。她因精神病突发，在村里杀伤3人，并将重病在床的母亲杀死，被村里人和公安人员送进医院。

经过大约10余天的治疗，姑娘的症状有所好转，在逐渐恢复中，她意识到自己所做的一切，心里充满了深深的罪恶感，几次想自行了结残生。有天凌晨，姑娘找到了一瓶消毒外用药水，一咕噜喝下去了，情况十分危急。必须转院抢救。

曾韵华刚值完夜班，走在回家的路上。她突然接到科室的电话：“出事了，您赶快回来。”

曾韵华二话没说，转身跑步赶到病房，与同事们一起把姑娘送进市中心医院。曾韵华留下来做陪护。几天几夜，曾韵华的双眼熬得通红，皮肤长了疱疹，刺心的痛。但她像母亲哺育婴儿一样，为姑娘洗抹身体、喂水喂饭。

为了帮姑娘解开“罪恶感”的心结，她跟姑娘说了很多古人的故事，如“穆桂英无心杀父”等，“你是因身体有病，才会出现悲剧，并非你的本意，母亲在天有知，也不会怪罪你的”。

语重心长，曾韵华用自己的真情，融化了姑娘内心的坚冰，姑娘几次扑到曾韵华怀里：“谢谢您，您给我的就是母爱！”

“关爱病人，多在细微之处”

“关爱病人，多在细微之处”，曾韵华的话让人茅塞顿开。

有段时间，医院的大多数护士在工作中忽视了这一点，连续出现一些意想不到的事故。

其实，精神病人总有前兆。只要不放过任何细节，悲剧就不会发生。曾韵华认为。

一次查病房，无意中听到一个病人在与另一个病人的谈话中说了一句“没意思”。说者无意，听者有心。曾韵华马上意识到：这个病人有心理负担，可能是怪妻子没有来看他。

于是，她装着若无其事地与病人交谈，果不其然，发现因妻子长期不来看他，病人对生活失去了信心，想尽快了断自己。

曾韵华对症下药，一方面与病人进行深层次交心，告诉他家里的事妻子在拼命顶着，你应该感激她才对；另一方面，她赶了100多公里路，从绥宁把病人的妻子叫到了医院。两人见面，相拥而泣。病人也很快恢复正常。出院那天，夫妻俩特地找到曾韵华，病人深情地说：“您真是我全家的恩人！”

“受到委屈时，想成是自己的错”

精神病人，随时可能爆发各种难以预料的行为。例如病人伤人毁物、自杀自伤等。这样，就需要护理人员付出更多的耐心、爱心和细心。

病人患病期间，根本不接受你的护理，她也曾因此伤心过、痛苦过，甚至绝望过。但她从没有想过放弃：如果他们是我的父母、姊妹、儿女，我难道不面对吗？

“受到委屈时想成是自己的错”，曾韵华心怀豁达。2010年，医院收了一个病人，大小便拉在身上。对于这样的病人，曾韵华亲自护理。每天为病人喂饭、喂药、输液、翻身、做全身清洁护理。

一天中午，曾韵华喂完他的饭，准备拿毛巾帮他擦嘴时，病人突然抡着拳头，对她狠狠几拳。曾韵华猝不及防，顿时眼冒金星，鼻子鲜血直流。科室的同事赶到，才制住了病人的冲动。

曾韵华委屈和心痛极了，眼泪像珍珠一样，掉个不停。但谁都没想到，第二天，曾韵华带着满脸的青肿，又出现在病房。

家里人都想不通，“你这是在拼命”。但曾韵华却用自己的办法，找到了解脱，“病人不会错，应该是自己错了”。

话语朴实无华，但折射出一个“妈妈”护士长的母爱，一个生命卫士的高尚情怀！

（载 2014 年 5 月 26 日《湖南日报》第 4 版）

弯弯山道上的“最美养路工”

——记“全国五一劳动奖章”获得者、绥宁县公路管理局鹅公公路管理站站长龙运跃

【专家点评】带着老婆孩子扎根大山深处，为老百姓修桥补路，一干就是25年，甘于奉献，令人动容。这种典型是时代的楷模，也是作者所寻找的报道对象。其实，龙运跃是有机会离开这种艰苦的环境的，但他婉拒了领导的好意，一句“养路可以，坐机关我不行”，质朴无华。事事节俭，却把自己一台拖拉机放到工地上“私车公用”，不收取任何报酬，难能可贵。我们这个时代需要这样的奉献精神，我们的社会更需要这样的模范人物。

脸上饱含沧桑，手上布满老茧，养路工龙运跃接过父亲的锄头、铲子，25年如一日，守护在绥宁县崇山峻岭的公路上，被人们称为“路二代”。龙运跃不仅被评为全国十佳“最美养路工”，还荣获全国五一劳动奖章。

“养路还可以，坐机关我不行”

1989年，18岁的龙运跃成了绥宁天堂工班的养路工。

起初，龙运跃跟着师傅们学着一个个技术动作，动作僵硬，却坚定、倔强。不久便成了“龙师傅”。

这一入门，“龙师傅”便全身心扎了进去。经过不懈的努力，两年后他得到县局一致好评，被委以重任，成了最年轻的下寨道班班长。除了责任，更多的是热爱，有一次，局领导找他谈话，问他是否有意进局机关，他摇了摇头说：“养路还可以，坐机关我不行。”婉言谢绝了局领导的好意。

就这样，他又分别在杨家寨、下寨、兰家、朝仪等道班工作了10余年，每到一个新环境，他总能干出新成绩，所在的道班连年被县局评为先进单位。

绥宁有条“弹簧路”，道班有座“小木屋”，这形容的就是绥宁的鹅公道班，这是一座20世纪五六十年代修建的木房子，如今已成“绝版”，而当地路况更是让人望而却步。2003年，龙运跃担任鹅公道班班长。

一上任，他制定鹅公路段改造计划。工作中，他总是脏活累活抢着干，年平加班超过2000小时。在他的带领下，鹅公道班的优良率达100%，他们开挖标准水沟，创新养护工艺的经验在全市得到推广运用。

自掏腰包添置拖拉机“私车公用”

山区的公路弯弯曲曲，路两旁杂草丛生，容易阻挡行车视线。龙运跃个子不高，便把从集镇买来的镰刀改装了一下，换了个长长的刀把，沿路用自制的镰刀清除杂物。

在龙运跃的眼里，道班就是他的家，他劈柴熬油，捡石铺路，对道班的经费他总是能省则省，可这样一个“吝啬”的人，却自掏腰包，购买了拖拉机，拖垮方、装砂石，乐此不疲，每当同事笑他“私车公用”，他总是憨厚地回应“应该的”。

在龙运跃心里，奉献是一种享受。

鹅公道班成了“夫妻店”

自鹅公村修了水泥路，道班就只剩下龙运跃一人，他独自扛起了鹅公路段的所有养护工作。妻子沈自丽看到丈夫孤身一人坚守在道班，果断辞去工作，卷起铺盖，住进了道班，成为一名义务养路工，与丈夫一道开起“道班夫妻店”。

鹅公村这条走了10来年的路，哪里容易塌方、容易长草，夫妻俩如数家珍。

有年夏天汛期。山洪袭来，将鹅公公路冲了个大缺口。天刚亮，龙运跃带着妻子，开着拖拉机赶到现场，清理塌方，填充路坑。夫妻俩装运土方、沙子、卵石达20吨之多，用了足足3天时间，把缺口修整好。

（载2014年5月22日《湖南日报》第4版）

崎岖邮路连心路

——记“湖南省劳动模范”、岳阳县邮政公司投递员徐永辉

【专家点评】此文写了一位乡邮员热心为民服务的事迹，弘扬了一种永不过时的精神。主人翁事迹放在几十年前值得赞扬，放在当前和未来同样值得褒奖，乃至更值得提倡。宝贵的东西，不会随着时间的推移而失去光彩。新闻的正确导向是永恒的，有些题材是可以长久写作的。

他是一名山区投递员，凭着一辆单人摩托，在崇山峻岭中穿梭了15年，总行程40多万公里。

他就是湖南省劳动模范、岳阳县邮政公司投递员徐永辉。

5月9日，记者采访徐永辉，这天正是他14年前第一次踏上这条山区邮路的纪念日。

当地邮局有条邮路，在岳阳、平江、湖北通城三县交界处。70多平方公里面积，3个自然村，居住着1.7万人。因交通闭塞，很长时间没有固定的投递员。

2002年，岳阳县邮局外招投递员，开通这条邮路。应聘的人很多，但听说要跑山路，都打了“退堂鼓”，只有徐永辉没有退缩。

穿上绿色工作服后，徐永辉便把身心全部投入到了工作上。他每天早晨7点，准时从支局出发，在陡峭的山路上，完成往返80多公里的行程。

每年春季，淫雨霏霏，也是徐永辉难熬的日子。茫茫大山，浓雾弥漫，能见度低，徐永辉骑摩托车虽然小心翼翼，但仍多次掉进沟壑中。

一次，徐永辉在山中遇上一场暴雨，突遇泥沙掩埋了路面，加上山中的雾气，徐永辉连车带人滚下近5米的山坡。缓过神来，他第一反应就是去捡回被甩出10多米远的邮包。当他回头抖去身上的泥水时才发现，自己的左脚背被划了一道近两厘米的口子，血水浸透了鞋袜。他用随身携带的医药包，简单处理伤口后，又继续上路。回到支局已是晚上10点。

2008年，南方遭遇了一场罕见的冰灾。冰冻高峰期的一天，徐永辉从支局分拣处发现自己邮路上有10多份邮件和两张汇票。

徐永辉仔细查看汇票，发现两张汇票是他非常熟悉的两个客户的。一张是白石村“老病号”陈阿姨的，另一张则是钟山村一对空巢老人的。

陈阿姨患有严重的支气管哮喘，冬天，几乎都是在医院病床上。在外打工的儿子寄钱来，是让母亲赶快去住院的；空巢老人的钱也是省外亲人给两位老人添置棉衣棉被的。

徐永辉心里明白，这些钱不能耽误。他根据汇票的额度，事先从自己的银行卡支取现金，先垫给客户，再回支局帮客户办理取钱手续。

为防路滑，徐永辉找来草绳，牢牢地捆在雨靴上，同时，又给摩托车装上防滑链，准备工作完成后，徐永辉便迎着刺骨的寒风和冰雪向山里出发了。

雪越下越大，根本分不清哪里是路。他索性将车扔下，找了根树枝当拐杖，深一脚浅一脚向前跋涉。

经过4个多小时的艰难行走，他才把钱和邮件送到客户手上。

“客户有需求没满足时，内心就感到不安。”徐永辉心理装的都是客户。10多年来，他除了收送邮件外，大量时间是帮客户代购农资、代缴话费、代领工资等。他成了邮路名副其实的义务“采购员”“代办员”。

徐永辉在随身带的小包里有3个本子。一个记录服务“三农”的事项，一个登记要顺便捎带的物品，还有一个是记录代缴的各种费用。如今他又专门建立了一个便民服务QQ群。

这些年来，徐永辉除了本职工作外，客户托付的顺便捎带的物品、代缴费用等都及时做到位了，再没有落下任何一件事。

邮路连通心路，徐永辉的付出，获得了客户的高度评价，乡亲们热情地称他为无私奉献的“绿衣使者”。

（本文为作者与彭晓谭合作，载2017年5月24日《湖南日报》第4版）

穿行林海写春秋

——记“全国五一劳动奖章”获得者、湖南省林业调查规划设计院勘察设计师王福生

【专家点评】 湖南是个山地比重较高的省份，山林资源调查对于我省经济发展至关重要。王福生穿行在林海之间，取得了丰硕的科研成果。可以说，王福生把一生中最灿烂的年华都献给了林业调查规划。对这样的典型，如何来挖掘他的事迹？作者选取身边同事对他的评价作为文章的小标题，既高度概括，又贴切生动。“远看像是要饭的，近看像是烧炭的”见证了他对工作的执着和艰辛；“林业勘察，大事小事都少不了他”凸现他的努力有了回报。文章特点鲜明，言简意赅。

已过天命之年的王福生，被同事们戏称为“非洲朋友”，黝黑的脸上，明显可见岁月留下的沧桑。

1981年，王福生从湖南林校毕业分配到省林业调查队工作，从此踏上了自己的绿色梦想征程。

“远看像是要饭的，近看像是烧炭的”

作为一名林业调查员，王福生长年累月在边远林区跋涉，非常艰苦。人们说他“远看像是要饭的，近看像是烧炭的”。

“夏季的调查最难熬，每次都要脱几层皮”，王福生说，有年7月份，他在湘西调查近一个月时间，烈日烤出的水泡布满全身，晚上洗澡时，不小心把水泡弄破了，火辣辣的刺痛像针一样扎着全身，衬衣和短裤上全是血痕。

采访中，王福生还回忆起了一次恐怖的经历。

在12年前的一个秋天，王福生在怀化雪峰山区考察，一不小心，掉进了一个淘金留下的山洞里。洞深达三米多，王福生的头重重摔在洞壁上，隆起了一个鸡蛋大的疙瘩。

回过神来，王福生才发现自己掉进山洞了，便拼命呼救。可他呼喊了近半个小时，洞外却没有任何动静。这时的王福生非常疲倦，一种恐惧感顿时萌生，不禁浑身哆嗦起来。最后，他凭着洞口的一丝亮光，在洞壁四周摸索着找出路。找着找着，他突然发现右边的洞壁间有个斜着向上的缺口，便顺着这个缺口爬行了7米多远，突然，眼前有了光亮，原来，这里就是淘金洞的出口。

这次经历，虽然过去了10多年，今天回想，他还心有余悸。

“林业勘察，大事小事都少不了他”

在林业勘察设计方面，王福生的能力与经验首屈一指。“大事小事都少不了王工”，这是院领导与同事们对王福生的评价。

1987年，王福生利用所学的测绘知识，首次将地理信息系统引入林业制图，成功绘制出湖南省第一张林业电子地图。

1991年，王福生作为技术骨干和片区负责人，进入西藏进行林业资源清查。在平均海拔5000多米的雪域高寒缺氧的恶劣环境中坚持作业4个多月，全面完成了考察任务，他因成绩突出，受到国家林业部门嘉奖。

去年，以王福生为主，在全国率先建成的《湖南林地一张图》，可即时查询全省各个山头地块的林地植被情况，实现了林地管理的可视化、信息化。

在科研上，王福生更是硕果满枝，先后有31项成果获得国家、省部级成果奖和勘察设计咨询奖。其中，王福生应邀参与的国家级科技攻关项目——“森林资源综合监测技术体系研究”，2013年度获国家科学技术进步二等奖。

（载2014年5月31日《湖南日报》第3版）

“我们的价值在大街上”

——记“湖南省先进工作者”、衡阳县环卫处主任兼清扫队队长欧鲁生

【专家点评】人们常说的安于本分，就是要把自己的事情做好，为分内的事情尽职尽责，同时自己管好自己。作者采访欧鲁生时，正是被他这种对自身价值的认识所吸引。欧鲁生虽作为“灭火队长”从“米箩里跳到糠箩里”，但没有怨言：淘粪坑、扫大街，“牵牛下水，六脚全湿”。文章围绕其“价值”挖掘细节，通过典型事例的展示，对主人公忠于职守、服务社会、乐于奉献的崇高品质给予高度评价。

无论是风雪交加的严冬，还是烈日炎炎的盛夏，在衡阳县城关镇的大街小巷，总能看到一位中年男子，不是在清扫街道，就是在收集垃圾。他，就是2015年湖南省先进工作者、衡阳县环卫处主任兼清扫队队长欧鲁生。

说来也巧，5月中旬的一个下午，正在衡阳县城新正街冒雨清理下水道的欧鲁生，被记者“逮”了个正着。

“米箩里跳到糠箩里”

时间追溯到2005年的冬天，当时的县环卫处确实“寒冷”无比，干部职工已连续6个月没发工资，负债高达200多万元，整个单位人心涣散。

当时欧鲁生是市政工程管理处主任，这个单位的效益一直都很好，就在这时，组织上决定让欧鲁生来负责县环卫处的工作。

接到调令后，欧鲁生心情特别沉重，感到压力很大，亲朋好友都觉得他是从“米箩里跳到糠箩里”。但欧鲁生想到组织的决定是对自己的信任，便毫不犹豫地接手了这个“烂摊子”。

“我既然来了，就要让大家过好年”。欧鲁生上任时临近年关，他首先想到的是关心职工稳定人心，便二话没说就拿出了家里5万元存款，同时向妻舅借了9万多元，并将自己的房产抵押贷款，很快筹足了几十万元，及时补发了干部职工3个月的工资。

其实，欧鲁生的做法，很多人并不理解，说他真有点傻，可欧鲁生认为能把人心齐起来，这种“傻”值得。

“牵牛下水，六脚齐湿”

俗话说“牵牛下水，六脚齐湿”，欧鲁生喜欢这样的工作方法。一项任务下来，他总是和员工们一起干。

2008年，衡阳县申报垃圾无害化处理场建设，为做好征地拆迁工作，欧鲁生带领大家起早摸黑，逐村逐户的到村民家中进行宣传动员，耐心细致地解释。

几个月下来，拆迁工作顺利完成了，但他人瘦了10多斤，两双鞋磨成了“蛤蟆嘴”。

作为清扫队长，在每次集中整治的任务中，他总是第一个到达现场。

2012年春天的一个晚上，一场突如其来的暴雨，使几条主要街道的排水系统顿时瘫痪，有的街道积水深达20多厘米。

当天晚上，欧鲁生就紧急动员全处的力量上街清理下水道堵塞的淤泥等杂物。一干就是4个多小时，县城所有街道的积水全部排完。欧鲁生回家时已经到第二天凌晨。欧鲁生说：“作为环卫工作者，我们的价值在大街上。”

“能节省一点是一点”

欧鲁生每次参加县、市的会议时，总会拎着一个公文包，仔细一看发现，他这个包多处脱了皮，底下还撕开了一道大口子。同事们笑他：“欧主任的包该进博物馆了。”可他不以为然。再次见到他的时候，依旧拎着这一“文物”。

2013年，他因病到长沙住院，动完手术后没几天，便要求出院，医生坚决反对，但他还是拎着输液瓶回了家。他认为，“在哪输液还不是一样？能节省一点是一点”。

如今，在衡阳县，“欧鲁生”这个名字已成为环卫工作的代名词、县城文明创建的一张响亮的名片。

（本文为作者与戴军、刘魁春合作，载2015年5月20日《湖南日报》第6版）

“投递”温暖

——记“湖南省劳动模范”、长沙邮政滦湾镇投递班投递员黄晚红

【专家点评】如何从简单的新闻事实中发掘深层次的内容？作者在这篇通讯中做了成功的探索，找到了文章所要表达的主要内容。投递，简言之就是接送邮件，但在作者的心目中是在传递希望，传递温暖，于是围绕这点组织材料、发掘细节，通篇洋溢向上的情感。作者正是从这种深度下笔，不仅文章内容丰富，而且人物形象十分鲜活饱满。

在长沙市滦湾镇居民中，只要提到黄晚红，人们都会不约而同地竖起大拇指点赞。

刚过不惑之年的黄晚红，是长沙邮政的一名普通投递员，扎根滦湾镇这条邮路，一干就是 11 年。

11 年来，他获得无数殊荣，今年 4 月，又被评为省级劳模。

黄晚红能赢得好口碑，除了他一流的服务质量和态度外，更多的是因为他时时刻刻都在传递着正能量。

“大海捞针也要捞到收件人”

“干投递苦和累并不算难，最难的是被称为‘死信’的邮件送不到位。”黄晚红向记者袒露心迹。

有一次，一封从台湾高雄寄来长沙市检察院宿舍朱兰的信件，黄晚红按惯例投交给市检察院传达室。

“查无此人”。传达室原封不动地把信退给了黄晚红。

其实，黄晚红也完全可以退信了事。可他想“家书抵万金”。台湾同胞从海外寄信，肯定很期待。

他花了10多天的下班时间，跑遍长沙城区7个检察院20多个小区，终于在杜鹃路和园小区找到了朱兰。收件人全家很感激，连忙掏出一摞钞票欲感谢，黄晚红婉言相拒：“应该做的”，转身就离开了。

海底捞针式的救“死信”，黄晚红的故事能写成一本书。他凭着强烈的责任感和辛勤的汗水，每次都能使信件“起死回生”。

“能找到失主，我的心就踏实了”

2013年秋的一天晚上，黄晚红准备前往一位老乡家借钱，为女儿筹措学费。

路经学院路附近的学堂坡小区左侧僻静处，发现路边有个类似皮夹的东西，走近一看，果然是钱包。

“谁的钱包啊？”黄晚红大声呼喊。但因地方偏僻，很少有行人经过，连喊了几遍都无人回应。

他拾起钱包，想从里面找到证件之类的东西。打开一看，果然有身份证、银行卡及一摞钞票。

借钱路上，面对“天上掉下馅饼”的意外诱惑，黄晚红没有丝毫心动，想到的只有失主。

他很快找到了失主。

“真不知该说什么才好！”失主紧紧握住黄晚红的手，激动万分，连忙拿出1000元钱感谢他，却被他拒绝了。他说：“不用谢，能找到失主，我的心就踏实了。”

黄晚红家庭很困难，妻子精神失常，生活不能自理，加上一双儿女上学和赡养父母的重担全压在他身上，还能保留这样高尚的操守，知情者无不为他“点赞”。

“我们家真来了个‘活雷锋’”

黄晚红出生在娄底，“穷”的日子不仅激起他奋发向上，也让他的同情和关爱之情根深蒂固。

从童年开始，他就帮一位孤寡老人挑水砍柴，先后坚持了10多年。

参加工作后，他始终把这种情结带在身上。在20多公里的邮路上，他建立了近10个帮扶点。

他主动为用户代寄信件上万封，代取包裹上千次，为10多位孤寡老人代交水、电费100余次，金额上万元。

岳麓区学长坡6栋张浩波、李江虹两位老人，都年过八旬，无儿女。黄晚红从2005年开始，就照顾他们。旧城改造无自来水。黄晚红每天下班就到2公里外为老人挑水。一挑就是40多天。老人非常感激，逢人便说：“我们家真来了个‘活雷锋’。”

（本文为作者与刘园园合作，载2015年5月21日《湖南日报》第3版）

有困难，找“美艳880”

——记“湖南省先进工作者”、娄底车务段客运车间班长赵美艳

【专家点评】表现一个先进人物的事迹，可以选择许多种角度来报道。无论选择什么角度，都必须与报道对象的实际情况相适应，不能游离报道主体之外而猎奇。本文的主人公是娄底车务段客运车间班长，工作就是服务旅客。作者从旅客对主人公工作评价落笔，通过从众多典型事例中精心挑选2个帮助顾客解决困难的事实，弘扬主人公心中装着顾客、尽心服务顾客的奉献精神。文章正是抠住这一要点展开的。

“在娄底火车站出行，有困难，请找美艳帮帮您！”已经成为许多旅客的共识。一提到“赵美艳”这个名字，很多旅客都对她的优质服务留下了深刻印象。

赵美艳人如其名，端庄秀丽，记者在4月底的全省劳模表彰大会上一睹了她的芳姿。

“热心才能把工作干好”

赵美艳坚守“热心才能把工作干好”的服务信念，她把这9个字一直当成了自己的座右铭。

2014年1月21日，杭州务工人员刘拥军乘L835次列车至娄底下车时，不慎将一年在外打工攒下的全部辛苦钱2万多元遗失。

他心急如焚地在站台上走来走去。正在巡视站场的赵美艳了解这一情况后安慰他：“先别急，我们一起想办法”。

原来，刘拥军的包遗落在列车上，很快被列车员找到。

“包内现金20730元、手机一部，刘先生麻烦您清点一下钱物。”当赵美艳将这笔“巨款”分文不少地递到刘拥军手中时，他已激动得说不出话来。

多年来，赵美艳已先后为旅客找回各类钱物价值达20余万元。帮助和照顾近千名老弱、病残孕旅客，帮50多名走失儿童、老人、精神病患者找到家人。

“忙起来，根本就停不下”

娄底站最高峰时日接168趟列车，列车进出站间隔平均不过一二分钟，每班站台立岗10到14小时，一顿饭常要几次才能吃完。

2014年的6月4日，上午9时25分，列车进站，和列车长办理完交接后，赵美艳立即投入到旅客乘降工作当中。

9时40分，终于所有的旅客都上了车，此时，她的嗓子又干又疼，汗水也顺着鬓角流了下来，人累得几乎要散架。

赵美艳以为可以放松下来，忽然，对讲机传来声音说，有一名儿童发高烧，他父母准备带他在娄底下车看病。她赶紧带着这3名旅客跑向出站口，她把这3名旅客交给同事后，又立即往站台跑去。

9时45分，火车在娄底站正点开出。此时，赵美艳已经跑得上气不接下气。“客运工作就是这样子，忙起来，根本就停不下。”

“做班组的优秀领头雁”

作为一名客运大班长，赵美艳从“物的规格化、人的规范化、事的流程化”入手，开展全方位的过程控制，标准化的岗位管理，人性化的特色关爱服务，为客运车间创建“TQC全品质关爱服务品牌”摸索积累了经验，拓展了载体，被车务段党委认定为“创先争优示范班组”。

2012年5月18日起，娄底客运车间开通了以她的名字命名的“美艳880（帮帮您）”微博，向社会发出了“有困难，请找美艳880”的公开承诺，拓展资讯发布和服务互动，做到服务“零距离”，还组建了一支党员“美艳880”客运服务队。

该微博共发布失物招领信息187条，帮助163名旅客找回了丢失的现金195900元，黄金首饰、钱包、药品等各类物品362件，在线提供转乘、购票等方面的咨询解答40余条。以微文字、微图片先后发布了赵美艳等80多名客运员帮助旅客找回10万元现金。微博受到社会广泛赞誉，被誉为火车站的“雷锋微博”。

（本文为作者与邓晶琎、莫江波合作，载2015年5月23日《湖南日报》第6版）

停不下来的“谢大白”

——记“全国劳动模范”、湖南老百姓大药房董事长谢子龙

【专家点评】这篇通讯，作者准确地找到了被采访对象的两个亮点。一是讲诚信。他经营的老百姓大药房零售药品销售价格相对市场价低出45%，尽管受到竞争者的恐吓与威胁，却能顶住压力，坚守诚信。同时，为了不让过期药品流入市场，销毁10多吨过期药品；二是讲奉献。汶川地震期间，他除亲自去现场救灾外，还捐赠了价值不菲的药品。文章主要是通过这两大亮点，来歌颂主人公诚信担当和奉献情怀，有极强的针对性。

谢子龙曾在多个场合说过要在45岁前退休，然而直到今年，已经49岁的谢子龙发现，“根本停不下来”。

他一手创立的老百姓大药房5月刚刚上市，他本人既是董事长，也是全国人大代表，还是湖南省工商联副主席、湖南摄影家协会主席等等，繁杂的社会身份也意味着巨大的社会责任，驱使着他越来越忙。

喜欢折腾，成为行业的颠覆者

当过出租车司机，搞过食品销售、医药批发，在创办老百姓大药房之前还有过3次经商经历，这个湘潭男人确实能折腾。

2001年10月27日，长沙市湘雅路，老百姓大药房第一家门店开张，彼时盛况，可谓“挤破了门槛”。

这是全国首家平价药房，谢子龙打出“定价比国家核定零售价平均低45%”的大旗，通过减少流通环节、降低经营成本等措施向虚高药价宣战，这一举措震撼了医药行业。谢子龙被视为行业的颠覆者，由此也受到业内的排挤与各界的质疑。

恐吓电话、大字报、撕毁标签、断电、砸玻璃、撤货、价格联盟……凡此种种，不一而足，有一个门店曾经开业7天被迫停业3次。

恶劣的竞争环境之下，是谢子龙“不成功则成仁”的决心。坚持了半年以后，环境渐渐发生了改变，同行开始慢慢地了解、学习、模仿老百姓大药房，最终，平价药房被行业所认可。老百姓大药房创立后，长沙市的药价平均下降约20%，随后引发全国性的药品降价大潮。

14年时间，老百姓大药房已由一家单体民营药店，发展成为大型上市药品零售连锁企业，有员工10000余名、门店1000余家、年销售收入超过45亿元。

贴心暖男，登上“中国好人榜”

谢子龙脸庞饱满，身材圆润，“老百姓”的员工赠他绰号“谢大白”（“大白”是迪士尼动画《超能陆战队》中一个体型胖胖的机器人，是暖男的代表），说他是个暖男。

公司上市前后，大家都很辛苦，“谢大白”常常在公司微信群里给大家发红包，如果有人忙得连红包都抢不到，细心的“谢大白”还会发私包给他。

今年4月，这位贴心暖男登上了中央文明办主办的“中国好人榜”，获评诚实守信好人。

为避免过期药品流入非法渠道和随意丢弃，从2005年开始，谢子龙组织老百姓大药房每年回收上十吨过期药品进行销毁，每年投入其中的费用达200余万元。

湖南冰灾、汶川地震等等，谢子龙都捐款捐物，并到现场参与救援。据统计，至2014年，谢子龙带领老百姓大药房，先后为扶贫、救灾、助学等社会公益事业捐款捐物累计价值4300多万元。

他还在公司内部成立“老百姓千万困难救助基金”，多年来救助了60多户困难职工家庭。

近年来，谢子龙先后获得过“全国关爱员工优秀民营企业家”“中国青年创业奖”等荣誉，今年5月，获得全国劳动模范称号。

荣誉满身，谢子龙对自己的评价，却是最朴实的：“我应该算是一个正直、友善的人吧。”

（本文为作者与周月桂合作，载2015年5月27日《湖南日报》第4版）

奔波邮路三十余载 绝技在身成“车神”

——记“湖南省劳动模范”、长沙邮区中心局驾驶员王小兵

【专家点评】点点滴滴、并不显眼的平凡小事不好写，但作者硬是从中抠出了有价值的新闻事实，写出了一篇有声有色的人物通讯。“车神”称呼的由来，文末数据的精彩，都让主人翁“站”了起来。

翻开王小兵的成绩单，尽是一些点点滴滴、并不显眼的平凡小事。然而，正是这些点点滴滴的小事，铸就了他人生的辉煌。

今年52岁的王小兵，曾在野战部队当炮兵。军营4年，不仅练就了好身体，驾驶技术也打下了好基础。

1985年，王小兵退伍到湖南邮政公司长沙邮区中心局运输中心，当邮车驾驶员。这一干就是30多年。

王小兵开过半挂车，也开过全挂车。全挂车有19.8米长，装满邮件时有20多吨重，他一开就是15年。

“全挂车太长太重，倒车和转弯最难开，具体怎么开，我

也讲不清楚，主要靠感觉。”王小兵憨厚一笑，言语中充满神秘。当邮车驾驶员31年来，他累计开车210多万公里，零事故零违章，同事们因此称他为“车神”，把他的车称为“王牌车”。

业余时间，王小兵除学习汽车理论知识外，还经常跟专业维修人员学习车辆修理技术。

结合多年驾驶经验，王小兵摸索出了三种安全行车办法，即“情况假设法”“事故分析法”以及“静、慢、让操作法”，并自编了交通安全顺口溜。

2008年湖南大冰灾，王小兵像往常一样运输邮件。一天行驶到双峰时，路上已结冰，车轮压得路面咔咔作响，长长的邮车有点左右摇摆。“不能乱踩油门，方向盘也不能握得太死”，王小兵默默告诫自己。车子经过一段时间的摇摆，终于脱离了险境。

王小兵在工作中从一脚油、一脚刹车做起，不断总结，逐步形成了一套自己的节油操作流程。

“节油跟驾驶心态和习惯有关”，王小兵说，车况好，驾驶心态才会好，要尽量匀速行驶，不要猛一脚油门猛一脚刹车地开车，这样油耗才不会高。

从2009年至2013年，王小兵累计行车40万公里，节油近10800公升，计75600元。鉴于他的“工作法”非常有效，公司全面推广，大幅度降低了企业的成本，仅2012、2013年，就节油40多万公升，合计280多万元。

（载2016年5月24日《湖南日报》第4版）

轮轨上，“国家名片”亮闪闪

——记“全国五一劳动奖章”获得者、联诚集团株洲电力机车调平班班长邹宇锋

【专家点评】高端工业总有一些专业术语、专业课题，新闻报道中如果照搬，读者就会不知所云，难解其意。本文作者的可贵之处在于，把专业性的东西通俗化了，让读者一看就懂，就知道了主人公的不同凡响。

一个曾在社会上小作坊敲敲打打的农民工，竟走进了劳动者的最高荣誉殿堂——人民大会堂，接受党和国家领导人颁发的“全国五一劳动奖章”，他，就是联诚集团株洲电力机车调平班班长邹宇锋。

只有初中学历的邹宇锋，自 16 岁开始，就在当地小作坊、小工厂学电焊、敲冷作，东一榔头、西一棒子整整干了 10 个年头。2008 年，邹宇锋被招进联诚集团当冷作工。

刚进联诚集团时，邹宇锋就遇到一个自己能“荣耀登场”的绝佳机会，在有 2000 余人参加的技能比武中获冷作工第二名。

比武一炮走红，使邹宇锋产生了建功立业的想法。他所在

的联诚集团是为走向世界的中国高端轨道交通装备生产重要零部件的配套企业，而高端轨道交通装备正是“中国制造”的“国家名片”。

这种高端装备，是由千千万万个零部件组成的，零部件过不了关，就直接影响高端装备的国际形象，朴实的邹宇锋懂得这个道理。

2012 年，邹宇锋所在的企业承接了德国西门子公司逆变器的订单，“西门子”对产品品质要求极高：表面不能有碰伤、磨伤，外观平整度公差不超过 1 毫米（通常国际标准为 3 毫米），产品如果不能达标，联诚集团将失去这批订单。

为保证高质量产品要求，邹宇锋设计了好几套加工方案，结果都不太理想。一次偶然的机会，他了解到一种叫作真空调平机的设备。为了吃透，他反复尝试、推敲和测算，终于匹配出适合加工产品的最佳技术参数，使产品质量、美观度获得了质的飞跃。

德国西门子公司专家到公司验收逆变器柜体，验收第一个柜子时，这位专家一丝不苟，一番测量之后，面对已达到 1 毫米以内调平精度的测量结果，专家紧绷的脸上终于露出了信任的笑容，在第二个柜子验收时，这位专家说：“免检！”

在长沙中低速磁浮列车的研制中，邹宇锋通过特殊工艺制作的蓄电池低压箱，有效地克服了收缩变形、共振等难题。

中国中车的磁浮专家感叹：“如果没有这样精美的自主化零部件，中国要想打破日本、德国的垄断，在短时间内实现完全自主知识产权中低速磁浮列车的下线，是不可能的。”

（载 2016 年 6 月 1 日《湖南日报》第 4 版）

残肢“扶”树枝 果农成“果王”

——记“全国五一劳动奖章”获得者、湘乡市山枣镇农民刘克斌

【专家点评】 让一个新时代的新型劳模的风采跃然于纸上，应是作者的追求。为此，作者精心选材，精心写作，用简练的语言表达了丰富的内容，终于达到了目的。

一提到“倔强汉子”，湘乡市山枣镇方圆十里的人都知道，说的是“果木王”刘克斌。

今年62岁的刘克斌，年轻时对自己的前途信心满满，立志要干一番大事。但他偏偏被命运捉弄，1977年因车祸致3级肢残。

突如其来的打击，刘克斌的情绪低落到了极点，一时间甚至有轻生的念头。好在有亲人和朋友的开导、帮助，刘克斌才从痛苦中走了出来。

“人家说我命苦，但我偏不信这个邪！”倔强的性格，让刘克斌的心里燃起了希望之火。

他以常人难以想象的毅力学习果树栽培技术，先后啃完了

近百本农林果木科技书，光读书笔记就记了40多本，达300多万字。

同时他跑遍了省内外30多家林科院所，登门拜师求教，到现场学习栽培技术。

经过10多年的艰难探索，苦心钻研，他成功掌握了10多种先进的嫁接技术，发表各类科技论文100多篇，他研制成功的“果树栽培宜秋季”“用草木灰防治柑橘潜叶蛾”等栽培技术，获国家和省农林系统科技成果奖。

刘克斌也因发展果木经济林，早在20世纪末就成了当地有名的“果木王”。2009年，还拿到了高级园艺师的技术职称。

有了业绩，名誉也接踵而来。他先后获得“全国科普带头人”“湖南省科普带头人”“全国五一劳动奖章”和“湖南省劳动模范”等荣誉。

刘克斌做了上万次科学实验，改良劣质果园3万多亩。在这个过程中，刘克斌也从一个农民成长为一名高级农技师。他的苗木基地，每年收益有50多万元，成为山枣镇致富的先锋。

“性格虽然倔强，却有热心肠”，了解刘克斌的乡亲都这样说。自己富了，不忘乡亲。乡亲们有困难，他都乐意去帮扶。

2009年秋季的一天，刘克斌在中沙镇授课时，发现特困户老彭家房屋到处漏水，几件家具破烂不堪，两个女儿双目失明，除了种几亩山地，无任何经济来源。他心情十分沉重，暗自承诺要帮帮这个苦难家庭。

一个星期内，他3次到老彭家，先后送去价值6万多元的果树苗木，指导老彭在房前种满果树，第二年又帮老彭家种了20多亩西瓜，同时还送了7箱蜜蜂给老彭，不到3年，刘克斌就帮老彭家过上了好日子。

20多年时间，刘克斌免费授课100多场，受训对象上万人次。为农户免费提供果类树苗700多万株，同时还特意投资300多万元，专门开辟一片果树林，供200多残疾人经营受益。

（载2016年5月17日《湖南日报》第7版）

显微镜下守望碧水蓝天

——记“湖南省五一劳动奖章”获得者、安乡县环保局环境监测站分析员彭文华

【专家点评】外行成内行，更显不一样。一个学非所用的人，竟然大放异彩，这是读者读完此文后的感觉。作者抓住这一点做文章，写出了主人公的不同凡响，可见其有独特的眼光。

90后姑娘彭文华身材娇小，在安乡县环保监测团队中，看上去并不显眼。然而，正是这位姑娘以超人的技艺和过硬的专业特长，为这个团队撑开了一片蓝天。

从2012年开始，她先后获得20多项荣誉，其中，2015年湖南省大气监测技术比武荣获个人三等奖，2016年湖南省环境监测分析技能竞赛活动荣获个人一等奖，同年荣获“湖南省五一劳动奖章”。

出生于安乡农村的彭文华，从小就与洞庭水结下了不解之缘，对水有一种特殊的情意。大学所学专业虽与水没有关系，但当县环保部门招收环境监测分析员时，她毅然放弃原有专业，投身到守望家乡碧水蓝天的环保事业中。“与其让人瞧不起，

不如自己争口气。”彭文华5年前被录用为环境监测分析员时，曾遇到过业内人的质疑，认为一个不懂环境监测的人，短时间内也不可能做好这项工作，有的甚至认为小彭的选择是自讨苦吃。

可彭文华没有把这些议论放在心上，一门心思沉在实验室里找标本、查数据、做对比实验，有时连续几小时眼睛没有离开显微镜，不到两个月，把整个监测分析的内容重复了无数遍。同时，她经常跟同事往返于各个监测点，采集监测样本。不论是烈日炎炎的盛夏，还是寒风凛冽的严冬，采样时她总是一个人冲在前面，而每次采回的样本，她都会在第一时间拿出检测结果。

2015年10月，她参加湖南省大气监测技术比武竞赛，最终为常德市夺得技术比武竞赛“团体第一”、个人三等奖的好成绩。彭文华以自己的努力改变了人们认为她不能从事这项工作的看法。

“用非所学并不决定成败，只要热爱就能成为内行。”彭文华能够在业内很快获得大家的认可，关键在于她无比热爱这项工作。她在钻研专业技术时，总会比人家想得更深、更透。

刚参加工作时，她对氧的分析特别感兴趣，尤其对化学需氧量和生化需氧量的化学反应的观察与研究十分仔细，通过反复实验，明确了这两种化学反应对于测试有机物的污染和样品分析结果，在浓度和时间上都会起到决定性作用。

把握了这一基本原理，彭文华每次检测结果的准确率要比以前一般检测的准确率高出20%。她分析和总结出的这一基本原理，得到了业内专家认可，同时也被许多同行采用和推广。

参加工作6年来，彭文华先后掌握了湖南省环境监测实验室分析项目共40余项，囊括水、气、声、土壤等。

她还先后掌握了环境监测分析的3种方法，即仪器法、容量法、分光光度法等，能灵活运用大型仪器及监测分析方法。能熟练操作水质、底泥、土壤、固废样品的采集，以及空气中颗粒物、甲醛、苯、二氧化硫、氮氧化物等气态污染物的样品采集。

参加工作时，她是一个地地道道的外行，如今却成了实实在在的基层环境监测专家。

"人生精彩就在枯燥和平凡之中。"有人说彭文华学非所用，吃了大亏。而彭文华却认为自己并没有吃什么亏，无非是工作枯燥一点，单调一点，说不定真正的人生精彩就来自这种"枯燥"和"单调"。

（载2017年3月18日《湖南日报》第3版）

“手板”执教的“妈妈老师”

——记“湖南省劳动模范”、中方县泸阳中心小学教师李慧

【专家点评】 女性的母爱，不仅是慈良，更是一种无私的奉献。李慧老师，因年幼时烧伤右手五根指头全没了，为了给学生板书，只能靠右手板和仅剩的一小节拇指夹着粉笔写字，艰难程度可想而知。尽管如此，她却倾其心血教好学生。她用母爱为贫困山区孩子浇灌知识甘泉，孩子们称她“妈妈老师”。通篇围绕李老师的无私奉献而展开。每天往返 20 多公里山路去学校，走过的山路超过 10 个“二万五千里长征”；经常为一些未吃饭来上学的孩子带早餐，为贫困孩子垫学费……事迹虽平凡，但由于材料取舍得当，“妈妈老师”形象跃然纸上。

李慧，这个名字，在怀化中方县几乎无人不晓。发生在她身上的故事，人们如数家珍：“手板”执教 21 年，为贫困山区孩子浇灌知识甘泉，在一条悬崖峭壁的山路往返跋涉 21 年，孩子们亲切地叫她“妈妈老师”。

中方县泸阳小学黄花树村教学点教师李慧，小时候右手不

幸烧伤，失去了五个指头。她在教学中，只能靠右手板和仅剩的一小节拇指夹着粉笔写字，书写极为不便。在孩子和家长们眼里，李慧是老师，又是校长；是管理员，又是炊事员；是保姆，又是妈妈。她每天早晨不到5点就起床，为生活不能自理的残疾丈夫和在读中学的儿子做好早餐后，踏着晨曦，徒步行走10多公里山路赶往学校，黄花树村地处泸阳镇边远的山界上，不通汽车，加之她手不方便又无法骑自行车，每天在路上花去的时间就有5个多钟头。有人计算过，她往返学校家庭走的路相当于10个“二万五千里长征”。李老师风趣地说：“手虽不方便，腿脚却变麻利了。”

黄花树村有300多户村民，都散居在大大小小的山旮旯里，11位上学的孩子中，有好几位的家长常年在外打工，“留守孩子”的衣食住行几乎全都交给了李老师。学生的衣服被雨淋湿了，李老师先去帮孩子们烤干衣服后再上课；发现孩子们空着肚子上学时，李老师把每天事先准备好的米糕、年粑等烤得热乎乎的，送到孩子跟前；遇到天下大雪，李老师总是将孩子逐个送回家后才往家赶。

李老师的课堂上发生过这样感人的一幕：一位女生突然发现李老师的右手掌在流血，鲜血把手中的粉笔都染红了，她还在坚持“板书”。女孩抑制不住心痛，“哇哇哇……”突然失声痛哭起来，顷刻间10多名孩子与老师哭成了一团。事情是这样，一天黎明，天下着鹅毛大雪，李慧为了及时赶往学校，她在被雪覆着的山路上深一脚浅一脚地往前赶路，一不小心，人就滚到了山坡下，左脚被摔伤脱臼，只有“手板”的右手被锋利的石块划得鲜血直流。但她忍着剧痛爬起来，一拐一拐地继续往前赶，到学校时，右脚已经肿得碗口那么大了。为了不让孩子们发现受伤的右“手板”，她戴上了特制的手套，可鲜血还是不断从手套上渗出来。回忆起这段往事，李慧的眼角露出了一丝红润：“学生心里有我，我再苦也值得。”

“每天只有孩子们都到齐了，我心里才踏实”。经常使李慧担心的，是孩子们中途辍学。几年前，二年级班有位叫蒲宏丽的女学生，开学一周了却没见她来报到，这下，让李慧慌了。周末，她一大早便赶到了蒲宏丽家。李老师苦口婆心地劝说孩子的父亲，可父亲怎么也不松口。原来父亲囊中羞涩，根本拿不出钱来送孩子上学。李慧知道这一情况后，当即表示“钱归我垫上，明天就让女儿来学校吧”。李慧的举动，深深打动了这位父亲，第二天，家长还是把蒲宏丽送到了学校。这些年来，李慧为交不起学费的孩子们“垫付”的钱，没收回来的已经早上了五位数。

大山深处“妈妈老师”的无私奉献，得到社会的普遍尊重，她先后多次被评为县、市优秀教师、优秀班主任、巾帼建功标兵，今年又被评为省劳动模范。

（载 2011 年 4 月 27 日《湖南日报》第 6 版）

平凡小事堆砌精彩人生

——记长沙市马王堆办事处恒达社区党委书记、“全国先进工作者”刘朝辉

【专家点评】看标题就知道，主人公没有惊天动地的业绩，只有一堆平凡小事。作者决定要写这个人物时，通过外围作了大量的采访了解，根本找不到一件有轰动效应的事情，全都是一些诸如修水管、搞卫生、做调解等平凡得无法再平凡的事了，并且在群众需要时“现场总能看到刘主任的身影”。作者意识到正是这些琐碎的小事，堆砌了主人公的精彩人生。这些平凡小事凝聚的精神，正是我们这个时代所需要的，他们在平凡的岗位上做出了常人难以坚持做好的事业。其实，社区是个小社会，每件事看起来很小，但如果出现纰漏就会影响大局面，脚踏实地为民服务才是真。作者眼光独到，从平凡中寻找到了闪光点。

“每天能把事做好，即使再小，再琐碎，也是一种享受”，当记者提及社区的事细小平凡时，热情爽快的刘朝辉很快说出了自己的观点。

刘朝辉，长沙市马王堆办事处恒达社区党委书记。在马王堆恒达社区里，各种各样的琐碎事、烦心事，每天都有可能发生，甚至可能重复发生很多次，像出门不落锁啦，夫妻吵架啦，忽然停水啦，小孩玩火啦，等等。对于这些小事，刘朝辉自己也记不清处理过多少？但居民们知道，每次现场总能看到刘主任的身影。

去年夏天的一个傍晚，气温高达40摄氏度，闷热难熬。社区南苑的几百户居民家里突然停水，一时间众多居民很快聚集小区南苑门前，抱怨声、责怪声不断。刘朝辉闻讯，第一时间赶到现场，一边安抚众人情绪，一边联系物管修理。修理工很快赶到了现场，可查找了近三个钟头，却没找到水管爆裂位置。刘朝辉见状，又赶紧与在场的几位社区管理人员合计，自掏腰包，火速请来了市里的高级水工。

那个晚上，刘朝辉始终守留在抢修现场，当起了修理工的下手。汗水浸透了全身，她也不顾。直到清晨6点30分左右，水管才被修好。当自来水龙头流出水的那一刻，刘朝辉的脸上才露出了轻松的笑意。

社区居民戴克武，妻子患有精神病，30多岁的儿子戴耀邦也因有轻度精神分裂病史，长期在家待业，虽然参加过无数次就业招聘考试，结果总是名落孙山，家里除了老戴有份退休金，几乎没有任何经济来源。刘朝辉见状，连续几天寝食不安。她10多次跑区、市民政、救济等部门，帮戴家申请大病救助、困难补助等，戴耀邦病愈后，又帮他谋得了一份较稳定的工作。戴克武感激万分，特意回到乡下老家，制作了一包新茶，悄悄地送到刘朝辉的办公桌上。

为一个家庭做点事，看起来是小事，但坚持做也并不容易。刘朝辉对此也很坦然，觉得都是应该做的。因此，她总是乐此不疲地去做。

社区没幼儿园，她就自己掏钱借房办起社区第一个幼儿园；外来人员子女入学难，她就带着家长跑遍区里各个中小学上门求情，结果一个孩子都没落下；社区内的企业有困难，她主动上门帮扶，最终帮企业融资 200 万元……

社区里的小事，烦事、琐碎事、突如其来的事……发生了，被解决了，又发生了，又被解决，不管重复多次，刘朝辉和她的同事们都会不厌其烦地做下去。她正是以自己的爱心、责任心和平常心，日复一日，年复一年地坚守。做好身边的每一件事，使本来比较落后的社区，稳步迈进了市级和省级文明社区，她本人也因这些数不清的小事，获得市劳模、省劳模、全国先进工作者等荣誉称号。

（载 2011 年 4 月 29 日《湖南日报》第 8 版）

用爱灌溉“大家庭”

——记邵阳市福利院院长、“全国五一劳动奖章”获得者蒋德伟

【专家点评】人都会老，这是自然规律。任何人都无法预测一生中有何不幸，但不幸的事情发生后，如何处置？有的人会去寻短见，有的人则选择离家出走，漂泊流离，了结残生。然而，在邵阳市，却有这样一个人，把孤苦老人当父母，视无助人为亲人，整天围在他们周围，想着一些法子让他们走出“不幸”，过好每一天。他，就是报道的主人公蒋德伟。他的精神感化了许多人，文章正是用蒋德伟一连串的“爱”，道出了这些曾经“不幸”之人现在的幸福之情。作者在赞美蒋德伟的同时，也传递了自己的情怀。

这是一个拥有260多名成员的“大家庭”。这里的老人和孩子，每天都生活在幸福之中，都在享受天伦之乐。这个温馨之家，就是邵阳市福利院。日前，该院院长蒋德伟荣获“全国五一劳动奖章”。

已过天命之年的蒋德伟，从副院长到院长，一干就是27

年。刚来这里时，蒋德伟探望一位姓吴的老人，看到了这样的一幕：坐在床边的老人，手中捧着老伴的遗像，颤抖的手抚摸着亲人的遗容。而这天，正是老人的80岁生日。内心孤独与悲凉，使老人泪如雨下。见此情此景，阵阵心酸涌上蒋德伟的心头，他暗下决心：要像孝顺父母一样对待院里的每一位孤苦老人，像呵护子女一样爱护院内的每一个孤儿。从此，蒋德伟每天都泡在院里。有人过生日，他送上鲜花、蛋糕；有人生病了，他请医生上门诊治，精心呵护。“家庭成员”发生任何事情，他总是第一个赶到现场。

前年冬天，蒋德伟为抢救一位冠心病突发的高龄老人，连续三天三夜没有合眼。到第四天深夜，老人的病情稍稳定后才回到家里。他正准备睡觉时，座机的铃声响了，是院里值班人员打来的，说另一位老人唐鸿昌突然发高烧，上呕下泄，全身冒冷汗，情况危急。蒋德伟放下电话，转身直奔老人床前，他见状二话没说，背起老人就朝医院奔去。因抢救及时，老人转危为安。老蒋离开医院时，东方已经放亮。连续经历了4个不眠之夜的他，高一脚低一脚回到家里，已经再也没有丝毫力气了。早上妻子起床时，才发现老蒋躺在客厅的地板上睡了。

老人把蒋德伟当儿子，孩子们认蒋德伟为父亲。上有老，下有小，蒋德伟在这个“大家庭”中，感到幸福和开心，

他内心深处爱上了这个“家庭”，深深地爱着“家庭”里每个人。

老蒋觉得，光让孩子们吃好穿暖还不够，还要为孩子们的前途多做些盘算。“父母之爱子，则为之计深远。”到了学龄，他千方百计将孩子们送进附近的中、小学接受正规教育，残疾

儿童则送到特殊学校学习，让每个从福利院走出的孩子，都有自食其力的本领。近3年，院里的20多名孩子通过国家统考和职校学习，进入大学或走上工作岗位。他给30多名脑瘫儿童长期做康复治疗和训练，使多数儿童生活能自理。

为使“家庭”舒适，蒋德伟不停地跑市里、跑省里，甚至跑北京，争取资金支持。经过多年的努力，“家庭”条件有了根本性改变。院内的危房全部被拆除，取而代之的是功能齐全的康复大楼，环境优美的老年公寓、装备全新的儿童服务楼。健身房、运动场、娱乐室、餐厅、澡堂等一应俱全，全院建筑面积扩大了10多倍。

（载2011年4月30日《湖南日报》第3版）

“地心”探宝

——记“湖南省先进工作者”、省煤炭地质勘查院院长何红生

【专家点评】有真知灼见的人，想问题、办事情总会与众不同。本文的主人公就是一个这样的人。他作为从最基层一步一步成长起来的地质专家，30年来始终与钻机共舞，与探索同行，经历了地质工作各个岗位的锤炼和洗礼；作为专家型领导，他不同意现有的一些勘查报告的结论，即使申报科研项目，也有与众不同之处。这些成为文章的主要元素，也正是这些元素，把一个坚守地质不动摇、勇于创新的科技工作者的形象呈现在读者的面前。

何红生，已过天命之年，修长的身材，一双深邃的眼睛，加上黑黝黝的皮肤，全身透露出一股坚毅与活力。

“现成的东西，往往让人走进误区”

作为我国恢复高考制度后首批毕业于名牌大学地质系的高才生，何红生已在找矿行业摸爬滚打30多个春秋，是行业内有

名的“钻山豹”。

他找矿从不依赖现成的资料，“现成的东西，往往让人走进误区”。

为了收集第一手资料，何红生曾钻过几千次煤窑。

何红生负责的国家级一类地勘项目——金竹山详查项目，当时已有几份现成的勘查报告，但都是单一性的报告，且比对起来并不一致。为弄清实情，他带队进入远离地面的煤矿底部采样。当他们正在专心采样时，突然“轰”的一声巨响，左上方一块岩石砸下来，就落在何红生身旁。

紧接着，碎石、煤块“砰砰砰”砸个不停。何红生双手、胳膊多处受伤，在场的同事们都吓出了一身冷汗。

何红生通过对地层剖面观测，对煤质特征进行分析，完成了该地区各煤层的详细分析方案。该项目获省部级二等奖。

“勉强上报，还不如‘剃光头’”

“何院长做事，一尺十寸，没有水分”，在员工们的眼里，何红生是个不图虚荣，只讲实效的人。科研成果是衡量科研院所实力和水平的硬指标，煤勘院也不例外。

光成果而言，由何红生单独完成及由他领衔完成的成果，多年领先全国同行。近3年，该院申报的30多项成果，分别在国家和省里获奖。

其实，何红生并不在乎获奖成果的多少，他特别在乎成果的质量，每年上报的成果他都要严格把关。

两年前，他为主承担的一项攻关课题，多项资料已经完备，且通过了省级成果鉴定。院科研部门的同志准备上报。但何红生感到，成果还不够完善，还有提高的空间，这样上报有勉强之嫌，便果断扣下了。

何红生每次总要把上报项目的水分挤得干干净净，按照他的话说，“勉强上报，还不如‘剃光头’”。

“机会来了就要抓住不放”

全省的煤炭勘查工作已经没有多大文章可做了，转型发展成了煤勘院的当务之急，何红生对此深感焦虑。

2011年，省政府把勘查页岩气、生物气的任务交给了何红生，“真是天上掉下馅饼啦”，何红生喜出望外：“机会来了就要抓住不放。”

凭借自己多年的找矿实践及团队的专业优势，他信心满满。他的团队一上手，果然“吹糠见米”，收获的惊喜一个接着一个。

2012年，他主持完成的“湖南省古生界页岩气成藏条件与资源评价”，是他们转型后拿下的第一个项目。

该项目在评审中，得到著名油气专家匡玉柱院士的高度评价：“该项研究成果完全达到国内领先水平。”

初战告捷，何红生的劲头更足了。2013年，他的团队又拿下了“湖南省页岩气资源评价”项目，成果被评为全国18个气体矿产项目中唯一优秀报告。

“慈页1井”是国家地质调查局在我省部署的第一口页岩气预探井。而这口井的预探任务都是由何红生团队完成的。它的预探成功，为中南地区开发页岩气立下了标杆。项目被中国地质调查局列为全国页岩气勘探重大突破的四大成果之一。

在谈到梦想时，何红生说出了心中的秘密："想亲手绘制一份全省地下藏宝图，让丰富的地下资源造福三湘父老。"

（载 2015 年 6 月 19 日《湖南日报》第 4 版）

芷江“不老松”

——记湖南芷江湘机铸造有限公司党支部书记、“全国劳动模范”戚智萍

【专家点评】媒体在报道劳模等先进人物时，习惯宣传其“老黄牛”精神。作者在这篇通讯中，果断地放弃了这一传统套路，把着眼点放在老劳模戚智萍在新时代的一些闪光点上。77岁高龄的戚智萍，不但有辉煌荣誉史，同时又是一位与时俱进的全国劳模。老人酷爱学习，不但通晓博大精深的中华文化，现代企业管理、营销策略等方面的知识也非常丰富，更让人意外的是，连很多网络语言都能信手拈来，“给力”“神马也是浮云”等更是说得头头是道。作者把老人身上这些带有强烈时代色彩的内容写进报道中，还特意深挖了老人对企业长远发展的思路。别出心裁的报道，让“不老松”形象栩栩如生，充满时代活力。

一位女性，21年前退休后，就可以在家乐享天伦。然而，谁都没想到，老人如今还在一线打拼，仍是一家集体铸造企业

的主要负责人。她，就是被誉为山区“不老松”的全国劳模，湖南芷江湘机铸造有限公司党支部书记戚智萍。

戚智萍，出生于1934年，今年已77岁高龄。她1958年参加工作，凭着“发挥光和热、建设新时代”的纯朴热情和拼命精神，在本职工作岗位上，创造出惊人业绩，第二年就被评为全国劳模。在1959年全国群英大会上，曾受到毛主席、周总理等亲切接见。几十年的革命历程，戚智萍的工作岗位不知道换了多少个，但始终不变的是：只要她在哪里，“先进”的荣誉就会跟到哪里，有县里的，市里的，省里的，光全国劳模等国家级荣誉称号就有好几个。她是劳模队伍中一棵挺立的“常青树”。

身材瘦小的戚智萍老人，给人的印象是精明、豁达。据身边的人介绍，她还有一种永不服输的性格。难度越大的事，她越乐意去做，且非把它做好不可。在她的手里，曾把几家特困企业发展成县里、市里明星企业。

1990年，芷江镇木制工艺品厂濒临倒闭，工人接连几个月拿不到工资。镇里曾先后物色过几个对象去该厂任职，但都因“烂摊子、难收拾”望而止步。这年，刚办完退休手续的戚智萍闻讯后，主动请缨到该厂担任党支部书记。她凭着顽强的毅力和扎实的工作，硬是带领自己的团队，把这个当时资产不足5万元、员工才10多个人的小企业，发展成年产值过3000万、员工超过150人的具有一定规模的企业。

采访中，戚智萍老人兴致勃勃地跟记者谈起了对企业的远景构想，她要再征一片地，盖几栋厂房，引进新的生产线，使生产规模扩大一倍。再过5到10年，把企业建成芷江境内一流的有色金属铸造企业。戚智萍对企业的前景，成竹于胸，充满自信，无不令人敬佩和感叹：真可谓“老骥伏枥，志在千里”。

“人就像蓄电池，不经常充电，就会变成废品”，戚智萍用生动比喻告诉记者，活到老，学到老是她终生的信条。

在戚智萍办公室里，记者有意浏览了两大书柜里面的书籍。编年史书、经典名著、散文诗歌、企业管理等各种专著、丛书应有尽有。

“别看我年纪大了，我每天都坚持‘两个不动摇’：晨练和读书。特别是读书，睡前看两个小时书这个习惯，至少坚持了40年，从没间断过……”谈起读书，老人的话匣子很快打开了。

在聊的过程中，记者惊诧：老人不但底蕴深厚、通今博古，而且也很新潮，经济危机、金融风暴、低碳经济等话题，说起来都是一套一套的。甚至连最流行的网络语言“给力”“神马都是浮云”等，也说得头头是道。

记者在想：年近80的戚智萍，能有如此充沛的精力，敏锐的思维，不断吸收知识，常给自己“充电”，恐怕就是这棵生命之树四季常青的奥妙所在。

采访戚智萍，最使人感动的是她那颗金子般的心。老人长期用“奉献”与“爱心”保持着“金子”的纯度与珍贵。

戚智萍退休后，来这家企业一干就是21年，可从没有拿过企业1分钱工资奖金。有时候连招待客户、出差的费用，她都自己掏。

镇里每年给的劳模津贴，戚智萍原封不动，都分发给了特困群众。

县里发给她的劳模慰问金，自己分文不取，长期用来资助给困难职工发生活补贴……

公司职工杨德海的父亲患尿毒症10多年，为给父亲治病，杨德海变卖完了家里所有值钱的东西，戚智萍连续3年从自己的劳模慰问金中拿出一大部分钱给杨德海父亲治病。同时，她多次跑县里、市里，为病人争取了3万元福利金。

去年下学期，县一中有位成绩拔尖的高二女生，因交不起学费，无奈辍学在家。此事让戚智萍知道了，她当晚赶10多里山路，硬是把2000元送到了女孩的手中。老人的举动，让女孩和她的父母都感动得热泪盈眶。临别时，老人用纸巾轻轻擦去女孩的眼泪，深情地说："孩子，我也是喝苦水长大的，过了这道坎，一切都会好起来。"肺腑之言，情真意切，女孩再一次被感动得哭了。

（本文为作者与唐伟、田鸿合作，载2011年4月26日《湖南日报》第4版）

精品铸就辉煌

——记"全国五一劳动奖状"获奖单位、中建五局土木工程有限公司

【专家点评】 采访遇到的事情千头万绪，找亮点，是其中的关键。文章报道的中建五局土木工程公司在全省及至全国都久负盛名，骄人业绩和感人事迹几天也说不完。文章紧紧抓住"把每个项目都做成精品"这一亮点展开。正是因为把握住了这一亮点，文章的显示度就出来了。

长沙，年嘉湖隧道畅通都市脉搏；南宁，青竹立交桥奏响大地飞歌；云南，边陲公路烙上"中国建筑"标记；非洲，挥汗如雨开辟邦交友谊大道……这一座座标志性建筑，都是中建五局土木工程公司创造的奇迹与辉煌。

辉煌，源于其多年来打造精品工程的理念。在建筑市场竞争十分激烈的今天，该公司把每个项目做成精品，让市场来评价和选择。

"打造精品，靠的是科技、人才和严格的质量管理"，公司总经理旷庆华一句朴素的话，道破了其在市场上所向披靡的成

功秘诀。

打造精品工程，对材料科技含量的要求始终摆在首位。近5年来，该公司围绕高性能混凝土开发、高强度钢材的应用和轻质墙体材料推广，不惜投入上千万元组织科技攻关，研制成功最高强度的混凝土，并形成高性能混凝土应用方面的国家级工法（工艺方法和工程方法）2项、省部级工法6项、在编国家级标准2项。

“混凝土中加入气体，减轻砌块体重，说起来很简单，但真正去做并不容易。”该公司研究室一位高工介绍，为研制这种墙体材料，他们组织了20多名材料专家和现场技工，花了整整两年时间，进行了上千次试验。这一成果3年前已全面投入使用。该公司科技攻关硕果累累，2011年获国家授权专利5项、国家级工法1项，5项成果获得省部级科技成果奖。

“拥有人才，就拥有财富；打造精品工程，必须拥有‘精品’人才”，这是该公司决策层的人才观。

在谈到人才引进时，旷庆华讲了一个令人难忘的故事：几年前，该公司正在从事多项材料方面的科技攻关，但一些关键环节总是难以突破。他们从网上搜索发现，有位在西方国家长期从事材料研究的专家回到了国内，打算在北京发展自己的事业。该公司获悉这一消息后，通过多个渠道与这位专家联系，但都被婉拒。求贤若渴的旷庆华便带上人事部门的同志“三顾茅庐”。前两次都因专家外出吃了“闭门羹”。第三次，他们索性在旅馆长期驻扎下来，一个星期后，终于等到了这位专家，执意聘请他为公司的高级顾问。专家为其诚意所感动，欣然答应。这位专家与该公司的科技人员一道，前后破解了10多项技术难题，这些攻关成果已大都运用到了工程建设上。该公司获得的国家和省部级工法等成果，大都得益于这些举措。

“出现‘豆腐渣’工程，关键在于现场质量管理不到位”，该公司总工程师罗努银在谈到质量管理对精品工程的重要性时强调。该公司把工程质量看成是企业生存和发展的命根子，更是把质量管理看成创精品工程必须跨过的一道“铁门槛”。

2009 年 8 月，该公司在南宁一污水处理工程施工时，工地质量监督员发现，一垛已经砌成 10 多米高的板墙上，在 4 米处有部分材料不符合设计图纸要求。对此，工地管理班子专门召开技术、质监和施工等多方人员参加的现场会，在听取大家意见后，果断决定，将这垛墙彻底推倒重来，把不符合设计要求的砖头全部清除掉。这样做，虽然公司蒙受了损失，却踏踏实实保证了质量。其做法得到了建设方的高度评价，当地媒体还就此做了专题报道。

创建精品工程，中建五局土木工程公司赢得了众多的鲜花与掌声，2011 年荣誉纷至沓来：南宁市科德路跨心圩江桥获得全国市政金杯示范工程奖；南宁市青环路扩建工程第 4 标段工程被评为自治区优质工程；武汉金银滩财富大厦和市政环保分公司、长沙市营盘路道路及过江隧道工程获“中建杯”最高质量奖；南昌国际体育中心训练馆工程获全国“优秀质量结构工程奖”。去年，该公司承建的工程获全国、省、市各级荣誉奖项达 60 多项。在国内，中建五局土木工程公司工程质量始终都排名第一，被业界誉为“市政施工劲旅，路桥建设铁军”。

（载 2012 年 4 月 25 日《湖南日报》第 6 版）

废气炼出“小巨人”

——记“全国五一劳动奖状”获奖单位、湖南凯美特气体股份有限公司

【专家点评】写文章就是说话，都是为了表达某种意思。为了表达同一意思，可以有不同的说法。作者这篇文章的内容，我们通常会说“废物利用”“再生资源”等。但作者没有按常规去思考，而是“换一种说法”来表达，这样会令人耳目一新。用“小巨人”来比喻企业，拟人的手法很到位，且将这种手法贯穿文章始终。这里给读者的启示，就是能让人跳出写作常规的制约，另辟蹊径，找到新意。

很难想象，我们喝的可口可乐、百事可乐等碳酸饮料中，竟加入了一种由废气提炼成的二氧化碳气体。在中国大陆，可口可乐、百事可乐中添加的二氧化碳，就是由被誉为绿色环保“小巨人”的湖南凯美特气体股份有限公司提供。

凯美特公司是我国首家废气回收公司，短短 6 年多，企业得到快速发展，成为国内最大的二氧化碳生产企业。

伴着废气回收成长壮大

“变废为宝，大有可为。”走进凯美特公司陈列室，一幅中石化负责人的题词，格外醒目。

湖南凯美特气体股份有限公司是集气体开发、应用、科研、生产、经营于一体的专业公司，原隶属巴陵石化公司，1991 年成立，2001 年成为中石化系统首批改制分流企业，2007 年 10 月变更为股份公司。

企业伴随废气的回收利用，迅速成长壮大。

公司目前已在岳阳、安徽安庆、广东惠州等地设立尾气回收工厂。

根据公司公开信息，拟在海南、福建等地投资建厂。

2011 年 2 月 18 日，凯美特公司在深交所挂牌上市，成为国内第一家以回收利用工业尾气（废气）为主的上市公司。

该公司主要回收利用中石化、中石油、壳牌等大型石化企业排放的尾气，生产液体二氧化碳、干冰、氩气、氮气、氢气、甲烷气、一氧化碳等其他气体，同时将进入稀有气体生产经营领域。

现有年生产能力为食品级二氧化碳 41 万吨、食品用优质干冰 2 万吨。

该公司建设的岳阳长岭项目已于 2012 年 11 月底顺利投产，其产品主要为氢气、甲烷气、一氧化碳及可燃气等。长岭项目顺利投产丰富了公司产品门类及品种。

目前，安庆二期项目已正式启动，岳阳氩气项目建设和空分项目建设进入尾声。

今年1月，凯美特公司与中国石化海南炼化签订尾气综合利用协议，以海南炼化提供的尾气为原料，加工分离提纯氢气、燃料气等。

创新为企业插上腾飞翅膀

“企业的快速崛起，得益于科技创新”，凯美特公司董事长祝恩福一语道出真谛。

公司刚一成立，就把技术创新放在首要位置。这些年来他们一方面注重引进世界最先进的废气回收提炼技术；另一方面，从实践中寻找科研课题，进行科技攻关。

二氧化碳动态减压分离提纯工艺技术、食品级液体二氧化碳生产方法等，都是由公司自行研发。这两个项目列入国家“火炬计划”项目，并获得国家发明专利。

这些成果转化后，可生产出纯度超过99.999%的特纯二氧化碳产品，质量优于国家标准并在国际上处于先进水平。

较高纯度二氧化碳产品不仅可以在饮料、冶金、食品、烟草、石油、农业、化工、电子、气象等领域使用，还可扩展到航空、航天、核工业等领域。

凭借自己的优质产品，公司已是可口可乐、百事可乐在中国区最大的食品级液体二氧化碳供应商，并拥有杭州娃哈哈、屈臣氏、青岛啤酒、百威啤酒等一批知名客户。

从“牵手”洋品牌到与国内知名品牌合作，凯美特气以其独特的竞争优势赢得了一个个“阵地”。

目前，该公司拥有多项与二氧化碳等产品生产经营相关的核心技术，主要包括食品级二氧化碳产品的生产、二氧化碳动态减压提纯工艺、低温容器复合材料保冷工艺等。

作为主打产品二氧化碳动态减压提纯工艺技术，属国内首创。这项研发成果减轻了石化行业生产过程所排放的二氧化碳对环境的污染，推动了二氧化碳废气回收行业的技术进步，节能降耗效果明显。

企业在腾飞。2012 年，该公司年收入 1.4 亿元，利润 4000 余万元，年创税 1400 万元。

今年 1 月 9 日，《福布斯》中文版发布《中国潜力企业榜》，“凯美特气”名列“最具潜力上市企业”榜单第 84 位。

在赢得高利润同时，也赢得了社会的认可，公司先后被评为湖南省高新技术企业、2012 年省长质量奖入围单位。今年还被中华全国总工会授予“全国五一劳动奖状”。

（载 2013 年 5 月 25 日《湖南日报》第 2 版）

绝境逢生

——记“全国五一劳动奖状”获奖单位、
湖南博长控股集团有限公司

【专家点评】表述文章主题的手法多种多样，且各不相同。文章采用多种表达手法来突出“绝境逢生”的主题。首先，采用先抑后扬的手法。交代遭遇的困境，先写“逢生”的现状，衬托出企业的发展是一种“奇迹”；其次，采用对比的手法。运用前后数字对比，反映企业翻天覆地的变化；第三，采用比喻的手法。把改革的三项措施比着“三板斧”，形象生动，也很恰当。

极难做到的事，却做到了，这是一种奇迹。

绝境逢生，并迅速崛起，这是博长人创造的奇迹！

湖南博长控股集团有限公司，是由一家国企改制而成的民营企业，前身为冷水江钢铁厂。该公司现有员工 7350 人，总资产 120 亿元，净资产 13 亿元，下辖冷钢等 6 大子公司。

改制，新机制给企业带来了前所未有的生机和活力，并创造出令人瞩目的“经济奇迹”：该公司核心成员企业冷钢，已连续5年进入中国大型企业500强；2011年，博长集团销售收入达310亿元，利税8亿元，盈利2亿元。省委书记、省人大常委会主任周强在考察冷钢时，对企业给予了高度评价："冷钢的发展是现代企业创业的标杆。"

1999年，原冷钢陷入绝境，连续6年累计亏损2.3亿多元，负债率达124%。

"人心齐，泰山移"。临危受命的董事长陈代富，把鼓舞员工的信心看得比什么都重要。"生死关头，信心是金!"危机面前，大家拧成一股绳，努力冲出低谷。

陈代富走马上任，接连砍出"三板斧"：聚人心、转观念、革弊端。

恢复生产，重新点燃炉火，并承诺按时足额发放工资奖金，让员工消除顾虑，看到希望。

帮助员工克服"等、靠、要"思想，树立起"勇敢面对困境，自己拯救自己"的新观念。

深化体制改革，搞活经营机制，竞争上岗，实行末位淘汰，将机关146名非生产性人员充实到一线。

"三板斧"果然奏效。2000年，企业22项技术经济指标，全部破历史纪录。冷钢人凭自己的韧劲与智慧，终于闯过了"生死关"。

企业由死到生，激发了员工奋勇向前的热情。采用现代企业管理模式，通过几年精心运作，到2011年，年产铁300万吨、钢300万吨、板线材455万吨。公司资产总值由当年的7.03亿元，增加到120亿元。

"投精料、用精工、出精品"，博长人用一流的质量，夯实跨越式发展的基础。

“零缺陷”与“零投诉”，是其对产品质量的追求。

2002年，公司开发一种高强度的螺纹钢。批量生产不久，有批近10吨的螺纹钢，因淬火不均匀，个别产品强度达不到标准。

企业高层立即组织专家现场调研，查找原因，并果断将这批产品全部回炉。该公司各种型号的螺纹钢，曾多次接受国内和国际标准的严格测试，其质量都达到优质水平，并先后获得“国家免检产品”“湖南省名牌产品”称号。

员工是企业之本。

“要炼钢，先炼人。”博长着力打造一支敬业、精业、勤业的员工队伍。

为提升员工专业素质，2009年，公司开办了“班组长MBA学校”，对近1000名基层骨干进行轮训。目前已有500多名员工参加了第一期和第二期培训。

各基层单位则按照“缺什么，补什么”的原则，对口请业内专家面对面授课，手把手传艺。近3年共举办各类培训班125期，参训人员达9580多人次。

5年内，博长与大专院校双向培养大专以上技术人才400多名，引进技术人员350人。员工队伍基本达到了“人精岗，岗留人”的境界。

“人心一杆秤，你心里装着职工，职工就会使出浑身解数干”，这是陈代富的见解。

博长关心员工，没有写在纸上、挂在嘴上，而是落实在行动上。

改制后，原有员工在新公司全部上岗，并先后安排千余名员工子女、家属就业；员工上班吃饭难，热气腾腾的免费工间餐送到岗位；员工住院或家里有老人去世，工会都会及时上门慰问；酷暑，工会把防暑药品、凉茶、绿豆稀饭送到车间……

近两年，公司用于慰问、救助员工的经费已超过200多万元。

员工没有想到的，企业已经想到；员工已经想到的，企业已经做到。

在绝境中实现历史性的嬗变，并迅速崛起，这是一段神话，这是博长人凭着钢铁般精神和毅力，用汗水和智慧书写的神话。

（载2012年5月7日《湖南日报》第2版）

雷锋派出所的“雷锋事”

——记“全国工人先锋号”先进集体、长沙市公安局雷锋派出所

【专家点评】 写文章切入点很重要。找切入点要紧扣内容，不能游离内容之外。这篇通讯记述雷锋派出所的先进事迹，雷锋是专做好事、助人为乐的英雄，而派出所则以雷锋为榜样，立足为民服务，于是作者采访偶遇的藏族女孩致谢电话成了文章的切入口。为西藏女孩捐赠3年学习费用、关爱辖区留守儿童和空巢老人等“雷锋事”成了文章的主打内容。切入点准确，文章的内容也就信手拈来。

说来也凑巧，4月16日下午，记者去长沙市公安局高新分局雷锋派出所采访，还未来得及入座，就抓到一条“活鱼”。16时许，记者刚一进门，就碰到值班民警在接听一个小女孩的长途电话。对方报告：她提前完成了四年级的学业，将顺利进入五年一期学习，并用非常亲切甜美的口气感谢派出所叔叔阿姨的帮助。

值班民警小刘招呼记者坐下后，便说起了这个电话的来由。

电话是西藏贡嘎县东乡一位名叫格桑央珍的小朋友打来的。这位11岁的小姑娘是他们派出所在开展“汉藏心连心”活动中确定的结对帮扶对象。去年初，所里与格桑央珍联系上后，大家慷慨解囊，不到1周，为小女孩捐足了整整3年所需的学杂费与生活费。

在雷锋故乡的派出所，记者发现，这群人似乎个个都是活雷锋。

雷锋派出所辖区内有雷锋和推山两所小学。由于父母常年在外打工，留守儿童多达200余人。派出所早在5年前就制订了“无私奉献爱心，牵手留守儿童”的长期关爱计划，为每个留守儿童建立成长档案。仅去年全所民警就分别走访了140多户留守儿童家庭，为两所小学的90多名留守儿童送去了价值上万元的学习用品和慰问品。

雷锋镇雷锋村14岁少年刘志刚，父母双亡，从小与80多岁的外婆相依为命。因不幸与贫困的双重压力，小志刚不爱学习，沉迷网吧，还与社会上一些不三不四的人有瓜葛。

所长何华清主动把小志刚列为自己的帮扶对象，每周利用双休日一个下午到志刚家，与他交心，辅导他做作业，并到学校找班主任老师交流，想办法提高志刚的学习成绩。

精诚所至，金石为开。经过两年多的努力，如今的志刚判若两人，学习成绩由过去班上倒数几名，一跃到全年级的10名左右，今年参加学校课外知识竞赛，还获得了二等奖。

人们谈到雷锋派出所的事，几乎件件都是“雷锋事”。

雷锋镇雷锋村83岁的村民黄志雄告诉记者，他家3口人，老伴卧病在床20多年，儿子患有精神病，自己因年纪大，经常累得爬不起来。“10多年来，我们家吃的用的，大多是派出所送来的”，黄志雄动情地说，2010年，民警看到老人家的房屋破烂不堪，难避风雨，便四处奔走，硬是争得了一个“安居工程”指标，镇政府当年就免费为老人盖起了一栋宽敞舒适的新房。

老人话匣子一打开，便滔滔不绝讲述了派出所一连串感人的故事：如泥潭中救老人，风雪夜送产妇，高楼上挽救轻生女……

辖区内有位孤寡老人刘奶奶，女儿女婿因病早在8年前相继去世，自己长期患病，孤身一人。辖区民警见状，主动要求做老人的对口帮扶人。逢年过节，民警都会给老人送食品和日常用品。因老人身边无人侍候，为防万一，民警还特意掏钱为老人配置了手机，并在老人的衣服上缝置固定联系卡。一天，因天雨路滑，老人摔倒在菜地的水沟里，刘奶奶就利用手机呼叫来了辖区民警，民警当即把老人送进了医院。

“绝不给雷锋精神抹黑，决不让雷锋故乡蒙羞”，这是雷锋派出所保一方平安的庄严承诺。辖区60多平方公里，连续3年实现命案零发生、财产零损失佳绩。他们像边防战士守护神圣领土一样，守护着雷锋故里。去年6月的一天晚上，在辖区一处偏僻的山路上发生了一起抢劫的士案，派出所为破获此案，全所民警24小时轮流蹲点，连续蹲点26个日夜，终于逮住了作案嫌疑犯，并一举打掉了一个10余人的抢劫的士作案团伙。

雷锋派出所的“雷锋事”，看起来平凡细小，但每个细小的故事，正如他们头上的警徽一样，熠熠生辉，一点一滴，都得到了社会的认可和尊重。该所先后获得“人民满意基层派出所”“全国模范公安派出所”“共青团全国五四红旗支部”等荣誉称号，并连续7年被公安部评为一级派出所。

（载2012年4月24日《湖南日报》第2版）

守护儿童健康

——记“全国工人先锋号”先进集体、湖南省人民医院儿科医学中心

【专家点评】 关爱儿童健康成长是个共同的大命题，家庭、学校及社会各个方面都有责任和义务。如何在这种大命题下把自己的文章写出特色？作者的手法是分解大命题，“攻其一点，不计其余”。医院通过系统的网络、先进的技术、运用一流的医疗成果来守护儿童健康。用这种方法，任何大命题都可以挖掘出无数个小命题，都能使文章具有不同的特色。

科技成果挽救小生命

日前，记者在“全国工人先锋号”先进集体——湖南省人民医院儿科医学中心采访，亲眼看到这样一幕——一位花甲老人，见到穿白大褂的医生护士就说：“谢谢你们，我的外孙得救了！”

原来，他女儿是个高龄产妇，在医院诞下一男婴后，孩子

血液出现问题，是医护人员采用了该院儿科医学中心的科技攻关成果，挽救了孩子的性命。

当发现孩子出现血液问题，全家人本来喜出望外的心情，一下降到了冰点。

婴儿的父母、祖父、祖母一班人，在抢救室门外屏气等候，每个人心里的弦都绷得快要断了。

“孩子得救了!”两个小时过后，抢救室的门开了，医生面带笑容地说。

新生儿换血，几十年来都是采用脐带法换血，而这种方法费时、费工，甚至因延时发生意外。

近年来，该中心组织专家进行科技攻关，采用对新生儿进行同步静脉换血方式，其成功率达99.8%，较原来提高了30多个百分点。

“守护孩子，是我们的职责”，在接受采访时，中心主任医师贺湘玲只说了这句话。

省人民医院儿科医学中心，长年累月，就是这样守望着千千万万儿童的健康，每时每刻都在给患者的家庭带来福音。

跟踪世界新医术，创新研究出成果

省人民医院儿科医学中心是个人才集聚的地方。共有医师52人，硕士25人，博士4人，主任医师10人，副主任医师14人。还有140多名护士。

他们的职责很简单，就是守望孩子，让花朵不因疾病被摧残。

近5年来，这个儿科医学中心，光门诊接诊人数就有150

万人次，留观 50 多万人次，康复出院率达 99.98%；住院的 4 万多病例中，康复率达到 99.5%。这些数据，在国内同类医院中遥遥领先。

跟踪世界儿科医疗新技术，是该中心一贯的做法。他们的研究团队，时刻都在注视世界儿科医学前沿，世界上只要哪里有儿科方面的先进技术面世，他们会在第一时间进行学习、研究和做好技术引进，并结合自身实践，开展深度研发。在借鉴中，使自己从中获得新的成果。

就拿小儿呼吸专科来说，中心除了引进消化变应原皮内试验、小儿肺功能体外血检测、吸入糖皮质激素治疗儿童哮喘等新技术外，还在全国率先开展了小儿支纤镜检查、肺活检，与国家疾控中心（CDC）深度合作，开展了小儿呼吸道病原学的检查，并进行了动物哮喘模型的改良研究工作。

“当代世界儿科尖端成果，在这里既能派上用场，又能得到发展。”这是著名儿科专家李云教授的评价。

突发事件冲锋在前

在突发性公共卫生事件中，这个团队总是冲锋在前。

3 年前的玉树地震救灾现场，在一个临时架设的帐篷里，安放了 20 多张床位，10 多位湖南医疗救援队的白衣使者，在不停地忙碌着。他们连夜为灾区儿童接诊，用高超的技艺和娴熟的操作，为前来就诊的儿童患者实施手术、包扎伤口。一个通宵，他们完成了 120 多名患者的诊治。

当时的画面，至今还留在玉树灾民和湖南老乡的心中。

这支医疗队，正是省人民医院儿科医学中心派出的、由儿科专家组成的医疗救灾小分队。

几年前，手足口病泛滥之际，儿科医学中心迅速开辟了专用诊疗区，半年时间，共接诊来自省内外的手足口病患儿2000多例，且全部治愈出院。

在甲流肆虐的日子里，未等人们谈“甲”色变，他们便组建了甲流治疗小组，救治的数千例患儿，占全省总患儿人数的40%。

这个有心守望花朵的群体，几十年如一日地坚守岗位。他们也因此获得了很多荣誉，将省重点专科奖、省优秀管理质量奖、省级芙蓉标兵岗、全国青年文明号、全国新生儿新法换血优秀质量一等奖等殊荣，一一收入囊中。

（载2013年5月17日《湖南日报》第7版）

爱，在这里升华

——记“全国工人先锋号”先进集体、纳爱斯益阳公司灌装工段

【专家点评】在写新闻中，我们常常会提到如何反映报道对象的境界问题。怎样理解境界与境界的提升？这篇通讯，作者为我们作了诠释。作者以报道对象的“爱”为中心，首先写群体之间的爱，这是一种爱的境界；接着写爱的传递，这是爱提升了的境界；然后写爱无止境，这是爱的最高境界，是爱的升华。围绕一个“爱”字，采取层层递进的手法，充分表达了不同境界的含义。

“爱是一种温馨，爱是一种责任，爱是一种奉献”，这是纳爱斯集团总裁张启传前不久在给员工们进行职业道德培训时讲话的开场白。

纳爱斯益阳公司灌装工段的员工们正是因为有爱的责任心，人人都在默默地奉献爱心，使爱在这里的每一个岗位不断升华。

灌装工段共有 184 名员工，其中女性员工占 97%。益阳公司成立 10 年，该工段年年被评为公司和市里的先进集体。其

中，2008 年被省总工会授予“工人先锋号”称号，2011 年被中华全国总工会授予“工人先锋号”称号。

友爱的群体

4 月中旬，记者在这里采访，被这个友爱的群体深深感动。

女工小王，老家在新化山区，母亲患胆结石病多年。今年 3 月上旬的一天，老人专程从新化赶来益阳，想找女儿陪自己去大医院做检查，可到益阳后才知道，女儿轮休已去了深圳。老人失望中不知所措。

此事被女儿的同事小张发现了，她与丈夫商量后，当即将老人带到家里住下，并热情招待。第二天，小张专门请假，陪老人到市中心医院做检查。并掏出 800 多元钱，为老人做了微创碎石手术。

在这个集体中，感人的事经常发生。

去年底，员工张志文，因邻居家电线老化引发火灾，张志文的家化为灰烬。工段主任吴小华，当天带头解囊，半天时间就帮张志文募款上万元。

今年初，丙 5 班员工李立飞，骑摩托车被大风刮倒在桥下受伤，丙 1 班女员工陈赛，冒着暴风雨救人，掏钱送伤者进医院急救，并守候一个通宵。

……

与其说这里是个生产车间，不如说是个充满爱的大家庭。在这里，每时每刻都能感受到浓烈的爱。

责任传递爱心

在这里，爱有着它特定的含义。对消费者，他们用责任来兑现爱的承诺。

“我们的产品，是用来洗餐具的，对卫生，我们负有天大的责任！”吴小华一语道破了他们工作的特殊性。

说到责任，吴小华回忆了这样一件事。

8年前冬天的一个早晨，吴小华检查交接班时发现，车间灌装的平台上，洒下不少产品液体，地面零碎的纸片、果皮等杂物随处可见，车间门的拐角处，还有依稀可见的灰尘。

工作经验丰富的吴小华，凭直觉马上意识到，晚班进场时，没有按规定实施场地清洁程序，明显有违规操作问题。

吴小华马上召集工段班子开会，当即决定对晚班灌装的500多箱产品进行拆包检测，并组织班组骨干和现场检测员进行全面返工。

查明原因后，公司当即辞退了一名负有直接责任的轮班长和3名违规操作的员工。

公司还以此为反面教材，对所有员工进行了为期一个月的加强责任心和职业道德的轮训。

纳爱斯人，就是这样用自己的方式，来兑现对消费者的爱。

爱无止境

2008年5月，灌装工段员工小郭，与男朋友约定在当年国庆举行婚礼。

5月12日，汶川发生大地震，举国上下，都在向灾区伸出援助之手。工段的100多名工友纷纷捐钱捐物，场面使小郭深受感染。

当天下午，她打电话给在深圳打工的未婚夫，决定将准备办婚礼的一笔钱，捐给灾区人民，未婚夫欣然同意了。但她担心推迟婚期的事会让双方父母不高兴，便叫未婚夫连夜赶回老家沅江农村，一同做妥双方父母工作后，第二天带着办婚礼的钱走进沅江市邮局给灾区汇款。

从给人以温馨，到用担当责任传递爱心，再到无私奉献，实现从小爱到大爱的延伸。纳爱斯灌装工段的员工们，正是按照这样的轨迹，一步一步实践着爱的承诺。

爱，在这里得到延续与升华。

（载2013年5月5日《湖南日报》第2版）

梦旅回眸

邹靖方短篇通讯集

湖湘工匠篇

董志平的“绝活”

【专家点评】通讯篇幅不在大小，而在写作到位，情节真实，生动感人。这篇通讯短小精干，但结构严谨，思路清晰，语言也形象生动。比如描写主人公扎钢筋：“他那双灵活的手，像两只贴地面飞舞的蝴蝶，一会儿工夫就把一根主梁绑扎完了。”文章结构也很讲究，先写什么，后写什么，再写什么，经络分明，既有平行关系，又有递进关系。叙述和议论也很到位。

阴雨绵绵，建筑工地寒意袭人。元宵节后第3天，记者来到长沙东塘潇湘影视综合大楼建筑工地，采访全国劳模董志平。

在长沙建筑领域，董志平扎钢筋的名气很大。22年前，董志平从宁乡农村来到长沙，经人介绍到沙坪建筑公司当了一名钢筋工。先当学徒，整天与弯曲机、切割机、对焊机等相关机械“打交道”，他细心琢磨其中的诀窍，做到熟能生巧。此后多年，他努力钻研，对相关的40多项国家标准，几乎能一字不差地背下来，大部分工作图纸能随手绘出。

“扎钢筋，可是一份苦差。烈日下，钢筋会把双手烫起水泡；冬天钢筋上结冰，冻得手指麻木。许多人吃不得苦，都半途而废了。”董师傅一边跟我聊着，一边不停地干活。我看到，他那灵活的双手，像两只贴着地面飞舞的蝴蝶，一会儿工夫就把一根主梁绑扎完了。他简单介绍了扎钢筋的几个环节，先要能识图下料，再是制作材料，然后依照图纸绑扎，最后通过验收，才算完成一套工序。

“我来试一试，体验一下。”我请求董师傅让出位置，在一旁指导。亲手一试，才觉得这活看起来简单，做起来难，不是钢筋位置摆放不对，就是钢丝难以绑紧。董师傅对我手把手地传授。经过几个回合，我总算找到了一点感觉。

谈到扎钢筋事业，董师傅如数家珍。2008年公司承接一个50万平方米的建筑项目，他担负起全盘钢筋构建的现场指挥。最终验收，1万多吨钢筋构件实现零误差，刷新了公司的记录。他还发明了制作钢筋的“两层交错布置法”，前年在一栋商务楼工地首先试验，在确保质量的前提下，节约钢筋100吨以上、创造经济效益400多万元。

（载2012年2月10日《湖南日报》第1版）

“枪王”

——记“全国五一劳动奖章”候选人、资江机器公司研发中心试制班班长邹亮

【专家点评】 有个理发员，为抢时间，不顾质量，被媒体三次批评。同一新闻事实，怎么能三次见报呢？关键在于新意。第一个用的是“两分钟理个发”；第二个是“58 秒理个头”；第三个是“两面三刀”。理发的时间一个比一个短，这个“短”就是新意。作者采写邹亮时，也遇到了同样的问题。该公司有两个轻武器专家，前者是师傅朱德林，媒体报道标题是“神州第一枪”；后者是徒弟邹亮，事迹与师傅大致相同，都是轻武器研发。如何在报道中避免雷同？作者从上面的例子得到启示：找新意。你写“神州第一枪”，我就用“枪王”，既不雷同，在含义上也有明显区别。

攻克 232 项试制工艺难点

4 月 18 日上午，在湖南兵器资江机器有限公司的试射靶场，一位年轻小伙子用娴熟的动作，接连演示了大口径狙击步

枪、重机枪、高射机枪、榴弹发射器等多种先进的轻武器试射，弹无虚发，命中率全部达到优秀。现场观摩者报以热烈的掌声。

他，就是被员工们称为“枪王”的公司研发中心试制班班长邹亮。今年37岁的邹亮，1996年从专业学校毕业，被全国著名轻武器专家、“神州第一枪”朱德林选调到资江机器厂。

在名师的打造下，邹亮迅速成长为轻武器试制的业务尖子。

他先后为主或参与研发了23个新产品，并带领试制团队，攻克了某新型自动榴弹发射器超长U型导轨试制、某步战车高精度转盘轨道加工、某新型狙击步枪加长薄壁关键件精密加工、某整体摇架试制、某升降器多向精镗控加工等232项试制工艺难点，累计试制各类武器零部件3600余件。

“越是硬骨头，我越要去啃”

“越是硬骨头，我越要去啃”。邹亮是个铁汉子，在研发中心，很多人家不愿承接的项目，他都义无反顾地揽了下来。

某新型12.7毫米大口径狙击步枪项目，是军工系统立项了近10年的课题。国内多家拥有超强开发实力的同行，先后研发、加工出了上百个样品，但部件的精度加工始终没能过关，因而无法规模生产。

在公司一次技术研讨会上，邹亮获得了这个信息。他连夜翻阅了10多种专业书籍，并对项目难点进行深度分析。

研讨会第二天，他毛遂自荐：“这个项目就交给我吧!”

瞬间，与会者目光全都聚焦在邹亮的身上。

邹亮滔滔不绝地说起了他攻克这个难题的技术依据。

邹亮的话有理有据，打动了在场的多位专家，大家一致同意让他一试。

接到任务后，邹亮没日没夜在车间琢磨。

那正是一个炎热的酷暑，难题攻关进入关键阶段，他一连20多个日夜没有离开车间，直到把加工中的所有精细难题全部解决。

这一项目在全国系统统一考核验收中出人意料地夺得第一名。多家同行称：“你们的成就，简直就像神话！”

“人家长期都弄不好的东西，到他手里，三下两下，就被他摆平”，研发中心一位高工这样评价邹亮的加工手艺。

“只有熟能生巧，没有天生奇巧”

邹亮做事，格外细致；他的动手能力，在同辈人中堪称奇巧。他常对人说：“只有熟能生巧，没有天生奇巧。”

他天天都窝在车间里，对任何疑点都抠住不放。某新型自动榴弹发射器超长U型导轨制作，是该项目的一个关键性的技术难题。研发中心曾组织过上百次的技术攻关，但无法达到令人满意的效果。

邹亮接到这个项目后，从多个学科的角度进行辩证分析和研究，终于找出了解决榴弹运行的最佳路径，使这一难题迎刃而解。国内一位知名轻武器专家来该厂考察时，对这一难题的攻克给予高度赞扬，称赞他是年轻的“枪王”。

“枪王”并非与生俱来。邹亮的成就充满传奇色彩，但刻苦学习是成就“枪王”的基石。他先后自学了数控加工原理、数控编程、数控维修、机械制图、数铣工艺学、机械基础、金属切割原理与刀具等10几门课程；通过勤学、苦练、钻研，广泛收集同行的各种资料，博采众长。在付出数倍于常人的精力后，邹亮掌握了近百项单项数控操作技能，形成了一套其所特有的“快、巧、精、好”的工作方法与加工风格，以其缜密周到的工艺安排和稳重细致的操作技能，在每一次新产品试制过程中，一次性交检合格率均达到100%。

邹亮是个平凡的人，更是令人敬佩的“枪王”；“枪王”，就诞生在平凡的岗位上。

（载2013年4月28日《湖南日报》第3版）

敢动专家图纸的镗工

——记“全国劳动模范”、

湖南湘潭电机304车间镗磨班班长牟密

【专家点评】在制造行业，镗工这个工种，主要是根据技术设计部门的图纸作零件打磨加工，且必须严格按图纸要求操作，不能有任何变动。然而，湘潭电机镗工牟密竟对专家设计的图纸提出质疑，硬是让设计部门修改了加工数据。在采访中，这一细节引起了作者的注意。原来牟密干了20多年的镗工，对加工部件的每个数据烂熟于心。一天他突然发现手中图纸上有个数据出现0.04毫米的差错，便主动找到专家将错了的数据改过来。文章以这个细节切入，突出大国工匠的过硬本领。恰到好处，入木三分。

“多亏牟密发现及时，要不问题就严重了”，湘潭电机一位高工在谈到图纸出现差错时如是说。

不久前，304车间镗磨班加工某重大装备关键部件时，班长牟密发现，图纸上有组孔标的公差0.06毫米。他根据以往加工的印象，这组孔是装轴轮的，用这样的公差显然间隙过大，影响轴轮稳定性能和使用寿命。经设计处专家确认，图纸上的公差果然是笔误，正确的公差应该是0.02毫米。牟密质疑专家设计数据的消息不胫而走，一时间成了湘电人广为流传的故事。

牟密爱学习，在湘电是出了名的。他坚持每个星期天、节假日跑图书馆、资料室，一“泡”就是一整天，20多年不间断。他先后啃完了《金属切割加工》《材料学大纲》《力学》等书籍，做下的读书笔记有30多本。深厚的理论功底结合20多年的实践经验，牟密先后从普通铣工、坐标镗工到数控操作手，工作得心应手，游刃有余。通过自学，他全面掌握了不同型号、系统的数控车、铣床及数控加工中心的操作技术，还能熟练地运用各种制图软件，设计、制造工装模具，多次攻克重点产品的加工难题。

制造某国防重大装备时，关键零部件有多种类型的大型紫铜触头，形状复杂，结构单薄，容易变形。原加工工艺是多道铣、钳工序交替，需大量的工装夹具，质量和进度难以保证。牟密设计出两种工装，加上不同的垫块和定位块，合理选用刀具、切削参数和加工程序，将各种类型触头的大部分加工在加工中心上一次性完成，使加工周期压缩到原来的20%，合格率达100%。

“让我想想”，牟密每接到一项新任务选择加工工艺时，总会说这句话。其实，“动脑子”是他工作时的习惯。今年他们加工一批出口产品零件，因镗刀杆长度不够，无法加工。按刀具商提供的意见需定做30套价值达40万元的整体硬质合金防震刀杆，而牟密采用KM接口加长刀杆进行试验，效果很好，需采购的部分费用只有硬质合金的5%，仅此一项就节约35万元。

名师出高徒。从2001年到现在，牟密先后带了14名徒弟，个个都有不俗表现。在第二、三届全国数控奥林匹克竞赛中，他带出的3名徒弟周璨、李慧和李琦获湖南赛区前三名，并被授予“技术能手”称号，都被破格提升为高级技师。

为了带好徒弟，提高班里每个员工的技能，牟密利用休息时间，编写出一套近20万字的数控教材，并使用多媒体教学，毫无保留地把“看家本领”传授给周围的人。

近3年来，牟密和他的同事们共提出并实施合理化建议100余项，改进产品加工工艺30多项，攻克10多项国家重点工程机械加工技术难题，为企业节约费用200多万元，产品质量合格率高达99.87%。他本人也先后获得“省劳动模范”“全国五一劳动奖章”“全国劳动模范”等殊荣。

（本文为作者与陈文、杨艳红合作，载2011年5月5日《湖南日报》第17版）

铣床边冒出的“数控专家”

——记“全国五一劳动奖章”获得者、江南工业公司铣削工杨芳

【专家点评】铣削工杨芳参加工作时，首选岗位就是这项力气活。铣削零部件都是几十上百公斤的铁砣砣。“男人活，女人干不成气候”，开始瞧不起她的人还不少。可杨芳不以为然，一干就是近30年，并且干成了小有名气的“数控专家”，干成了“全国技术能手”。主人公坚如磐石的意志和硕果满枝的业绩贯穿通篇，重点突出她矢志不移的决心和敢于挑战高难度技术的无畏精神，用数据和事实再次证明“有志者事竟成”的道理。

一个长年累月在车床上干铣削活的普通女工，竟会成为享受国务院政府特殊津贴的“数控专家”。她，就是江南工业公司的铣削工杨芳。

今年45岁的杨芳，1986年底进江南公司，在数控铣削加工岗位，一干就是28个年头。她先后获得“全国技术能手”

“全国三八红旗手”“全国五一劳动奖章”等多项殊荣。

“掉几身肉，脱几层皮，也要干出点名堂来”

“男人活，女人干，成不了气候”，刚进厂时，一些人用世俗的眼光看待杨芳。亲人和好友们也曾多次劝她，改行干点轻松活划算些。

“就是掉几身肉，脱几层皮，也要在这里干出点名堂来”，倔强的杨芳如是说。

进厂的头几年，杨芳上班跟师傅学实际操作技能，下班就“宅”在书堆里。每月的薪水，除了维持正常生活开支外，大多用在了买专业书籍上。杨芳当时住在职工宿舍，几年后搬家时，光书籍就足足拖了两板车。杨芳在学习中，光数控技术方面的读书笔记，就有 50 多本，共 200 多万字。如饥似渴地学习，加上扎实的现场操作能力，杨芳很快成为公司数控加工的技术尖子。

2004 年，杨芳代表公司首次参加全省数控技能大赛，夺得第 3 名。经过多年的历练，杨芳集高级技工、关键技能带头人、全公司首席技师于一身，成为名副其实的“数控专家”。

主动请缨，接下啃“硬骨头”的任务

2002 年，公司承接了国家某重点工程关键部位的设计制造。该部件外形结构极为复杂，由多个不同角度、不同方向的斜面和圆弧面等异型面组成，存在加工面多、易变形、工艺线路长等困难。

“数控加工过不了关，设计再好也是纸上谈兵”。这块“硬骨头”交给谁来啃？

爱动脑筋的杨芳接下了任务。她把铺盖都卷到了车间办公室。一个多月时间，她没有离开工厂半步，精心设计出了专用夹具和专用刀具，按新产品要求，设计编制出了数控加工工艺和加工程序，该产品一次性加工成功。

“太棒了，真是奇迹！”专家们在考察验收时，都啧啧称赞。

近几年来，杨芳先后承担了50多项尖端产品生产任务，这些任务在数控加工方面都有极高的难度，而杨芳都漂亮地完成了任务。这些产品，每年能为公司创造2000万元的经济效益。杨芳的数控操作技术，也因此达到了国内超一流水平。

“一个人就算是一身铁，又能打几颗钉”

“一个人就算是一身铁，又能打几颗钉？”这是杨芳经常挂在嘴边的一句话。杨芳对于自己的技艺，总是毫无保留地传授给工友。

为把自己首创的数控操作技术系统地传授开来，这些年，杨芳带了近100名徒弟。对每个徒弟，她都手把手地教，一点都不马虎。每项新技术出来，她总是在第一时间把徒弟们召集到现场，进行集中“练兵”，这种现场“练兵”，隔一段时间就组织一次，从未间断过。如今，杨芳所带的徒弟，分布在全公司70多个数控加工岗位，这些徒弟个个都成了岗位上的技术尖子。

（本文为作者与方钢、张波合作，载2014年5月11日《湖南日报》第3版）

毫厘之间抖绝活

——记“湖南省劳动模范”、华菱涟钢装配钳工陈文斌

【专家点评】又是一篇化专业为通俗的范文。专业性很强的课题，在此文中成了通俗易懂的事。由此可见，记者写作时心中有读者，下了真功夫。

打磨一块刀片，其平面度误差要控制在 0.01 毫米，两个刀片合成后的间隙差距要控制在 0.01 至 0.02 毫米之间，也就是一根头发丝直径的六分之一。这种毫厘之间的精密作业，居然可通过手工来完成。华菱涟钢装配钳工陈文斌，正是因这种手工绝活享誉业内。

今年 41 岁的陈文斌，在涟钢从事装配钳工已 22 年。如今，他是冷轧板厂机械作业区重卷点检班班长。

去年 3 月，冷轧板车间有两把镀锌气刀在使用过程中出现了缺口，导致气流不均匀，容易造成镀锌板“花板”。

镀锌气刀一个新刀片就得花 20 万元。这些气刀设计使用寿命可达五六年，但实际生产过程中，一把气刀往往不到两年就

会损坏。

厂里本来想把这两把气刀送到外面修补，但由于对精度要求高，而且又比较薄，往往修好了这个部位，损坏其他部位，所以找了很多厂家也没人能接下这活。

此时，陈文斌主动请缨，打算自己啃下这块“硬骨头”。

接下任务后，他先是把缺口堆焊起来，然后进行钳工粗加工、精加工、研磨……

刀片的长度是1.9米，修补的难度主要是精度控制，“手微微一抖，误差就超过了控制范围”，实际操作起来，陈文斌也感到难度极大。

他接连试用了几十种方法，但效果还是不尽如人意。经过10多天的琢磨，发现问题都是出在打磨的力度和加工设备稳定的控制度上。在接下来作业中，他特别小心地把握住这两点后，果然获得了成功。

精密加工，工具特别重要。陈文斌除了配置世界上最先进的钳工设备外，自己还研制了一些独特的细微工具。他的工作台上，整齐地放着40多套钳工工具，除开各种锉刀、扳手不说，光是精度测量工具就有10多样。

这种可以与精密仪器作业相媲美的手工绝活，是陈文斌20多年来用心血和汗水换来的。陈文斌跟着师父，做模具，学检修，从头道工序一直跟到最后一道工序，锉、锯、钻成了家常便饭。

陈文斌还总结出“五感”法，即用“听、看、摸、闻、问”对设备进行检查。

2010年1月，涟钢成立冷轧0#轧机改造工程项目部。陈文斌被抽调参加项目改造。在此期间，他制定出了一整套缜密的安装调试方案，完成轧机各技术参数的调整与检测，工程进展非常顺利，得到了外方专家一致赞许。

陈文斌精湛技艺声名远播，曾获得“湖南省职业技能大赛钳工第一名”“湖南省技能大师”“湖南省劳动模范”等荣誉称号。

（载2016年6月4日《湖南日报》第4版）

开大吊车干细腻活

——记“湖南省劳动模范”、中联重科工程起重机调试钳工龙卫国

【专家点评】龙卫国的传奇技艺，让国内一流的评审团心服口服，让国外专家和同行赞不绝口，从文章的字里行间，也无不感受作者被主人公的独门绝技所折服。我国的高端轨道技术装备和重型工业设备正在阔步走向世界。这些被称为“国家名片”的技术和产品能有今天的辉煌，除了国家的科技进步、科研人员和生产厂家的巨大贡献外，像龙卫国这样一批又一批“大国工匠”们的贡献不可或缺，他们用自己几十年，甚至一辈子的努力，为国争光，为国家的强大默默无闻地奉献着。“这种表演，只有平时反复操作几千上万遍，才会成功”，作者借用龙卫国的话，回答了拥有这种神奇技艺的秘诀，同时也是歌颂大国工匠的伟大精神。

他的事迹，听起来像天方夜谭。笨重的大型吊车，在他的手里，能轻盈地玩戏法般玩出“高大上”来。

他，就是中联重科工程起重机调试钳工龙卫国。

接连打破 18 项世界纪录

中联重科的汽车起重机净重，轻则 10 多吨，重的上 1000 吨。而最重的超过 2000 吨，是全球汽车起重机之冠。

然而，这些庞然大物，龙卫国摆弄起来，却得心应手，游刃有余。

1000 吨以上的超大型起重机，原地 360 度旋转，曾经的世界纪录为 5 分钟。龙卫国在今年的一次全球性展示会上，仅花了 3 分钟，就完成了这样的操作，且起重机几乎仍停在原地。

“吊臂旁弯”“变幅抖动”“卷扬柳沟”等，一直是超大吨位起重机尚未攻克的世界性难题。

早在 5 年前，龙卫国的眼睛就盯上了这些难题。他与同事们经过上千次调试，并形成系统的独特工艺和工法，将难题逐一攻克下来。

国内外顶尖技术专家组成的项目评审团，对龙卫国等承担的 20 多个项目，进行严格测试和审核，其结果是全部项目达到填补国内空白水平，其中“变幅抖动”“卷扬柳沟”等 18 个项目的技术指标打破世界纪录。

开着大型起重机定点插花

在 2014 年的一次国际高端产品技术展示会上，龙卫国驾驶一台近 2000 吨的超大型起重机，在运动中伸出长长的吊臂，在规定时间内，将 A 点的一束鲜花，准确无误地插到距离 20 多米的 B 点花瓶里。

龙卫国的这一精彩表演，震撼全场，现场顿时爆发雷鸣般的掌声。

“太神了，我跑遍全球，见过许多绝技表演，但从来未像今天这样大开眼界。”观摩者中，一位来自西欧的汽吊专家发出由衷的赞叹。

“几吨甚至几十吨的吊臂，欲想让它像人的手臂一样活动自如，达到理想境界，靠的是把每个简单的细节调试到极致。”龙卫国一语道破了超大型起重机能定点插花的秘诀。他说，这种表演，只有平时反复操作几千上万遍，才会成功。

为世界顶级魔术师高空表演开吊车

去年9月，加拿大世界顶级魔术师恩迪来上海表演高空逃生魔术。恩迪必须找一位起重机操作高手。他花了近一个月时间，未找到如意人选。

“找到了，找到了，我们要找的人就是他!”正为寻找吊车高手犯愁的恩迪，在视频资料中看到龙卫国吊车插花的绝技表演后，兴奋得大声呼喊起来。

龙卫国与恩迪配合达到了天衣无缝的境地。他在中国20场高空逃生表演，场场精彩绝伦。

恩迪临走时，紧紧握住龙卫国的手，连连称赞他是“世界上最棒的吊车司机”。

（载2015年5月28日《湖南日报》第3版）

舌尖上的“绝活”

——记“十行状元、百优工匠”竞赛活动中式烹调师决赛冠军彭军炜

【专家点评】作者也有“绝活”。看完此文，人们会有此感叹。写好一个人物的“绝活”，必须了解其来龙去脉。文中可以看出，作者在采访上是下了很大功夫的。不然，他写不出“花”的鲜活、“人”的奋进、“绝活”的特色。

紫红色的花朵，在绿叶丛中绽放，花瓣薄如蝉翼，花蕾含苞待放；清澈的流水闪烁金波，远处的风帆若隐若现，山峰倒映在碧水中……好一幅湘江美景图！

这幅栩栩如生、活灵活现的画面，并不是出自画家或摄影师之手，而是年轻烹饪师彭军炜的一件烹饪雕刻作品。

彭军炜正是凭“湘江一景”和“丰收”两件作品，在今年全省“十行状元、百优工匠”竞赛活动中式烹调师决赛中脱颖而出，一举夺得大赛冠军。

今年 27 岁的彭军炜，是湖南商业职业学院烹饪专业的一名年轻教师。

9年前，他走进武汉商业学院烹饪专业时，梦想是当一名高级酒店的行政总厨。他毕业后，却走上了三尺讲台，成为一名烹饪专业的教师。

“做总厨也好，当教师也好，只要能把学到的手艺传授出去，自己就很满足了。”

自己还是个嘴上无毛的小伙子，可他的学生已遍布省内外的多家高档酒店，有的学生还真当上了行政总厨。

彭军炜教学，与众不同，用他自己的话说，就是要让学生“上手快，有绝活”。

每教一项课程，彭军炜总是按照自己制定的“三段两点”式进行教学。“三段”即理论教学、现场示范、动手操作，“两点”为课堂教学与实验室操作。在时间分配上，重点放在现场动手环节。

蔬果雕刻课程是烹饪技术教学的关键，学生的动手能力是这一关键课程中的核心。彭军炜在传授这一课程内容时，他首先就在实验室做了近两个星期的准备工作，把一些需要学生掌握的关键操作技术进行反复演练，并做出多种标本，在此基础上，他把这些标本搬进课堂，进行现场示范，让学生全面掌握每个雕刻的细节。

这个单元的教学，一般用时4到5周，而彭军炜安排学生在实验室操作的时间至少在两周以上。课程结束后，学生都能动手雕刻作品。

他技艺全面，不仅擅长中式热炒、冷拼、果蔬雕刻，同时对营养学、中医药膳学也有研究。他先后研发出20多种中医药膳，适合老年人、产妇、病人使用。

“下厨做菜看起来很容易，其实要做好做精很难。”谈到烹饪，彭军炜从烹饪技艺承载五千年中华文化的历史意义谈到烹饪中形神兼顾的博大精深，滔滔不绝，很有专家学者的范儿。

只讲不做假把式。现场接受采访的彭军炜，转身拿起一个紫红色的大萝卜。随着手中的雕刻刀具的灵巧游动，不到10分钟时间，一朵花瓣4层，花心3层的鲜艳“茶花”就呈现在记者面前。

“台上一分钟，台下十年功，成功者都是如此”，彭军炜指着盘子上盛开的“茶花”说：“当时，我为雕刻这样一朵花，至少用了100多斤萝卜，先后雕刻了200多次，所花费的时间有200多个小时。”

每天的教学任务完成后，彭军炜钻进他的工作实验室开始练习和构思创意雕刻作品，往往一忙就到了第二天凌晨。

雕刻时，必须全神贯注，刀具一不小心就会伤到手指。据彭军炜回忆，有一次为一场婚庆筵席赶雕一个“鸳鸯戏水”作品，左手的拇指和中指三次被划伤。

创新是艺术的灵魂，烹饪雕刻也不例外，这一点彭军炜铭记在心。他在研究川菜、粤菜、鲁菜等我国各大名菜系列的同时，特别注意湘菜优势的传承与挖掘。在研究中，始终坚持突出湘菜的湖湘特色，经常深入以湘菜为招牌菜的一些饭店、酒楼进行调查研究，虚心请教多名湘菜大师，掌握湘菜烹饪的精髓。像以毛氏红烧肉为招牌的毛家饭店，他就“光顾”了多次。

他的“野心”，就是要让自己的“绝活”为湘菜增光添彩，让湘菜走遍全国，走向世界。

（载2016年10月18日《湖南日报》第3版）

人称“焊武帝”，决战毫厘间

——记“十行状元、百优工匠”竞赛活动焊工决赛冠军杨文武

【专家点评】抓住细节，于细微处显精神，是人物通讯写作的要领之一。此文多处写了细节，每个细节都显现出主人翁精益求精的可贵精神，令人印象深刻。因此，通讯大获成功。

人称“焊武帝”的杨文武，得知自己取得省“十行状元、百优工匠”竞赛活动焊工决赛冠军后，他的脸上没有显露出丝毫的喜悦之情，只是默默收拾起自己的比赛工具，独自一人走出了赛场。

这是近两年内杨文武在国家、行业、全省焊工大赛上第四次获得第一名。他并不关注成绩如何，而是为自己的赛场焊品“挑刺”：“哪怕你是第一名，有时也和0.01毫米精准度有差距。”

“高手的较量就在毫厘之间。”杨文武在技术上总是注重细微之处。比赛已经过去了一个月时间，较真的杨文武还将自己在全省第五届职工职业技能大赛焊工比赛、全国第五届职工职

业技能大赛（焊接组）决赛比赛、中国能建首届焊接技能大赛及此次大赛的焊品照片全部摆放在桌面上，对比研究后得出结论："这次的焊品质量比之前要好。"

这样一个对自己的焊品追求完美的人，在第一次焊接钢管时，大部分作品却是不合格的。

2001 年，高考失利的杨文武成为湖南火电建设公司的一名焊工。

一开始，杨文武学习得很顺利，成为那批电焊工中最早转为高压焊工的人。第一次焊接了 30 多根小管，晚上一检查，有 20 多根管焊口不符合要求。班长要求杨文武返工。

"我当时很沮丧，怀疑自己的能力。"当杨文武看着老师傅切割自己的焊缝时，心里很不是滋味，"那刺耳的切割声仿佛是焊口发出的一声声哭泣"。

"高密度练习的时候，一天要烧掉 300 根焊条。"杨文武烧焊的功夫，是铁水加汗水锻造出来的。

"焊技提高永无止境，我的追求也永无止境。"杨文武的焊工钢印代码是 345 号，用于识别后期检修，"345 号"在国内 10 余座电厂中出现过几万次，而这个代码也意味着，凡是打上"345 号"钢印代码的焊口都出自杨文武之手，合格率达 100%，优良率达 99.5%以上。

杨文武主要从事火电厂建设中的焊接工作，通常焊接的锅炉管道压力在 20 兆帕至 30 兆帕之间，若以 27 兆帕的压力计算，就相当于每平方厘米承受 270 公斤的压力。焊口稍有瑕疵，就可能发生大爆炸。有一次在常德电厂项目工地上，有两根管道出现质量问题需要重新焊接。杨文武割开一排排管道，一步步向前推进，等走到更换的管道前，他发现需重新焊接的管道空间十分狭小，一个人都难以容纳。杨文武脱去身上的防护服，身着一件单衣，匍匐在管道里前行，到达焊点后，开始作业。

由于空间狭小，那些“活蹦乱跳”的焊花有的飞到他的脖子里，有的钻进他的衣袖里，当他焊接完成，离开管道时才发现，身上已有多处被烫伤。

在如此恶劣的环境下工作，质检时，其焊品没有发现任何瑕疵。

“细微之处，心灵可以到达。”用心焊接，是杨文武的独门绝活。

以前，在杨文武的焊接工具箱里，有一面小镜子，原来这是他用来对付焊接视觉“盲点”的。每当有看不到的焊口时，杨文武就将小镜子呈一定角度进行固定，利用镜子来判断焊接熔池，掌握烧焊精度，可现在不用这种方法了，遇到“盲点”就全凭心灵去感觉。

在去年的“嘉克杯”大赛集训时，习惯烧酸性焊条的杨文武面对比赛用的林肯碱性焊条时，突然变“瞎”了，无法看见焊接熔池的他，焊接的焊缝变得坑坑洼洼，大失水准。

杨文武把烧得坑坑洼洼的成品拿回宿舍，抱着它端详研究。反复琢磨后，杨文武拿出了看家本领“用心烧焊”。“烧林肯焊条时，我压根就不用眼睛看，而是用耳朵听声音，用心去掌握节奏。”

杨文武在“嘉克杯”大赛上的焊品，获得了来自德国、意大利、美国等焊接强国的选手的一致好评，大家都争相与杨文武和他的焊品合影。

新年伊始，杨文武又忙碌开了，他正在将自己焊工生涯的临场绝活整理成读本，准备提供给省内外同行。

（载 2017 年 1 月 14 日《湖南日报》第 5 版）

决胜 0.001 毫米

——记“十行状元、百优工匠”竞赛活动数控铣工决赛冠军吴检

【专家点评】 勤学开心智，名师出高徒。一个 21 岁的小青年，为什么能技压群雄，拔得头筹？此文圆满地回答了读者最想知道的问题。于是，通讯圆满成功，人物跃然纸上，作者的采访、写作水平也释放于字里行间。

不久前，在娄底技师学院，上演了一场短兵相接的“搏斗”，数十名铣工技能高手齐聚一堂，湖南省 2016 年“十行状元、百优工匠”竞赛活动数控铣工技术比武在这里打响。

当比赛结束时，谁都没有想到，一个年仅 21 岁的小青年，技压群雄，拔得头筹。他，就是来自湘电集团有限公司的青年铣工吴检。

“兴趣，能让人走向成功。”吴检从小就对玩弄机械兴趣浓厚。

1995 年出生的吴检，从小就喜欢摆弄汽车、飞机模型等玩具，还经常拆散、组装家用电器，也因此曾受到父母的责骂。

初中毕业后，他根据自己的兴趣爱好，选择了湘潭市工贸中专学习数控专业，与数控铣床打起了交道。2012 年，吴检进入湘电集团，成为企业当时最年轻的数控铣工。

从参加工作的第一天起，吴检因发自心底对机械加工的热爱，让他很快找到了目标——成为一名优秀的技术技能人才。

心中有了方向，脚下的路就很踏实。他刻苦学习专业知识，花了整整 1 年时间，系统研读了《数控机床操作规程》《铣工技能训练》等 10 多本专业书籍，光做下的读书笔记就有 10 多万字。

为苦练基本功，吴检每天的活动规律就是两点一线，从寝室到车间，从车间到寝室。而大部分时间，他都是泡在车间里。有时，为了一个零件的精加工，他总会反复琢磨多次，直到选准最佳方案才动手操作。

“名师出高徒，我就得益于这一点。”吴检对自己的恩师，深有感慨。

他的师傅谭志明，是湘电集团数控加工技能带头人之一，曾两次获得湖南省职业技能大赛第一名。

师从谭志明后，吴检以勤奋好学和聪明深深打动了师傅。谭志明也对爱徒关爱有加，他把自己多年积累的“绝技”倾囊相授。吴检在数控把握和精加工操作上很快脱颖而出。

一次，要加工一个外销电机配件。由于这种配件的精度要求比往常的要高出很多倍，且没有参考案例，师徒俩围绕这个配件先后做过 4 套加工方案，进行过 3 次试制。时间已到深夜，但还有两项指标达不到标准，他们一合计，决定推倒重来，针对存在的问题又制定了第五套方案，直到试制完全符合标准才离开车间。这时，已经天亮了。

“手艺活，靠的是心灵手巧，吴检就强在这一点”，谭志明这样评价自己的爱徒。他特意跟记者说起了这次参加技术比武的情况。

那天的比武，参战的都是省内一流高手，有的人曾在全国和世界技能大赛上获得优秀成绩，照理说，吴检不可能有取胜的机会。

吴检由于平时技术过硬，加上年轻，精力充沛、手脚灵敏，比赛的时候，显得特别得心应手。

选手们要在6小时内，将几块重达数公斤重的方形钢铁通过数控铣床加工成精度达0.001毫米的工件。

第一道程序就是切块加工，吴检“手起刀落”果断地切下第一刀，完成了粗车部分。

谁也没想到，就在吴检准备进行精加工时，他竞赛的电脑突然出现故障，白白耽误了十多分钟。这时吴检虽显得有点紧张，但他很快镇定下来，继续操控设备，精准地把握好每一个尺寸。

最终，吴检在竞赛规定时间内完成工件的制作，一举夺魁。

21岁，人生才刚刚起步。吴检却像一颗耀眼的新星，在同龄人中升起。

（载2016年11月23日《湖南日报》第4版）

年纪轻轻 木秀于林

——记“十行状元、百优工匠”竞赛活动数控车工决赛冠军朱军

【专家点评】 尽力贴近采访对象，真正了解人物内心，应是写好人物通讯的关键一环。此文主人翁年仅25岁，一般不易吐露心声，但作者硬是缠住他讲了真话，吐了真情。这样，写出的通讯就有了活力和魅力。

这是一场“毫厘”之间的较量。

10月17日晚，湖南省2016“十行状元、百优工匠”竞赛活动数控车工决赛闭幕。25岁的朱军凭借着手中超凡的技艺和良好的心理素质，在同场竞技中，击败了数十名工龄比他长一大截的前辈，一举夺得冠军。

在这场决赛中，选手要在6个小时内，将两块重达数公斤的圆柱形钢，通过数控车床加工，制作成两个精细到“毫厘”的零件，误差仅允许为0.001毫米。在这场较量中，25岁的朱军年纪最小，经历最浅，但令人意外的是，6个小时的比赛，

朱军5个小时就交了卷，并且还拿到了全场的最高分。他现场制作出来的作品让不少前辈刮目相看。

90后的朱军来自溆浦。为了学一技之长选择进入技校，毕业后当了车工。度过学徒期时朱军不到18岁。刚进入江麓机电，他就创造了一项数控车工的纪录，在湖南省第三届职工技能大赛数控车工比赛中，他拿到了第二名的好成绩，当时被评为了湖南最年轻的技术能手。

“耐得住寂寞，让兴趣成为最好的老师，不断创新，这是我成功的最大秘诀。”

朱军阳光开朗，生性活泼。但在车间钻研技术时，他一待就是10多个小时。他特别对技术难题感兴趣，新的难题一旦被他盯上，就不会放手。

有一次，他承接一项外贸传动零件加工，对方在技术上的要求完全超过了国内标准，有的甚至比国际标准还严。

接到任务时，他白天扎在车间，晚上就翻阅大量的技术参考资料，一连10多天没有停顿。有天凌晨他才上床睡觉，但辗转反侧睡不着，到凌晨3点，他索性起床翻阅起资料来。

经过近半个月的摸索和实际操作，这一传动零件加工的难题终于被他攻破。

公司质检部门对他加工的零件经过严格测试得出结论，平面精度与光洁度等各项指标均达到或超过国际标准。对方专家验收时，由衷地竖起了大拇指。

“有追求就有梦想，人生的梦想不在一时一事，而在永无止境。”朱军的路正是这样走来的。他从18岁到25岁，凭借自己刻苦钻研的精神和高超技术，一路获得“湖南省技术能手”

“湖南省五一先锋”等殊荣，并在第42届世界技能大赛湖南选拔赛数控车工比赛中获得第一名。作为公司的技术标杆，他加工的产品已广泛应用于我国国防领域。

作为90后产业工人，朱军工作中虽然取得了进步，但是他更多的却是看到了行业的不足：在一些核心技术的关键领域，国外产品仍然占据着领先地位。而如何改进工艺拉近和赶超这些发达国家，成了朱军胸中一团不灭的火。

进公司7年来，他所在车间曾承接过10多项国际尖端技术的加工项目，在这些项目中，朱军不仅全部参与了技术攻关，他个人还创造性地获得了多项工件加工的实用型成果。

目前，朱军已经被选入湖南省集训队，他将代表湖南参加第七届全国数控技能大赛决赛，并有望踏上2017年第44届世界技能大赛的新征程。

（载2016年11月9日《湖南日报》第5版）

用泥刀雕琢精品

——记“十行状元、百优工匠”竞赛活动砌筑工决赛冠军邹彬

【专家点评】此文写的是一个小小泥瓦匠的作为，但作者的字里行间充满由衷的赞美，丝毫不见高人一等的气息。平等待人、真诚待人，是写作人物通讯的基本要求。作者若无这样的品质，就写不出这样的人物通讯。

初冬时节，一场泥刀比拼在长沙建筑工程学校拉开序幕。

64名高手，个个摩拳擦掌。

随着一声令下，选手们手中的泥刀一齐飞舞起来，场面壮观而又热烈。

别看这些干苦力的泥瓦匠手长老茧、全身是泥，可他们中藏龙卧虎，很多人“大有来头”。

弱冠之年的邹彬看起来还像个未出校门的中学生，其实，去年他就凭手中的泥刀砍进了“世界杯”，夺得了在巴西举办的第43届世界技能大赛“优胜奖”。

果然不出所料，邹彬在这次比武中，又摘得桂冠。

“人生梦想并不都是‘高大上’，能走出困境，产生动力也是梦想。”邹彬用这样的观点诠释对事业的追求。

邹彬是个地道的农家子弟，出生在湘中大山深处，幼年的梦想就是走出深山，到外面的世界闯一闯。

邹彬初中没毕业就辍学了，刚满16岁，他就跟着父辈在建筑工地摸爬滚打，和灰浆、担泥沙、挑砖头……工地上的脏活、重活总离不开他。

然而，同事经常发现他偷偷地去学习老师傅的手艺，经常背着师傅操起了泥刀。

有天下午，一位老砌筑工回到工场时，发现自己未完成的那面墙长高了一米多，仔细一看，长上来的墙质量并不比自己砌筑的差。

惊讶之余，才发现长高的部分墙体是邹彬的“杰作”。

从那时起，邹彬就开始玩起了泥刀，谁都没有想到，泥刀一到他手里，就玩出了新境界。

一面12平方米的墙，别人要砌一天，他只要半天。更重要的是，他砌的墙，砖面清清澈澈，不沾水泥。

业精于勤。邹彬进中建五局4年多来，很少休过假。有时候为砌好一面墙，要反复推倒重来多次，但每次重来，他总会从中找到一些有价值的东西，并把这些东西储存在自己的心里，等到下次就能信手拈来。

他的勤，还体现在不断地从实际中发现问题。他经常去参观人家的“作品”，只要人家的东西好于自己的，就一定把它学到手，如果是多次尝试不成功，他还会主动上门求教。

有一次，他发现有位高级砌筑工做了一面通透花墙，其外观就像一副雕刻作品，墙体平整如画，突出部分错落有致，他十分羡慕这样的手艺。于是，他悄悄地将这面墙，绘成草图，带回家里反复琢磨，并到工地上进行砌筑模拟。通过刻苦钻研，如今，邹彬已掌握了 10 多种砌筑通透花墙的手艺。

“与其说是砌筑墙体，还不如说是搞艺术雕琢”，工友们在评价邹彬手艺时这样夸他。

邹彬最近参加的“十行状元、百优工匠”竞赛活动砌筑工技能比赛，实际上就是一次泥刀下的雕琢艺术比赛。

参赛者要用 230 块砖，在规定时间内砌筑一道 1865 毫米长、1260 毫米高、120 毫米厚的清水墙，并在墙内嵌入“工匠”汉字图案，要求汉字突出墙面 20 毫米，勾缝清洁 6 毫米，且清扫干净。测评打分评判标准都精确到毫米级，每有 1 毫米误差就扣除 1 分。

邹彬的作品墙面清洁，线路均匀，字体突出，各项指标都在控制范围。专家们在评审时给予一致好评。经过逐项打分严格评审，邹彬的作品以高出第二名 10 多分的绝对优势夺冠。

（载 2016 年 11 月 24 日《湖南日报》第 5 版）

“修车就像医生治病”

——记“十行状元、百优工匠”竞赛活动汽车修理工决赛冠军胡元波

【专家点评】 治病也好，修车也好，都需要内行，需要诊治水平。写作专业性强的人物通讯，也需要作者懂行。此文作者为写好此通讯，一定当了一回“徒弟”，学了修车业务。因此，他在写作中得心应手，甚至化专业为通俗，为通讯增色不少。

2016 年 11 月 5 日至 6 日，“十行状元、百优工匠”竞赛活动汽车修理工决赛在长沙经开区广汽三菱公司举行。70 多名汽车修理领域的“高手”，在规定的时间内要为“病车”把脉，准确找出“病因”，切除“病灶”，换上健康“肢体”，达到彻底“康复”，各个“诊治”环节必须一气呵成。

比赛结束后，评委们宣布：长沙市兴德汽车技术服务有限公司胡元波以 92. 275 分的总成绩夺得第一名。

1982 年出生的胡元波，从小就喜欢车。1997 年，他进入株洲机械电子工业学校进口汽车维修专业学习。2000 年下半年进

入汽车修理厂，从汽车维修实习生做起，开始了他将近 16 年的汽修生涯。

“修车就像医生治病，要对症下药。”老师傅们的这句话一直铭记在胡元波的心里。

为了熟悉汽车的整个构成，胡元波找来各种各样汽车修理书籍，对照书籍查找每一个部件，对每个部件的性能做到了如指掌。哪个部件出了问题，他都能从理论和实践上说出道道来。

一辆汽车大大小小的零件上万个，每一个零件，胡元波都能熟练地叫出名称，说出部位，熟悉功能。

“中医看病讲究‘望、闻、问、切’，这种方法给汽车‘治病’也用得上”，胡元波说。

有一天，一辆待修的自动挡奥迪车被拖进修理厂，车主在介绍故障时说，车子在行驶时，踩油门没有反应，试了几次都无法提速。胡元波走近一看，马上说出是因为发动机节气门堵塞，导致油路不通。找到病因后，胡元波熟练地打开引擎盖，抄起工具，用最便捷的方法排除了故障。

胡元波修车，除了使用先进的车载电脑检测仪外，还喜欢围绕车子转来转去，仔细地观察车子表面和发动机部位，同时，详细询问车主发生故障的过程。有时候，他通过闻气味、探温度等来确定故障部位。

有一次，一台小车仪表盘上显示，发动机温度突然升高，在补足冷却液后转为正常，但发动机功率明显下降，车主束手无策。经胡元波检查，很快弄清了“病因”：冷却系统严重漏水；风扇传动带松脱、风扇离合器工作不良。胡元波“对症下药”，手到病除。

“大病并不可怕，怕的是那些弄不清病因的‘疑难杂症’。”胡元波这样表述修车过程中那些最感头痛的事。

有些车子出了故障，原因在哪里，一时半刻理不清头绪。胡元波经常围绕这些“疑难杂症”进行研究，有时还特意去请教那些设有汽车专业的高校的专家，直到找出答案为止。

车子“疑难杂症”的表现并不一样，如发动机抖、亮故障灯、制动不良、变速箱换挡异常等，这些状况可以由多种原因构成，必须有针对性地“治疗”。

比如说发动机抖，可能是进气系统密封不够，也有可能是空燃比异常，或者是点火系统工作不良等。胡元波在修理中，常常采用排除法，对以上的故障逐一处理。这种方法不但可以克服顾此失彼留下的漏洞，同时，可以使车子达到“治一病而除多症”的目的。经他修理过的车子，因一个故障返修的情况几乎为零。

（载2016年11月30日《湖南日报》第9版）

拧紧每颗螺丝钉

——记“十行状元、百优工匠”竞赛活动钳工决赛冠军刘建伟

【专家点评】写军工企业人物通讯，需要拧紧保密的螺丝钉。此文作者坚守了这一点，作品中没有一丝泄密，而该写的都写上了，通讯完美无缺。

提到钳工，在人们的脑海里，就是那些随身携带钳子、扳手、螺丝刀的技术工人。

的确，这些人干的就是校模具、拧螺丝、磨刀具的活儿。然而有的人正是在这种极其平凡的岗位上，干出了一番事业，湖南兵器集团长城机械公司钳工刘建伟正是其中的典范。

11 月中旬，在株洲职教科技园举行的“十行状元、百优工匠”竞赛活动钳工决赛中，刘建伟经过 3 天的苦战，勇夺比赛冠军。

1995 年，技校毕业的刘建伟被分配到长城机械公司工具机修车间从事钳工工作。实践中，他感到最缺少的不光是经验，更缺少的是理论知识，因此他先后系统学习了《机械原理》

《金属加工工艺学》《互换性原理与测量技术基础》等大学工科课程。

一贯追求完美的刘建伟，在实际操作上总是精益求精。

“绝活，取决于是否拥有毫厘之间的优势。”刘建伟设计和制作的刀具、模具、量具、夹具等，其精度几乎都能达到0.001毫米，表面粗糙度能达到0.2微米。

钳工这个行当，所处的单位不同，对技术的要求也不一样。作为军工企业的钳工，在技术上的要求要远远高于其他行业。

军工产品一个共同的特点就是工装品种多、精度要求高、加工难度大，刘建伟每天都会遇到难题，可他认为“难题并不可怕，知难而进最重要”。

一次，他们加工一个产品，精度要求特别高，最小窄槽只有0.5毫米、尺寸要求为正负0.01毫米，这种产品的加工“史无前例”。刘建伟没有被困难吓倒，他连续好几天泡在车间里，通过反复试验摸索，成功研制出一套专用刀具，其工作效率较传统方法提高10倍。这项操作法被湖南省职工技协命名为“刘建伟刀具加工法”。

“车到山前必有路”，这是刘建伟经常挂在嘴边的一句话。遇到技术难题，刘建伟总会用这句话来鼓励大家。

近几年的军品订单，加工品种多、形状复杂，需钳工制作的品种就有400余种，几乎全无通用工具。

为了解决这一难题，刘建伟和大家反复查阅图纸，研究工艺，仔细琢磨，最终设计制作了一套钻、铰、锪孔定位夹具，从而达到操作简易、快速方便的目的，加工出来的产品质量合格率达到98%以上。

刘建伟近年来先后获得“湖南省技能大师”“湖南省百佳首席技师”“第十二届全国技术能手”等称号。

勤于思考，精益求精，是拧在刘建伟心里永不生锈的“螺丝钉”。

（载2016年12月1日《湖南日报》第5版）

旁听生成了顶尖高手

——记“十行状元　百优工匠”竞赛活动维修电工决赛冠军张志

【专家点评】旁听生为什么成了顶尖高手？此文从一开始，除了必要的简单交代，就开始回答这个问题。通过层层剥笋，逐一交代，把来龙去脉讲得清清楚楚，让读者读完通讯就明明白白。一篇人物通讯，在缺少故事情节的情况下，能另辟蹊径写出这种效果，实在难能可贵。

很难相信，张志这个学习电气工程数控技术运用专业的人，竟成了维修电工专业的顶尖高手。

29 岁的张志，现在是湖南工贸技师学院电气工程系的一名老师。近日在湖南省“十行状元、百优工匠”竞赛活动维修电工决赛中，力压众多专业领域高手获得冠军。

“我走上这条路，完全是因为兴趣。”张志告诉记者，孩提时期，一次不小心，让他对电产生了浓厚的兴趣。有一次，他碰到了一根电线，手被麻了一下。当时他想，为什么电会让人有麻木的感觉？兴趣由此被“电”了出来。

翻开张志的学历，明显看出张志不是学维修电工专业的，但他觉得维修电工这个专业很神奇，便利用课余时间旁听起维修电工的课程来。

这一旁听不打紧，一听就是好几年，直到学完维修电工班的全部课程。

张志在当“旁听生”的同时，积极参加学校组织的竞赛活动，努力学习掌握维修电工的知识。2006 年，入学才一年的张志被学校选拔去参加株洲市维修电工比赛。

白天集训，他像海绵一样吸收着电工专业知识。晚上同学们下课走后，他仍然把自己关在学校实训室内，刻苦钻研，一练就是整整一个月。

也正是对维修电工技术的勤学苦练，非科班出身的张志在当年的株洲市维修电工比赛中，击败所有对手获得第一名。

“技术上，着眼点不高，就不可能掌握高技能”，谈到维修电工高端技术时，张志有自己的观点。

2008 年 11 月，成绩优秀的张志应聘到武汉一家国企从事电气设计工作。当时工厂生产线上有一台德国西门子出产的设备出现了故障。面对问题，张志和工友们束手无策。无奈之下公司只能从瑞士高价请来维修电工，以解燃眉之急。

当国外专家来到工厂进行检修时，张志早已留下心眼，要把国外专家的技术学到手。他寸步不离地跟着专家学习。国外专家专业过硬，知识超前，对于操作也十分严谨。不仅机器里面的布线严格按照次序放置好，就连安装螺丝用哪个扳手，都要区分开来。学习中，张志深深感到自己的技术与国外专家相比，有相当大的距离。

张志暗下决心，在技能上要向国外专家看齐。

他每天躺在机床下面，在机油、灰尘、漏水的陪伴下研究运作线路。一个电流回路，拆了装，装了再拆，周而复始，张志手指上生出老茧。成千上万次的重复与磨炼，张志在基本功方面实现了质的飞跃。

“机器没电转不了，人也一样，不‘充电’，专业知识就会枯竭。”张志开始学习国外机器制造的先进技术，接触软件应用并学习编程，真正把着眼点放在了世界维修电工高端技术上。

2011 年底，他舍弃国企工作，走上了学校的讲台。

张志把自己的实践经验融入教学中“传道授业”，同时，又利用大量空余时间埋头学习专业知识，以现代前沿维修电工知识为起点，着力掌握智能化设备及相关编程知识。

“每次竞赛内容都会涉及前沿技术。只有对相关技术娴熟掌握之后，才能在比赛中获得较好的成绩。”张志基于这样的认识，入职 5 年来，作为选手参加了 5 次技能比武，以教练的身份带领学生也参加了将近 20 场比赛。

每次比赛都会有很大的收获。这次代表株洲市参加全省“十行状元，百优工匠”技能竞赛，最大的收获就是找准了未来发展的路。

（载 2017 年 1 月 1 日《湖南日报》第 3 版）

湖湘文化“百事通”

——记“十行状元、百优工匠”竞赛活动导游讲解员决赛冠军高奇

【专家点评】德才兼备的好导游。读完此文，读者便会有这样的结论。这样的结论，来自此文作者繁简得当的描述。宜繁则繁，宜简则简，是写作的基本要求。文章繁简得当，恰到好处，读者自会给予好评。

“惟楚有材、于斯为盛”“吃得苦、耐得烦、霸得蛮”。这是湖南革命陵园管理处的讲解员高奇接待国内外客人时常用的两句话，湖南人听起来不以为然，但对初来的造访者，了解当地风土人情却有茅塞顿开的效果。这些介绍湖南的经典之语，在高奇的脑海里就有几百上千句。

2016 年 12 月，被称为湖湘文化“百事通”的高奇，在全省“十行状元、百优工匠”竞赛活动导游讲解员决赛中，正是凭借自己深厚的文化功底，通过声情并茂的讲解，机敏的反应获得冠军。

高奇是土生土长的郴州伢子，因出生在革命老区，从小就

对当年流传的许多红军故事特别感兴趣，当上导游后，他特意收集整理这些故事，在工作中一个一个绘声绘色跟客人讲述。“功课不扎实，现炒现卖，当不了好导游”，一件发生在10多年前的事情，使高奇刻骨铭心。

他第一次走上导游岗位，接待了一批北方的游客，主要在郴州境内参观邓中夏故居、苏仙岭、东江湖、莽山等革命纪念地和景区。之前，高奇对这些景区的背景资料并不太熟悉，先天晚上，他对每个景区的资料逐一进行了备课，自己感觉准备算比较充分了。

第二天一上岗，面对客人，思绪就乱了，准备好了的东西无法清楚地表达出来，几次被客人问得无言可答。

这次“遭遇”，使高奇对导游的认识产生了质的飞跃：当导游就要读万卷书、行万里路。以后的10多年，他除了工作之外，几乎把所有的空余时间都用在读书上，尤其是那些关于革命纪念地、旅游景区的书籍，加起来有上百本。其中很多内容他都能倒背如流。

“要把故事讲得生动形象，必须对内容烂熟于心。”高奇当导游，就像在开故事会，每到一个旅游景点他总能讲出几个让客人们十分开心而又意义深刻的故事。

在省“十行状元、百优工匠”竞赛活动导游讲解员决赛中，高奇就是讲述了发生在自己家乡郴州市汝城县沙洲村的红色历史故事——“半床棉被”。

1934年11月6日傍晚，掉队的3名女红军战士为了把一床军被留给当地的老百姓，而在老百姓坚决拒绝的情况下，女红军战士把被子剪成两半，一半留下，一半带走。

为了把故事讲得生动感人，又不失历史的真实，高奇除了反复观看纪录片《东方主战场》，了解红军的历史，同时，还特意查证了2015年中央文献出版社出版的《走进长征——唐双宁党史文论集》，并借用书中的《从完整意义上认识中国工农红军的长征》一文，让评委和观众们了解故事的来龙去脉。

高奇为了让这个故事讲得生动形象，他将基本内容编成一个完整的故事体裁，开头、结尾、中间高潮跌宕起伏、栩栩如生，把红军女战士和当地老百姓的对话以面对面交流的形式表达出来，亲切感人。

“导游服务，就是要把心紧贴客人。”人在外旅游，最需要的是能得到他人的理解和帮助，高奇总是这样设身处地的考虑问题。

2007年，高奇带团到东江湖观光。回程时，突降暴雨。24名游客只有2名女同志带了雨伞，为了让客人迅速登上旅游车，高奇往返于百步台阶“送伞接人”，10多分钟内，他往返了10多次，当他最后一个上车时，自己却成了落汤鸡。

有一次，旅游车在泥泞的路上行驶，不慎陷入泥坑。车上的客人顿时焦躁不安。有的指责司机的技术，有的高声叫嚷。高奇招呼大家少安毋躁后，立即下去推车。旅游车驶出泥坑那一刻，高奇因来不及收力，一下栽倒在泥坑里，变成了一个泥人。

回到车上，高奇向大家深深鞠了一躬：“很抱歉，让大家久等了。”一阵沉寂之后，车厢里爆发出热烈的掌声，游客们齐声喊道“高导，你是最棒的！”

（载2017年2月2日《湖南日报》第3版）

编程，“编”出精彩人生

——记“十行状元、百优工匠”竞赛活动计算机程序员决赛冠军王小龙

【专家点评】 用诙谐、幽默的语言写作人物通讯，是此文的特点之一。计算机编程是枯燥的，平铺直叙地写作这个内容的文稿难免枯燥。而作者从制作标题开始，尽可能用了诙谐、幽默、轻松的语言，给通讯增加了活力，可见作者用心良苦，功力不同凡响。

获得省“十行状元、百优工匠”竞赛活动计算机程序员决赛第一名后，王小龙的生活并没有太大的变化，他依然站在讲台上，用相声般的语言为学生们讲解计算机编程知识。

王小龙，是株洲健坤北大青鸟培训学校的计算机程序员老师，从事计算机编程技术已有 14 年历史。上大学专修的是计算机编程，南下打工从事的是计算机编程，走上讲台给学生上课的内容也是计算机编程。

1998 年，网吧刚刚在大街小巷里兴起。有一次，正在读高中的王小龙透过网吧的玻璃，看到电脑屏幕里精美的动画，一

个个动画人物在电脑里跳来跳去，他用攥了3天的早饭钱，第一次走进了网吧，第一次接触到了电脑游戏。

“我一下子就被吸引住了，想着什么时候自己也能开发个游戏。”高中时期，王小龙就经常买些电脑方面的书籍阅读。由于家里没有电脑，他就打着修电脑的名义去亲朋好友家“蹭”电脑，久而久之，他竟成了远近闻名的“电脑迷”。

高考填写志愿时，王小龙毫不犹豫地填报了计算机专业。

“计算机编程，必须仔细、周全，容不得丝毫纰漏。”2003年，大学毕业的王小龙就职于深圳一家软件公司。

有一次，公司让王小龙研发一个酒店管理系统，他在电脑前待了3天3夜，咬着牙硬是把系统全部编写完。正准备回去休息时，公司负责测试的同事要求他把房间管理这块程序全部重做。

此时的王小龙懵了，自己觉得任务完成得很圆满，为何还要重来？

当同事打开房间管理程序测试，王小龙才发现由于一个程序代码输入错误，导致后期的数据维护出现问题，使整个管理系统无法进入正常运转。

这件事一直铭刻在他的心里，在以后的编程日子里，就像悬挂在脑海中的一面警钟。

2011年从王小龙班上毕业的石忠孝，已是上海某软件公司的软件项目经理。2016年，石忠孝研究一个程序，在识图技术上卡了壳，便打电话向王小龙求救。由于王小龙不擅长识图技术，他并没有及时回答如何解决这道技术难题。他马上坐到电脑前查阅网页，翻阅有关识图技术的电子资料，经过一通宵，王小龙将编写程序的思路发给了石忠孝。

按照王小龙的思路一整理，石忠孝仅用半天时间就解决了这一难题。

“编程序很枯燥，找到枯燥中的笑点，就能变成一种乐趣。”王小龙经常会通过生动的俗语、形象的肢体语言，表达出计算机编程的各类专业术语。

有一次，在课堂上讲到“多态”这个概念时，王小龙开始发挥他的喜剧天分，他用筷子演示吃饭，接着学美国人吃西餐，再接着直接演示印度人用手抓饭，滑稽的模样让学生捧腹大笑。学生们在笑声中记住了“多态”这个词的含义，就是同一事情做出的不同表现。

编程本身就是一个严谨而细致的工作，要将编程知识点转换为笑点，不仅是靠善于临机应变的幽默，更多的是靠炉火纯青的编程技艺和对教学的那份用心，王小龙做到了。

王小龙走进计算机编程，又从计算机编程中走来。编程，“编”出了王小龙的精彩人生。

（载 2017 年 1 月 7 日《湖南日报》第 2 版）

“铣”出耀眼光环

——记“十行状元、百优工匠”数控铣工竞赛活动二等奖获得者王永幸

【专家点评】 耀眼的光环不是那么易来的。此文告知你，主人翁的荣耀是脚踏实地、一步一个脚印“铣”出来的。这就是此文的导向，是一种正能量。新闻作品的正面导向是新闻的灵魂，少了这个灵魂，新闻作品就没有生命，写得再好也无意义。

王永幸，刚过弱冠之年，可头上的光环已经非常耀眼。从学生时代开始，他就接二连三获得各种荣誉：先后获得中国技能大赛第六届全国数控技能大赛湖南选拔赛加工中心操作工学生组一等奖、中国技能大赛第六届全国数控技能大赛决赛学生组第七名、常德技能大赛数控铣工一等奖。

去年 10 月，王永幸参加 2016 湖南技能大赛获得数控铣工二等奖，并被授予“湖南省技术能手”“湖南省五一劳动奖章”荣誉称号。2016 年参加湖南省“十行状元、百优工匠”数控铣工竞赛活动又获得二等奖。

今年23岁的王永幸，毕业于湖南工业职业技术学院机械制造与自动化专业，2014年，进入常德烟草机械公司从事数控铣工工作。说到王永幸荣誉之多，有人给他做过统计，从学校到现在，获得的荣誉至少有20多项。

同事们认为："技术过硬，又肯钻研，他荣誉多，当之无愧。"

王永幸对技术一丝不苟。机床有异常的声音，零件有轻微的松动，都逃不脱他的"火眼金睛"，并能手到"病"除。

2015年秋天的一个下午，王永幸加工了一个制烟设备的关键部件，将部件安装到位后，王永幸从现场测试的多组数据中发现，其中有一组数据与标准要求有细微偏差，其实这种细微偏差并不影响设备的正常运转。但王永幸却认为，差之毫厘，一定会失之千里，技术上必须防微杜渐。

王永幸当即把部件卸下来，重新来过。他一头扎进车间，反复折腾了整整两个昼夜。到第3天上午，再行测量时，数据全部达到了标准要求。

王永幸虽然很年轻，但技术上已成为公司的中坚，获得了高级技师称号，是公司获此殊荣最年轻的技术员。

"铣工、车工都是手艺活，既要书本知识，更要手头功夫。"王永幸觉得二者都重要。因此他坚持的学习方法是"学中干，干中学"，二者有机结合。

王永幸两年多来挤出时间自学了《机械力学》《材料学》《CAXA制造工程师》等多种专业书籍。

为了有针对性地学习，他把在实践中遇到不懂的技术问题，随时记在本子上，带着问题从书本中找答案，同时向同事虚心请教。由于学习方法得当，学习形式多样，很快熟练掌握了数控设备的结构、性能和工作原理。

2015 年，车间承担了一批精密件加工的任务。这些精密件的钻孔精度为 H6 级，照理说，按技术要求，只要简单输入相应程序，就能加工出符合要求的零件。但事实并非如此，由于加工中机器的轻微抖动，直接影响孔的精度，加工出来的第一批产品大都没有达到标准要求。

王永幸想，如果在 H6 级的基础上，再加上微量的切削范围，就可能保障其精度。按照这个思路，他反复试验，果然，生产出来的零件，全部达标。

“实践的成功，往往能激发出更强的创造力。”王永幸的这种理念，增强了他不断创新的信心。

（载 2017 年 3 月 1 日《湖南日报》第 4 版）

“一心想着国，一手撑起家”

——记“湖南省劳动模范”、云箭集团机加三厂钳工陈琦

【专家点评】 曾几何时，人物通讯写到人物的克己奉公时，总是写他为国家、为公事不顾家。此文写的主人翁却是个顾国也顾家的人。这样写的效果，并未贬损主人翁的形象，反而使人物形象更加丰满。这应该也是新时代人物通讯写作的“诀窍”之一。

云箭集团机加三厂钳工陈琦，在国防装备生产战线上默默耕耘18载，书写着一个汉子的“家国情怀”。

陈琦幼年时父母双亡，与年幼的妹妹相依为命。孩提时的陈琦，很少进过电影院，有一次，学校组织看电影，片名叫《英雄儿女》。陈琦被故事中王成的英雄壮举深深打动，幼小的心灵萌发了一种理想：长大后立志做名军人，手握钢枪，卫国戍边。

可命运没有给他这样的机会，中专毕业后，他被招进了国防装备企业云箭集团当钳工。

“生产精良的装备，武装人民军队，建设强大国防，能参与其中，不正是自己的梦想吗?”陈琦这样定位自己的工作。

在钳工的岗位上，他一干就是18年。

“位卑未敢忘忧国”，他以十倍的激情、百倍的努力，兢兢业业干钳工，以事业报国来坚守自己的信念。

18年间，陈琦在自己的岗位上，创造了诸多奇迹。光攻克工装技术上的难题就有100多项，单独设计加工的工装夹具等达30多套。

2013年，公司承接生产一种高端国防产品，其结构、工艺、技术参数都十分复杂，加工难度极大。

接到任务后，陈琦近两个月时间，吃住在车间，一口气试制出8套专用夹具，攻克关键工艺难题20多个。采用陈琦的工艺和工装夹具，生产的两个系列高端装备部件，一次性验收成功，陈琦也因此获得“钳工骄子”的美名。

公司圆满完成这次战役性任务，给钳工车间和陈琦本人专门颁发了“工装革新”专项奖励。

“用心当好钳工，是对企业负责，对国家负责；同时，也是对家庭负责，对家人负责。”在家国之间，陈琦找到了内心的平衡点。

2014年3月，公司下达了某国防装备新产品的生产任务，钳工班面临重新设计工装夹具和改进部件加工程序的多项关键技术难题。

天还没亮陈琦就进了车间，晚上12点后才进家门，早起摸黑连轴转。

正在这时，孩子生病了，妻子三天两头带着孩子跑医院。

怕影响丈夫的工作，妻子一直都瞒着陈琦。

直到有一天晚上回家，陈琦发现妻子和孩子都不在家时，才得知孩子急性肠胃炎住院了。陈琦深感愧疚，从那天晚上开始，他白天扎在车间，晚上到医院陪孩子，直到孩子出院那天，才美美的睡了个大觉。

“爱国不是一句空话，有行动才是最好的证明。”陈琦的爱国情怀，还表现在甘于奉献的义举中。

2008 年初，湖南遭遇罕见冰灾，公司生产区和家属区供电线损坏，水管结冰、破裂，造成停电、停水。陈琦带头冲在最前面，除积雪、查线路、修水管，在山林中坚持了 10 多天，小年和除夕都在抢险一线。

“一心想着国，一手撑起家。”陈琦的家国情怀，得到了社会的普遍认可与尊重。从 2011 年起，陈琦先后获得湖南省职业技能大赛工具钳工优胜奖、湖南省“中国梦·劳动美”技能型“最美班长”称号。2015 年，他被评为湖南省劳动模范。

（载 2017 年 4 月 6 日《湖南日报》第 3 版）

12年磨一“轮”

——记“全国优秀农民工”、恒远发电有限公司技术车间主任石东飞

【专家点评】此文成功的“诀窍”在于：就写一点，不及其余。一个农民工，十二年磨一“轮”，磨出了新业绩，磨出了高水平，这是多么精彩的人生，值得好好写，值得歌颂。当然此人可能还有许多值得写的，但作为短通讯，只写这一点就够了，“全面开花”就平淡了。

3月20日，永州市零陵恒远发电有限公司打磨车间，一位中年男子半蹲着身子，手持快速运转的风动砂轮机，在火花飞舞中，全神贯注地打磨着操作台上的零件。他就是被人们称为“转轮大王”的石东飞。

石东飞是当地土生土长的农民，12年前“洗脚上岸”，被招进了恒远发电有限公司，当上了打磨车间的工人。进厂十多年来，干的就是一件事，用风动砂轮机手工打磨发电机转轮。

“洗脚上岸进工厂，老实说，那阵子心里真没底，多亏了领导和同事撑腰打气。”石东飞接受采访时，一张口就说起了

当年进厂的暖心事。

石东飞回忆，刚上班的一个月内，因操作不当，接连发生了两次砂轮机事故。一次掉落到地上，砂轮机的磨盘被摔成两半；另一次掉到工作服上，因来不及关机把工作服磨了一个大口子。

事故发生后，石东飞很沮丧，产生了“打退堂鼓”的想法。当时的车间主任见状，把石东飞叫到办公室，轻言细语地安慰他：“一个生手，发生点情况不要紧，时间长了就会好起来。”并鼓励石东飞一定要坚持下去。

石东飞的工作服坏了，一位年长的老同事主动把自己还没穿过的一套工作服送到他手里。“你拿去穿，厂里每年都发工作服。”眼前的情景不仅让石东飞深受感动，同时也打消了他放弃这份工作的念头。

“毫厘之间的把控，决定产品的优劣，相对而言，石东飞就强了这一点”，恒远发电副总经理赵延陵在介绍石东飞的技术时，这样夸他的手艺。

转轮是发电机的核心部件之一。打磨车间的工作，就是将转轮叶片固定在“上冠”“下环”的焊接部分，打磨平整，达到需要的切面。打磨全靠手工完成，只能靠目测和感觉。经过十多年的摸索，石东飞在操作中完全可以凭自己的手感和目测，分毫不差地把零件打磨到位。

两年前，公司接了一单微型电机的生产任务，转轮的直径只有 0.8 米，叶片之间仅能伸进一个手指。这批转轮的打磨技术要求特别高，车间经过几番试磨，可每次磨出的转轮都无法达到技术要求。

身为车间主任的石东飞，本想通过这项任务锤炼队伍，提高一些进厂时间不长的年轻人的基本技能，但由于时间紧迫，未能如愿。

石东飞便主动放弃休假的机会，自己动手，带领车间的一批技术骨干加班加点，连续工作40多天，保质保量完成了任务。

“心情浮躁干不成事，守得住寂寞才会有成功的希望”，石东飞对自己工作的特点体会深刻。

近年来，公司相继招聘了一些年轻人，有的被分到打磨车间后，因承受不了这种寂寞，好几人先后主动辞职离开了车间。

而石东飞却感觉良好，“开始有些受不了，时间长了反而觉得这种环境很适合自己”，对自己的工作，他从内心深处热爱着。

十多年的坚守，使石东飞获得了事业上的成功，成了公司的技术骨干，同时，也获得了公司和区、市的各项荣誉。2016年，他获得“全国优秀农民工”称号。

（本文为作者与刘跃兵、何昌盛合作，载2017年3月24日《湖南日报》第3版）

攀登数控“智高点”

——记江南工业集团公司数控分厂员工、“湖南省五一劳动奖章”获得者彭小彦

【专家点评】此文写的是攀登数控“智高点”，涉及高科技领域。但文章一开始写的是平常事，直到必讲高科技才讲高科技，且在讲高科技时尽可能当好“翻译”。这一切，都是为照顾普通读者，增强文章的可读性。面向大众的新闻报道不能不讲可读性，这是大众化媒体必须注意的问题。

5月上旬，记者来到湘潭，采访彭小彦这位“80后”姑娘。

她来自黄土高坡，操着一口陕北乡音，来湘已11年。

别看她乡音不改，人生变化却很大：从一个初出茅庐的黄毛丫头，已成长为小有名气的数控人才。2016年10月，彭小彦参加全省数控加工中心技术比武，摘得桂冠。

2006年，彭小彦从西安航空职业技术学校数控专业毕业，进入江南工业集团公司数控分厂。

彭小彦从小酷爱电脑。小学时，电脑还没有普及，她就经

常跑到邻近一位开网吧的大姐姐店里玩游戏，因玩心太重，没少受到父母的责罚。

初中阶段，她就可以进行一些简单编程，在电脑上用程序把自己的学习生活摆弄得井井有条。

“喜欢干的事，就会竭尽全力，这是我的性格。”被分配到数控岗位，彭小彦眼前呈现的是一片朗朗乾坤。

一进厂，她就如饥似渴地学习，废寝忘食地工作，什么困难都难不倒她。

南方的冬天，严寒彻骨，进厂的头几年，小彭的手脚长满冻疮，皮肤开裂，除了格外刺痛，因时刻要接触冰冷的加工部件和橡胶水，双手经常被冻得麻木红肿。

“多冻几次就适应了。”工友们安慰她。几个冬天冻下来，小彭果然不再长冻疮了。

彭小彦特别热爱自己的工作，技术上进步神速，三轴加工、四轴加工等多种设备的操控以及 Mastercam 软件等多种编程软件的掌控，彭小彦只花了一年半时间，而一般新手需要 3 至 5 年。

“技术活讲究的是精益求精，只有做到极致，才会有满意成果。”彭小彦认为，数控技术的“智高点”，就是凭自己的智慧和过硬技术，把难度最大的项目攻下来。

G 产品属于超薄型零件，对夹紧力、切削热等特别敏感，在加工中极易产生变形。为了攻下这一高难度产品，她一连琢磨了两个通宵，精编 3 套程序，进行 20 多次试加工，并从每次加工中寻找新的灵感。

经过这种细微之间的反复琢磨，她终于找到了答案：通过调整刀具的几何参数和加工程序，有效解决了因超薄无法受力和切削热导致变形的技术难题，产品经检测，各项指标均达到设计要求。

2014 年，公司重金添置一台顶尖的五轴联动加工设备。因五轴联动，可同时加工工件的 5 个断面，是异形面加工的顶配。

经过慎重选择，公司将这台设备交给彭小彦操作。

彭小彦很感激，但更多的是感到空前的压力，五轴联动的编程与操作，是当代数控领域的尖端技术。

她在虚心向名师学习、全面熟悉设备结构的基础上，花了近 1 个月时间，泡在技术资料室充电。

她从网上下载有关五轴加工工件图形上千幅，并参照各种图形，自己建模、编程、模拟加工。

两年多时间，她绘制了 600 多张三维实体图，做了 5 大本技术资料笔记。

某科研产品的一个零件，外形由多个斜面和弧形组成，且底面的平面度仅为 0.02 毫米。对这种精度极高的产品，公司从没有加工先例。

接受任务后，彭小彦充分利用五轴联动的多种功能，不到两天时间，就加工出了完全符合要求的产品。

一台多轴联动设备，上万个零件，上千种结构，其位置、功能等，彭小彦都了如指掌。

(本文为作者与方钢合作，载 2017 年 5 月 12 日《湖南日报》第 6 版)

冷作工的绝活

——记“全国五一劳动奖章”候选人、中联重科工程起重机公司员工李传泉

【专家点评】技术活是真本事，不是场面上的东西，要通过勤奋、努力才能掌握。绝活更是如此，人家做不好但他做得来的这才叫绝活。李传泉在冷作这个领域，有着自己的绝活。作者始终突出“绝活”两字：有绝活，人就胆大，就敢挑重担；绝活并非与生俱来，是实干中掌握的，实干出真知；有了绝活不能保守，一人强不如众人强。文章正是按照这样的递进和逻辑关系，分层推进，前后相扣。文章虽短，但内容充实，整体结构严密。

4 月 18 日，在中联重科工程起重机公司的冷作车间里，一位头戴钢盔，身着蓝色工作服的年轻人正在指挥同事，对接一台大吨位吊臂起重机。

这位“指挥官”，正是记者的采访对象——今年“全国五一劳动奖章”候选人李传泉。他的冷作技术是大家公认的绝活。正是他和同志们的努力，经过技术攻关和上千次的现场试

验，成功研制出了我国首台大吨位起重机圆形旋转吊臂。结束了这一部件长期依赖进口的历史，开启了我国完全自主研发大吨位吊臂式起重机的一个里程碑。

话得从 2007 年说起。中联重科旗下的工程起重机公司，其前身是个有几十年生产大吨位起重机历史的老厂，但大部分机械部件都是依赖进口，特别是关键件椭圆形旋转吊臂，进口一套需几十万元甚至上百万元。快速发展的中联重科决策者们感到，自主研发刻不容缓。由于李传泉的冷作技能早已小有名气，公司便把研发 120 吨和 160 吨大吨位椭圆吊臂的任务交给了他。

“既然重担交给了我们，就是脱几层皮，也要顶上去，决不能掉链子”，动员会上，李传泉的话朴实无华却掷地有声。接到任务的第一天，他就卷起被盖，一头扎进了车间。在试验摸索的基础上，30 多次修改试制方案；没有现成工艺标准，他们就根据经验，确定各种参数；没有现成的工装模具，他们就反复设计，自制工装模具，保证新产品的设计要求……没日没夜，一干就是大半年，终于研制出第一台起重机椭圆形吊臂。此后，李传泉和他的同事们继续探索，不断完善技术数据，为中联重科开发“神州第一吊”系列产品提供了过硬的技术支撑。

早在十几年前，李传泉读技校时，就下定决心：自己即使干不成大事，也要学几招绝活。3 年技校生涯，他先后阅读完《机械制作大全》《材料实用技术技能》等上百本专著，光笔记就有 30 多本，近 200 万字，为自己后来从事的工作打好了功底。

在实践中，他的冷作技术日益精纯。“有了绝活，不能保守，一人强不如众人强”，李传泉说。他把自己摸索出来的上百种基本操作技能，毫不保留地传授给身边的人。青年员工杨智，在他帮助下，研制出了一个方便实用的工具架，李传泉看了很满意，并将这种工具架用其名字命名，在车间推广使用。

（载 2011 年 4 月 28 日《湖南日报》第 6 版）

“工人发明家”手握8项专利

——记湘电集团高级技师徐仲维

【专家点评】“反差”映出光彩来。这是读完此文后的第一感觉。一个没有高学历的工人发明家，竟然获得8项国家专利和全国性高技能人才奖；一个屡有失败记录的人，竟能连获成功，取得光辉业绩。作者写出的这种“反差”，让读者眼睛一亮，感奋不已。而这，正是此文的魅力。

新年伊始，徐仲维收到了一项人生的最高奖励——全国第十三届高技能人才获奖证书。

被称为“工人发明家”的徐仲维，今年50岁，是湘电集团特电事业部某国家重点科研项目高级技师，没有高学历、没有官衔。

然而，谁都没想到，这些年来，他竟获得了8项国家专利，其中发明专利“一种外径千分尺检定校正装置”获得了全国第19届发明展铜奖。

“穿新鞋走老路，不会有突破，我觉得穿新鞋就要走新路。”徐仲维对解决技术方面的问题，从不墨守成规，总是要打破常规找思路。

几年前，湘电集团承担了一项国防科技重大技术攻关项目，徐仲维担任安装调试、装配工艺技术工作。该项目的技术处于国际科技前沿，无任何经验借鉴，徐仲维四处寻资料，想办法，折腾了很长一段时间，却无一收获。

十分苦闷的他，一连几天，日夜围绕车间的操作台转来转去，当他想到自己常年处理装配技术解决的诸多实际问题时，眼前突然一亮，用分段的方式说不定就能解决这一重大项目的技术难题。顺着这个思路，他奋战了10多个昼夜，通过制定实施方案，调整操作规程，改变加工手段等，终于成功利用分段轨道精确定位的整套程序，攻克了这一难题。

“失败与成功，往往一步之遥，坚持就能看到曙光。”徐仲维记得某个国家重点科研项目中有一项技术，就是高能电机定子线圈的绕制工艺。该工艺要求在同一定子铁芯绕制多相多级线圈，不能拼头、不能缠绕，尺寸也要求极高。

一时间，分管技术的高层都觉得非常棘手，甚至有放弃的想法。其实，这时徐仲维的压力比任何人都大，可他总觉得有办法扫除“拦路虎”。他与自己的团队，制定攻关方案，一个不行再来一个，这种方案加起来就有10多个。

正是这种永不言弃的坚持，他们最终设计制造出了两台大型全自动绕线整形机，其技术达世界前沿水平。徐仲维发明的该项技术获得4项国家专利。

“大家的脑子转，比一个人转效果会更好。”平凡工作中，徐仲维搞发明善于发现和利用工友们的智慧。

有一次，他们承担200米导轨装配测量项目时，由于测量精度的准确性要求非常高，且国内外均无先例，技术攻关陷入困境，徐仲维工友中有人提出可考虑从平面测量入手，再做深入研究的建议。

徐仲维听了工友的建议，茅塞顿开，他根据这种设想，很快摸索和总结出一套完整的双轴平面测量法，运用高精设备，满足测量精度要求，最大限度控制了测量中的误差。他还根据项目要求，设计出实用、可靠的检具、量具，有效保证了测量的准确性，得到专家的好评。

公司在装配测量技术上接到大项目时，首先想到的是徐仲维，然而，徐仲维每次都没有忘记“传帮带”的责任和义务。

2011年9月，公司与武汉新能源接入装备与技术研究院签订了一项电机总装和调试的业务，徐仲维承担这项任务后，首先想到的，是利用这次外派的机会，打造技术骨干队伍，他带领30余名技术人员赴武汉，进行为期3个月的电机总装。

项目实施中，徐仲维除了带头奋战一线外，几乎把主要精力都放在传授技术上，将自己的看家本领毫无保留地传授给同事。实践操作中，徐仲维经常会结合每个技术要点，提出一些关键性的技术问题，让大家集中智慧、开动脑筋、思考问题。通过这次现场锤炼，参与外派的30余人中，将近一半成了行业的技术骨干。

（本文为作者与杨艳红合作，载2017年1月20日《湖南日报》第5版）

真牛！产品全免检

——记湖南韶力电气有限公司车工唐伟

【专家点评】一个车工的产品全免检，他凭什么这么牛？此文以主要篇幅作了回答，读来心服口服。文中逐一摆开令人信服的事实，让你不得不服。这说明作者确实用了心，也很懂读者心理。

取轮轴毛坯、打中心孔，进行粗加工、平头、精加工，在机器轰鸣的生产车间里，身着蓝色工装的车工唐伟，正在车床旁有条不紊地完成每个加工步骤。

湖南韶力电气有限公司车工唐伟所加工的产品，几年来都保持了一项最牛纪录——产品全免检，工友们都称他为“牛人”。

其实唐伟并不这样认为，他深有体会地告诉记者，加工一项产品，在时间和精力上都是要付出心血的，像轮轴粗加工，需要耗费的时间比较长，每根大概需要40分钟。

在上午4个小时加工过程中，要一直都站在机床前，眼光不能离开加工的轮轴，稍不留神，就可能发生质量问题。

“轮轴粗加工完成后，还需要进行精加工，直到达到图纸所要求的尺寸。”唐伟在日常工作中最重要的就是全神贯注一丝不苟。

记者注意到，每加工一根轮轴，唐伟都会反复用仪器进行测量，直到精确到误差最小。

在普通人眼里，每天花上整整 8 小时站在车床前重复机械加工是一件枯燥的事，但是唐伟却乐此不疲地坚持了 15 年。

今年 39 岁的唐伟，17 岁开始当学徒，在 2002 年进入韶力电气。来到车间后，无论谁在车床上操作，他总喜欢在一旁观看，喜欢一起研究图纸、商定加工程序。

在韶力的 14 年，从初加工到精加工，他的单件耗时和刀具消耗是其他普通车工的 50%，做的 2.3 万余根车轴，件件产品合格，成为韶力电气的“免检王”。

尽管不善言谈，但唐伟对来找他求教的人从来都是来者不拒，自己搞不懂就去翻专业书刊、找工程师，无论如何总要找到“最佳答案”。“干技术活，没有生而知之，只有学而知之。”唐伟的“牛”就在于他善于学习。大家都信服、尊重这个话不多、特实诚的师傅。

2013 年在公司订单骤增的情况下，唐伟动员全体班组成员大干 50 天完成目标任务，他和大家拧成了一股绳，最终提前并超额完成任务。

作为一个车工班长，唐伟除了自身技术精湛，还格外注重提高集体工作效率，主动扮演起机械加工改革者的角色。

有次，公司生产的 8T 机车，用户在使用中反映其传动部分发热磨损轴承，经排查得知原因在于机加工的轴承套同心度不符合要求时，唐伟主动与公司技术人员和车间工人一道，着手制作轴承套同心度定位模，经过反复试验使工件同心度问题得到了圆满解决。

此后，8T机车再没有因此工件同心度不合要求而产生发热磨损的现象。

唐伟的技能也在一次次比武中得到证实和提升。在2008年湘潭市总工会组织的技能大赛中，初出茅庐的农民工唐伟，就用自己擅长的车工技能，取得了优异成绩，直接被省人社厅评定为“高级技工”；在2013年度湘潭县职工职业技能大赛中，车工单项冠军毫无悬念地被唐伟获得；随后，他又荣获“湘潭县技术标兵”“湘潭市五一先锋”“湘潭市最美班组长”称号。

如今，唐伟名声在外了，他没有因此而骄傲。有人问他，“你有荣誉和技术，可赚大钱，你愿意跳槽吗”？唐伟的回答很简单：“我只是个普通的车工，我只想把自己的技术练好，当好一名名副其实的车工。”

（载2017年2月11日《湖南日报》第4版）

企业头疼事，交给“云管理”

——记湘潭云飞电子商务有限公司技术总监温超建

【专家点评】高科技的东西往往令普通读者头疼，而涉及高科技领域的此文却未让读者心烦。通讯未对“云管理”作专门解释，但文中巧妙地讲清了它的含义，让人一看就懂。这是写作新闻作品的真功夫。

“产品规模庞大，种类繁多，数据复杂等是企业管理中最感头疼的事。而这些事只要交给‘云管理’，很快会变得有条不紊、轻松自如了。”

2月中旬，被称为“IT男”的湘潭云飞电子商务有限公司技术总监温超建接受记者采访时，开门见山，一语道破了“云管理”的超强能力。

今年37岁的温超建，是一名专业的编程技术人员，从事计算机软件服务工作已经有16年。2000年大学毕业后，在珠海工作了10多年的温超建回到湘潭，成为湘潭云飞公司的技术总监，组建和管理着一支拥有众多从北上广深回湘的中高级技术人才队伍。

“互联网让人们的生产生活方便快捷，但如果不能突破传统模式，其成本仍然十分昂贵。”温超建认为，云计算被认为是继个人电脑、互联网之后，信息技术的又一次重大变革。在传统模式下，企业建立一套 IT 系统不仅要购买硬件等基础设施，还要购买软件许可证，需要专门的人员维护，企业规模扩大时，还要继续升级各种软硬件设施以满足需要。

“‘云’的能力就在于它利用了服务商提供的廉价资源”，在谈到云计算优势时，温超建这样认为。“云管理”就是用户通过浏览器给“云”发送指令和接受数据后，几乎什么都不用做，便可以使用云服务提供商的计算资源、存储空间和各种应用软件，实现自己的需求。

据温超建介绍，2014 年，他们的技术团队自主研发的“云飞区域产业电子商务平台”，采用这种云计算模式，为区域内的企业提供集中展示、交易的电子商务窗口，填补了本地信息化服务领域的一项空白。

平台建成后，温超建团队很快把“云管理”带进企业。

2015 年 4 月，云飞公司与湘潭离心机厂签订了信息化管理系统开发和使用合同。离心机厂需要大量的储备空间，公司现有成品库、半成品库、机电库等库房的储备物资多达 15000 多种。温超建带着技术人员，花费 3 个多月的时间，给他们做了仓储梳理，新的管理平台的运用，不但极大地提升了公司的经营管理能力，同时，账务和人力成本都显著下降。

“云管理平台，对于同类行业的管理优势更明显”，温超建对此深有体会。采访中，温超建详细谈到了对湘潭县青山桥镇制鞋业进行信息化改造的例子。

湘潭县青山桥镇盛产皮鞋，全镇现有各类皮鞋生产企业60多家。然而，对这些制鞋企业而言，由于管理混乱，原材料损耗成为成本增加的一个重要因素。

温超建团队采用技术加贴身陪跑式的服务模式，在湖南琪尔美鞋业等企业进行了“平台”个性化深度应用试点，为企业提供信息化系统解决方案、保姆式服务及培训，解决了企业缺少信息化专业人才所带来的推广和使用难题。

与手工管理相比，大量的人工统计工作为系统自动统计所替代，数据的准确度提高，员工的重复性工作减少、劳动强度降低、工作效率提高。通过信息化管理，提升了30%的原材料利用率，每年可节约20多万元的成本。在湖南琪尔美鞋业有限公司“试水”成功后，温超建带着技术团队，又先后为湘潭青山皮鞋工业园内的花之王、亚康、着意乐以及青山皮鞋行业网提供信息化应用和服务，效果一家比一家好。

2015年7月，温超建参加了湖南省第五届职工职业技能大赛计算机程序设计员比赛。此次比赛温超建取得了实操第一，综合第三的优异成绩，被授予“湖南省五一劳动奖章”“湖南省技术能手”等荣誉称号。

（载2017年2月16日《湖南日报》第2版）

高压线上 16 年

——记国网益阳供电公司带电作业班班长李朝恩

【专家点评】带电作业是几十年前的事了，高压线上 16 年不出问题却是罕见的。作者抓住这一点做文章，展开描述，一一道来，让读者开了眼界。写新闻就是要抓特点，没特点的事物人家懒得看。这是记者们需要记住的一点。

2 月 15 日下午，在益阳城区 10 千伏清杨线带电检修现场，两位“全副武装”的年轻人跳进绝缘吊斗，随着徐徐伸展的吊臂，上升到离地 20 米的高压线路作业场。在“滋滋”作响的强大电流声中，开始了他们十分熟悉的线路对接、线体遮蔽、线距固定、线相更换等一系列操作。

这两位年轻人，就是被称为高压线路“守护神”的国网益阳供电公司带电作业班班长李朝恩和他的同事陈政。

今年 37 岁的李朝恩，2001 年进入国网益阳供电公司带电班工作。16 年来，他的工作就是登悬梯、爬电杆、攀铁塔，长年累月守护在那些穿山越谷、纵横交错的高压线路上。

“干我们这行，专业知识不过关，等于玩命。”李朝恩时刻绷紧安全这根弦。他把这种“高压危险”的潜意识转化为强大的专业知识学习动力。

经过多年的不懈努力，他先后啃完了《高级电工知识》《高压输变线网路维护管理规程》《电力学基础原理》等20多本专业书籍。特别是操作规程方面的内容，他能倒背如流。对10千伏至500千伏输电、变电、配电的带电操作技能，不仅烂熟于心，还编辑成书，在系统内推广使用。

李朝恩凭借过硬的专业功底和超强的动手能力，在近万次带电作业中，保持着“零违章”“零差错”的纪录。

他参加各类专业技能竞赛的成绩也十分耀眼：2013年，在湖南省电力检修职工技能竞赛中，仅用8分钟就完成了带电更换耐张中相绝缘子，以无可争议的成绩荣获总分第一名，被分别授予“湖南省五一劳动奖章”和“湖南省技术能手”；2016年10月，在国家电网10千伏配网不停电作业技能竞赛中，获得“国家电网技术能手”称号。

“有想法就有办法，关键在韧劲和钻劲。”李朝恩喜欢与技术难题较劲。

2008年，一次带电更换防污绝缘子作业中，李朝恩发现，采用传统的等电位作业不仅劳动强度大，而且对人员技术水平和器具的要求较高，安全风险也比较大。有没有更好的方式来取代目前的操作呢？

带着这个疑问，他开始了反复试验。在一年多时间里，他一遍遍琢磨，设计图纸画了一张又一张，工具模板也制了好几套。

通过艰苦努力，他终于成功研制出一种用于“输电线路带电更换防污型绝缘子碗头扶正固定器、拔销钳”的新型工具。这种工具小巧轻盈，十分便捷，在110千伏至500千伏的输电线路中多次试验均获得意想不到的成功。此项改进，每年可为企业节省100多万元开支。这项技术革新，也获得了国网湖南省电力公司创新成果奖。

“有危险冲在前，苦活难活抢着干，他领头，我们服”，配网带电班的7名同事提到班长李朝恩，个个都伸出大拇指。

去年夏季，正值用电“尖峰时刻”，受高温高负荷的影响，配电设备容易出现故障。一天中午，值班室接连收到3处高压线路发生事故的报告。

刚从作业场返回值班室的李朝恩，接到任务后，提起工具箱，转身向事故现场赶去。中午的气温超过40摄氏度，带电的高压线路更是热气灼人。他和同事们头顶炎炎烈日，井井有条地摆弄着高压线路。一场作业下来，李朝恩和同事们全身湿透。

他们处理完一个事故，又接着赶向另一事故现场，两个钟头下来，他们很快排除了高压线上的3处事故。

（本文为作者与李丛蓉合作，载2017年2月21日《湖南日报》第6版）

口腔“园丁”

——记湖南省“芙蓉百岗明星”、长沙市口腔医院修复科主任冯波

【专家点评】举例精当，数据用得好，是此文的主要特点。杨女士就诊是记者亲眼所见，令人信服。海南老人求诊情节简单，但能说明问题。文末所用数据恰到好处，是“园丁”精神的见证。

“园丁”是多种职业的代名词，栽花种草的园艺师是“园丁”，教书育人的老师被称为“园丁”，为病人植牙的冯波也被人们称为口腔“园丁”。

今年45岁的冯波是长沙市口腔医院修复科主任。这位长沙市的“芙蓉百岗明星”和“巾帼建功十佳标兵”，从事专业技术工作20多年来，在国内外专业杂志发表论文10余篇，对于口腔修复以及口腔种植方面的疑难病例有丰富的治疗经验。

“口腔植牙也像教书育人，需要心灵的滋润”，这是冯波谈到自己工作的一种感受。5月12日，记者见证了这样一幕。

早晨8时，诊疗开始。当天的第一个患者是60岁的杨女士，她需要装一副牙套。清洗牙齿，用药剂处理牙面，装牙套比对尺寸，取下牙套调整尺寸……冯波轻声为她讲解每一个治疗环节，每进行一个步骤，都会询问杨女士有没有不适。

治疗结束，冯波扶起杨女士，又仔细交代她："两个小时不要吃东西，之后也不要吃太硬的食物，有任何不舒服的地方可以随时打电话咨询。""随风潜入夜，润物细无声"，整个治疗过程30分钟，冯波全程都微笑着面对患者，轻言细语，不停地分散患者的注意力，抚慰着患者。这样的工作状态，冯波保持了20多年。

作为医院"优秀学科带头人"，冯波的技术好是出了名的，她接诊的患者来自全国各地。她每年都要在全省做学术巡讲3到4次，到各市州进行手术指导数十次。

今年，一位84岁的老人专程从海南赶来求诊。这位老人牙齿大多已经脱落，找了多家医院治疗，这些医院觉得像这种年龄老人要植牙难度很大，都建议老人佩戴假牙算了。冯波接诊后，经过几次细致的手术，老人又有了一口满意的好牙。

"和她共事多年，从来没有患者投诉过她，她敬业、技术佳、态度好"，副院长谢辉这样评价冯波。

在冯波的带领下，目前长沙市口腔医院种植中心业务量在全省排名第一，各种疑难手术病例也开展得最多，包括颌窦外提技术、钛网植骨应用等都在全省领先。2015年，冯波的门诊人次达3000人次，第三方满意度调查显示，患者满意率超过98%。

（载2016年5月18日《湖南日报》第5版）

梦旅回眸
邹靖方短篇通讯集

励志图强篇

一串执着的足迹

——记湖南和天酒店管理有限公司董事长曹胜辉

【专家点评】 成功的创业者，都有一个共同的特点，就是执着坚持，永不放弃。曹胜辉是成功创业者的代表。如何来写这一典型？从文章交代的信息不难看出，作者的采访是深入的，挖掘了大量鲜为人知的事实，给读者呈现的是一个有血有肉的人物形象。创业的艰辛也许不能给读者带来更多的共鸣，但文章最后几段，却让读者对曹胜辉的成功有了更深刻的认识。人们常说，成功的男人背后一定有一个默默奉献的女人，这点曹胜辉的体会更加深刻："我们的事业有今天，一半要归功于我老婆。"虽然文章中对曹胜辉老婆的介绍着墨不多，但从行文简洁的描写中，读者依然能真切感受到他们夫妇"风雨同舟，一路打拼"的创业风采。

长沙大华宾馆，是他淘得第一桶金的发祥地，繁华芙蓉路上的地标性写字楼湖南新闻大厦，早已成为他施展拳脚的大本营，319国道市区黄金线上的金汇国际大酒店，在他的"摆弄"

下，成了行业中人所共知的高档宾馆。

刚入不惑之年的湖南和天酒店管理有限公司董事长曹胜辉，留下的是一串执着的足迹。

“行伍出身的人，总有永不服输的铁性”

1990年就读于益阳财校的曹胜辉，在冬季征兵中成了一名学生兵。3年后他退伍回到家乡。

“行伍出身的人，总有一种永不服输的铁性。”说起当年到长沙打工时，曹胜辉记忆犹新，从家乡桃江大栗港到省城长沙，有将近200公里路程。偏僻的小山村，不通公路，到长沙必须先步行30多公里到镇里，两次转车后才能搭乘上到长沙的班车。初到长沙，曹胜辉在一家酒店做服务员，而这家酒店地处长沙市最繁华地段。工作是找到了，但周边却找不到出租屋，曹胜辉只好在近郊的农户家找了一个栖身之处。出租屋距他上班的酒店有将近15公里路程，为了节约费用，曹胜辉每天都是步行上下班。

有年春天的一个晚上，曹胜辉到凌晨1点才下班，走到半路，下起暴雨，电闪雷鸣。突然，一道闪电从他身边划过，落在前面的一棵大树上，随着紧接而来的巨雷声，大树被击落下数十根树杈。回到住处，人早已成了落汤鸡。

凭着军人永不服输的铁性，从服务员、领班、部门经理到酒店经理、公司董事长，曹胜辉一步一个脚印，创造着一个接一个的人生辉煌。

“市场竞争残酷，刺激我勇往直前”

在激烈竞争中，曹胜辉意识到，酒店的经营管理，是一道不容易破解的难题。

就拿餐饮而言，新闻大酒店在长沙已小有名气，客户群也相对稳定。由于口味风格的改变，一时间生意变得清淡起来。

“市场的残酷竞争，激励我勇往直前。”曹胜辉夫妇没有被眼前的困难所吓倒，他们经过一番冷静思考和分析，接连使出了组合拳。

广招贤才。“酒店经营千头万绪，人才是根本。”他以高薪诚聘了多名精于酒店营销的高级管理人员、部门经理和名厨大佬。

开门纳“谏”。“酒店能不能办好，关键是要让客户满意。”曹胜辉虚心听取消费者的意见，在短短的两个月时间里，他先后组织了“百味佳肴共品评”“推选招牌菜”“收集百家精品信息”等菜肴征集品尝活动。通过这些活动，很快确定了 20 多道有新闻大酒店特色的招牌菜，同时还特意引进了湖南人津津乐道的永州血鸭、新化三合汤、常德钵子菜等湘菜精品。

餐饮的亏损止住了，酒店的生意日益红火。

他接连使出大手笔，拿下福润三湘、金汇国际大酒店经营权。接下来，又在湖南农业大学校园内抢占了餐饮市场。

光是这些，并没有满足曹胜辉的胃口，他又建起了金汇家具有限公司、金汇布艺有限公司。对省城长沙的城市建筑业他也虎视眈眈，随即成立了运送砂子卵石的志胜运输公司。

“我们的事业有今天，一半要归功于我老婆。”曹胜辉常说。

这对恩爱夫妻是上天的有意安排，都是同乡人，且同年同月同日生。风雨同舟，一路打拼。妻子熊顺为曹胜辉的事业撑起了半边天。

(本文为作者与魏晓桂合作，载 2014 年 8 月 21 日《湖南日报》第 5 版)

“土豪金”专种“名贵菜”

【专家点评】把握报道对象的心路历程，了解其爱好和性格，对报道的针对性和准确性很重要。从文章来看，作者掌握的情况很全面，如主人公的思乡情结，想当老板干一番事业的志向等，连当地人对主人公称赞的口头禅，也很清楚。把握了被采访对象诸多个性化的内容，文章写出来就贴近事实，典型性也就十分鲜明。

［名片］

陶新宇，1981 年底生于湖南省衡阳县一个偏僻的小村庄，大学毕业两年后，他放弃海南的优越工作，毅然投身到了这片生养他多年的土地。头几年他在这块土地上挥汗如雨，却债台高筑，但他并没被这些困难所压倒，而是坚持到了今天。

[故事]

“土豪金”，一个贬义词。但在衡阳县西渡镇，却成了乡亲们称赞回乡创业青年陶新宇的口头禅。

人们称陶新宇为“土豪金”，是因为他回家乡只几年时间，就干出了一番大事业。

他建有山野类、药膳类蔬菜基地500多亩，年总产量6000多吨，销售额达2000多万元。

2003年，大学毕业时，陶新宇找到了一份令人羡慕的工作，应聘在三亚凤凰机场，工作轻松体面，待遇也算丰厚。

但是，这些对陶新宇来说，总觉得与自己“创业当老板”的梦想挨不着边，加上漂泊在外，缺乏一种归属感。

2005年，他辞去了那份工作，回到家乡，试种一种药食两用的名贵蔬菜——库拉索芦荟。

刚回来的头3年，他每天起早贪黑，一头扎进了野山坡。

从家里到野山坡有2公里多路，每到播种催苗季节，陶新宇索性把铺盖搬到了山坡上。他用一些树枝竹竿、塑料布，盖了一个菜地“新家”。头几年春夏季节，他总是要在这样的“新家”里住上3到4个月时间。

凡创业，不可能一帆风顺。陶新宇的境遇也不例外。

试种芦荟那阵子，因不懂栽培技术，加上收获的芦荟找不到市场，几万元的积蓄，被弄得血本无归。

2008年暮春的一个深夜，大雨倾盆，菜地工棚里的陶新宇，隐约听到远处的菜地有声响。他翻身起床一看，几头野猪闯进菜园，把花了近万元的叶地青菜苗全糟蹋完了。陶新宇心痛极了，情绪十分沮丧。但他咬了咬牙，硬是重新购回了一批种子再种上。

“看准了的事，困难再大也要克服”，陶新宇对发展山野类、药膳类蔬菜充满自信。

在家人和朋友的支持下，他筹到30多万元的起步资金，在野山坡上又开启了“从头越”的梦想之旅。

他先后走访了省内外30多所院校和20多个农科所，向近百位专家教授求教；并利用互联网络，查阅了上千种山野类、药膳类蔬菜品种的资料，从中挑选出叶地青、土人参叶、库拉索芦荟等200多种集药用、食用、环保功能于一体的名贵自然蔬菜，进行大面积试种、推广，90%以上品种移植栽培成功，其中叶地青、库拉索芦荟等珍稀蔬菜，已打入湖南省内各大中高端酒店市场。在线上推出网络销售后，收获的订单源源不断。

如今的陶新宇，不仅是名副其实的“特种蔬菜大王”，种植技术上，也成为享誉雁城的“土专家”。

（本文为作者与戴军、刘魁春合作，载2015年2月3日《湖南日报》第6版）

27 年磨一剑

——记农民发明家贺亮才和他的汽车安全自动保护器

【专家点评】写通讯，选取的角度十分重要。贺亮才发明汽车安全自动保护器这本身就有许多的故事，如何来写，就看你选取什么样的角度。他，农民出身，小学文化，却鼓捣出一个汽车保护器，农民发明家的角度；虽然是个农民，但他执着，变卖家产搞科研，这也是个角度……作者最终选择了时间这个角度。“27 年磨一剑”突出了主人公的坚持与专注，不达目的誓不罢休。这种角度的选择，既凸现鲜明的个性，又能有效涵盖其他角度的内容，具有开宗明义的效果。

汽车以每小时 120 公里的速度在高速公路上疾驰，距前方时速 110 公里的车辆 80 米时，“嘀、嘀、嘀”预警声响起；

50 米，预警声变急促，车辆渐渐减速；10 米，汽车戛然而止，平稳地停了下来……整个过程竟不用踩一脚刹车。

这一精彩场面，亮相于国内最近举行的一次科技成果交易会。这是农民发明家贺亮才和湖南师大合作研发的汽车安全自动保护器进行的一次高难度的演示。

“万元户”着迷搞发明几乎倾家荡产

年近花甲的贺亮才，是益阳市赫山区衡龙桥光华村人。15岁开始跟师学艺修理汽车，由于他刻苦好学，到20世纪80年代初，已成了当地有名的“万元户”。

照理说，过上丰衣足食的日子，应该知足了。然而，喜欢玩“新花样”的贺亮才，并不安于现状。

“有一次，319国道快活岭路段发生一起车祸，一家4口，两死两伤，当时我正好路过。几十年过去了，悲惨的一幕，至今还留在脑海里。”当记者询问他好好的日子不去过，偏偏来啃汽车安全这块硬骨头时，贺亮才没有直接回答，而是讲起了上面的故事。

从那时起，贺亮才就吃了秤砣铁了心，要弄出一种装置来，保护人身安全。

“说起来容易，做起来难。搞科研，财力物力哪里来？当初我是反对的”，贺亮才的妻子刘美群谈起这事，至今还有怨气。

自1987年开始，贺亮才离开汽修行当，把心思全放到科研上了。没有固定的收入，家里经济状况一下子紧张起来。同时，他为添置设备，原有的一些积蓄很快花光了，还欠下80多万元债务。

2000年，成果到了攻坚阶段，贺亮才为了组织一次大型鉴定会，无奈只好将自己仅有的那栋楼房抵押出去。

一家人跟着贺亮才折腾了多年，到头来，差点连窝都没有了。

数百次碰撞试验差点搭上性命

“研究汽车安全保护装置，首先要冲破几道关口：遇到障碍能自动刹车、熄火、缓冲和锁车。”

贺亮才对这些事如数家珍。实验室层面的技术早已过关，缺少的是现场碰撞试验。

现场碰撞，这种人命关天的事，谁都不会来干，而这一关却非过不可。

“生死关头的考验，舍我其谁?!”贺亮才心里明白。

从1999年开始，他就玩起了惊心动魄的实车碰撞试验。被碰撞的有坚固的水泥墙，有大卡车，有路边的大树，还有拦路的巨石……

刚开始时的一次碰撞中，贺亮才使用的是一台大货车，因速度过快，碰撞时产生了巨大反作用力，贺亮才被撞断了3根肋骨，头被撞在挡风玻璃上，鲜血溅满车窗玻璃，人也昏过去了。

仅经过半个月的治疗，身上的创伤还未痊愈，贺亮才又上了碰撞试验车。

经过数百次的现场碰撞、上万次的改进，贺亮才的汽车安全自动保护技术，也走完了从起步状态到炉火纯青的艰难过程。

这项成果，先后接受襄阳达安汽车检验中心等国家重点实验室测试达30多次，对保护器的自动减速、自动刹车、自动熄火等8大功能进行上千次的测试，数据达5万余组。参与测试的清华大学、国防科技大学、湖南大学及长沙理工大学的专家教授们得出的结论基本一致，认为成果达到国际领先水平。

汗水加智慧磨砺出“锋利无比的宝剑”

贺亮才屈指一数，搞汽车安全自动保护器，已经整整 27 年了。27 年来，他以常人无法想象的毅力与专注，精心磨砺着自己的利器。

如今，这把锋利无比的“宝剑”，正闪烁着耀眼的光芒。

该项目成果已获得美国、瑞典等 15 个国家专利，其中智能汽车安全保护器等 6 项技术获发明专利；汽车碰撞消能装置等 9 项技术获实用型专利。所有专利都获得了世界专利保护。

成果的原创性，震惊了国际领域，贺亮才和他的成果也因此获得无数殊荣，其成果先后获得澳大利亚国际新产品新技术金奖、第三届国际爱因斯坦发明金奖。他本人获得“20 世纪中华英才人物”称号及“共和国脊梁”世纪之星奖。

央视最近在“发明梦工厂”专题中，大篇幅播出了贺亮才冒着生命危险搞科研的事迹，在社会上产生了强烈反响，主动上门与贺亮才合作开发产品的汽车企业就有 20 多家。一家颇具实力的投资企业，在第一时间愿以 2000 万元的投资换取成果 10%的股份。

利剑在手，贺亮才定能披荆斩棘，前途光明。

（载 2014 年 11 月 26 日《湖南日报》第 16 版）

梦圆“痴”中

——记湖南省地质中学教师吴艳华

【专家点评】如何表达主人公无限热爱自己的事业，追寻自己心中的梦想？文章只用了一个字“痴”。用痴字来形容主人公热爱事业的程度、追梦的执着，真可谓一“字”中的。文章选用的例子也紧扣“痴”字，如帮学生解奥数题，可以琢磨一个通宵；长假不休一天，用来制作多媒体教学课件等。通过这些事例，反映主人公热爱自己事业如醉如痴，使人油然而生敬意。

人生有梦。各式各样的梦。

她的梦在三尺讲台。为了圆自己的梦，她几乎达到了痴迷的程度。

今年39岁的吴艳华，是省地质中学一名普通高中教师。1995年，年仅22岁的吴艳华，从湘潭师范学院毕业后，就与三尺讲台结下了不解之缘。她最初在永州市十六中工作，2001年被选调到省地质中学重点班当班主任，教数学。在这里，一干就是12年。

幼年时，吴艳华经历过这样一件事。邻居家有两个与自己年龄相仿的小女孩，读书很用功，成绩在班里拔尖，但因家境贫寒，只得中途辍学。这时，正遇上一位城里退休还乡的女教师，她主动免费上门辅导这两位女孩，并资助姐妹俩重返学校。几年后，两个小女孩双双考上了重点大学。

此事被传为佳话。这位老师的品德，在吴艳华的心中留下了极佳印象。那时起，吴艳华立志要做一名人民教师。

高考时，吴艳华的成绩超过本科录取线30多分。吴艳华为圆自己的教师梦，毅然选择了湘潭师院。

“要给学生一杯水，自己应该有一桶水。”当了教师的吴艳华，一直以此为标准。博览群书，是她生活的最大爱好与乐趣。

她每次出差，带回来的东西都少不了一大摞数学教科书和一些参考资料。

“遇到难题，即使天塌下来，她也要弄个水落石出，才肯罢休”，省地质中学校长周林生这样评价吴艳华。

一次，有位学生被一道奥赛解析几何题给难住了，向吴艳华老师求解。吴艳华用常见的解题思路，很快解决了问题。但事后她觉得这道题应有多种解题方法。

回到家里，吴艳华又对题目进行重新分析，她琢磨与演算了一个通宵，先后找到了5种解题方法。

第二天，她把这些方法全部教给了学生。也许纯属偶然，当年的高考试卷中，就有一道类似的解析几何，要求考生用3种方法解答。这位考生受益匪浅。

吴艳华每天都沉迷在工作中，在她的时间概念里，几乎没有双休日、节假日。

2009年，学校全面推广多媒体教学。为把全年的教学内容，全部录制成多媒体教案，吴艳华利用暑假的30多个日夜，赶制出100多堂多媒体教学课件。加班期间，她将铺盖搬到了办公室，还特意准备了两箱方便面。饿了，泡上包方便面；困了，就在简易床上躺一会。

“我觉得，能做好一件事，每次都是一种享受。”吴艳华对自己的工作，总是乐此不疲。

“师生是一种缘分，对老师来说，更是一种责任。”吴艳华把每个学生都看成是自己的亲人。

如痴如醉的工作，换来的是串串骄人的硕果。吴艳华所带的高中毕业班，每次高考，本科上线率都达到100%。2012年，她带的0904班55名学生，51人上一本线，4人上二本线。12年来，吴艳华获得学校、市、省乃至全国的10多项奖励。

梦圆“痴”中，自得其乐。

（载2012年12月20日《湖南日报》第3版）

曾芳："疯了一样"去创业

【专家点评】年轻人都有自己的梦想，本文主人公为了实现自己的梦想，一门心思去创业。遇到任何困难，经历任何坎坷，都矢志不移。作者对这种追梦的路子很认同。在报道中，始终以主人公追梦的念头、决心和圆梦的目的为主线，将其经历的故事娓娓道来。除弘扬主人公坚定、义无反顾的追梦精神和意志外，还告诉心中有梦想的年轻人，在追梦的路上要保持清醒的头脑：现实与圆梦之间还有一段距离，这段距离也许是坦途，也许布满荆棘，要走许多的弯路。要想到达彼岸，必须像主人公一样，保持顽强的信念和必胜的信心，一步一个脚印往前走。

益阳市谢林港镇猴栗村，有一片草木茂密的山地。土生土长的曾芳，20 年前，曾是这块土地上的"放牛娃"，如今，他在这里办起了一个存栏规模 1200 头的大型肉牛养殖场，成了远近闻名的"牛司令"。

“创业梦想像颗种子，时刻在催促我破土而出”

不到而立之年，干上了深圳平安保险公司的区域经理，年薪超过 10 万元，按理说，曾芳应该知足了。

然而，谁都没想到，他却毫不犹豫地辞去了这份工作，毅然回到老家农村来“创业”。

曾芳是在苦水中泡大的，父母体弱多病，家里没有任何经济来源，从小学到高中的费用开支，都是父母东挪西借而来，大学 4 年全靠助学贷款。

“创业梦想像颗种子，时刻在催促着我破土而出。”曾芳的内心深处一直有个梦想：就是要干出一番事业，改善家庭境遇，回报国家和亲友的扶植。

曾芳创业的冲动从未停息过。2006 年，刚上大学不久，曾芳就在校园内办起了手推车“小超市”，经营课外辅导书。

第二年暑假，他又回到益阳市创办“紫丁香”大学生联盟，组织 70 多名大学生，开办“紫丁香”课外培训班，一个暑假培训的学生超过 4000 人。

在校期间的微型创业，虽谈不上“收获颇丰”，但对曾芳来说，经历却十分珍贵，线上经营、成本控制、市场预测等概念，正是在这个阶段形成的。

“干什么事都要永不放弃，坚持到底”

“真正创业，光有一腔热血，还远远不够，资源、资金、人才……任何一件事，都会令人头痛。”谈到创业初期的艰难，曾芳便不停地倒起苦水来。

刚回乡那阵子，他准备养生猪。这个想法得到表弟的支持。他们把外婆家废弃的旧房子改造成猪场，曾芳很快进了100多头猪仔，并承包了200多亩竹林，准备大干一场。

没料，猪场每天的正常开支至少需要300元到500元。曾芳的那点积蓄早就在建猪舍、买猪种时花得所剩无几。他只好找同学、亲友们借钱，不到一年时间，就负债20多万元。

这还不算，给他打击更大的是，2010年初冬，生猪患上了流行性疾病。接连10多天，就有30多头生猪病死了。幸亏治疗及时，才止住了流行病的继续蔓延。

养猪这一年，曾芳不但花光了全部积蓄，借钱投入的50多万元也血本无归。曾芳差点崩溃。

“今天很残酷，明天很残酷，后天很美好，但很多人都死在明天的晚上，看不到后天的太阳。”马云的这句话，使曾芳茅塞顿开：“做什么事都要永不放弃，坚持到底！”

曾芳从失败的阴霾中走出来后，又开始了新的探索。

他果断放弃了继续养猪的计划，在当地政府的支持下，转向饲养良种肉牛，当年出栏50多头，产值达40多万元。

“单打鼓、独划船，不如众人划桨开大船”

曾芳回到家乡创业，经过几年折腾，失败与成功的滋味都尝过，但总感觉一个人的能力与精力极其有限，事业的发展速度与规模不尽如人意。

“单打鼓、独划船，不如众人划桨开大船”，曾芳对组建优秀团队，抱团发展早有打算。

2014年初，他联合箴言中学的6位高中同学和大学阶段的

5位校友，组建了一个以牛为主题元素的“湘香生物”公司。

他的这些合伙人，大都有丰富的经商理念与阅历，有的是养殖专业技术总监，有的曾是中联重科片区经理，有的干过阿里巴巴渠道商营销总监，线上线下经营通吃。

“在龙船，赢龙船”这些高手上船后，精彩接连不断。

首先是从欧洲引进优质牧草，在动物营养学专家指导下，自主研发国内领先的有机牛饲料。

同时，用别开生面的方式，创造良好的饲养环境，让牛在听音乐、喝啤酒等环境中成长，让牛的肉质得到充分提高。

营销也是多管齐下，线上电商与线下卖场实现最佳互补……

去年，公司出栏肉牛360多头，实现各类销售收入1000多万元，提供直接和间接就业岗位200多个，今年“湘香生物”成功登入湖南省股权交易中心，正式迈开走向资本市场的第一步。公司也先后被命名为湖南省肉牛菜篮子基地，省示范性肉牛养殖基地，省大学生创业示范基地。

曾芳是个“疯子”，后面紧接着来了一群“疯子”，整个公司就成了一家“疯人院”。这是湘香团队的战略伙伴、香港力高集团董事长蔡鹭京先生的评价。他用一个“疯”字评价这群年轻人勇敢创业，不畏艰辛，真可谓恰如其分！

（载2015年7月18日《湖南日报》第2版）

卧薪尝胆摘明珠

——记巴陵石化炼化工艺首席专家、高级工程师梁红文

【专家点评】 顶尖专家就是不一样。读者读完此文会有这样的感想。这是因为，作者在短文中，列举了包括数据在内的大量事实，以铁证证实了主人公的不同凡响。如今写专家学者的业绩，泛泛而谈难以服众。作者深谙此道，着力写透，让人一看就服，真不容易。

在巴陵石化，提到炼化工艺首席专家、高级工程师梁红文，不少人为他竖起大拇指。梁红文卧薪尝胆10年，冲破西方国家的重重技术封锁，使绿色塑料项目SEBS研制技术跻身世界前沿，成为我国在世界新材料领域拥有顶尖成果的专家。

梁红文1992年天津大学化学系毕业分配到巴陵石化。从进厂的第一天开始，梁红文就从事合成橡胶SBS、SEBS、SIS、TVA、SEP等的研发和攻关。

热塑橡胶SEBS的研发，是公认的新材料领域顶尖科研难题。早在20世纪80年代，该项目就被列入国家“863”重大科技攻关项目，而巴陵石化正是领衔这一项目研发的龙头企业。

“说实在话，我来搞这个项目，是被外国人逼出来的”，梁红文接受采访时，讲述了当时出国考察的遭遇。

SEBS 项目，当时在国际上仅有两个国家掌握了该项研发技术。公司为学习国外先进技术，曾两次派考察团出国考察，两次都有梁红文。

满怀信心的考察团，先后来到掌握该项技术的两个西方国家。但这两个国家严格对外进行技术封锁。

考察团不但一无所获，还受到外国人的冷嘲热讽：“这是世界顶尖的东西，没有技术积累，想碰它只能是异想天开。”“技术转让的事，想都别想，你们也别浪费心思。”

但血气方刚的梁红文不信邪。他暗下决心：“就是掉几身肉，脱几层皮，也要把课题攻下来。”

从 1996 年开始，梁红文全身心投入到 SEBS 项目技术攻关中。

SEBS 项目从小试到中试再到工业化生产的全过程，每个环节他都自始至终参与并把关，10 年后，他们终于获得了理想的 SEBS 微观结构式，并成功用于批量生产，实现了 SEBS 新产品的工业化。生产出的 SEBS 的力学性能达到国外同类产品水平。

该项目获得国家科技进步二等奖，并先后获得 15 项国家发明专利。2014 年，梁红文在全国科技大会上，还受到了党和国家领导人的亲切接见。

“科技攻关，不可能‘吹糠见米’，成千上万次实验，甚至毫无结果，也是常事，只有屡败屡战，才会看到希望。”梁红文正是在这种屡败屡战中获得成功的人。

SEBS 等项目都是新材料领域的尖端成果，一个产品的研制，涉及的物理、化学方面的基本反应成千上万个，有时一个反应就要重复上千次，而得出的结果往往还是以失败告终。梁红文长年累月面对的就是这种现实。可想而知，如果他没有毅力，就不可能获得今天的成功。

20世纪末，梁红文为了攻克一个合成橡胶系列的子项目，花了近3年时间，进行的各类化学实验就有2000多次，生成和分解的物质达3000多种。

每完成一次实验，他都会认真观察和分析，从中找出有价值的东西，在此基础上，再进行新的实验。他的成果就是在无数次失败的阶梯上，一步一步攀登所获得的。这一子项目的研制成功，为SEBS形成10万吨生产规模奠定了技术基础。

“钱的诱惑，或许会让人才流失，但对于梁红文来说却毫无作用。”企业分管人事的负责人介绍，国外有多家企业上门找梁红文，想以年薪200万元到300万元的重金聘请他，而梁红文不为所动：“有点成绩，并非全是我的功劳。我是巴陵石化培养的人，翅膀硬了就飞，良心上过不去。”

梁红文吃了秤砣铁了心，永远扎根在巴陵石化。

如今，他们研发的SEBS技术，已经进入寻常百姓家：无论是学生用的铅笔橡胶头、医院用的输液管，还是食品包装、电线电缆、汽车内件……SEBS无处不在。目前国内“火爆”的共享单车，其实芯轮胎，就是梁红文团队在国内独家研发成功的高性能绿色环保单车轮胎。

梁红文的“野心”远不止这些，他要再来几次“卧薪尝胆”，把巴陵石化真正变成绿色王国的耀眼明珠。

（载2017年4月13日《湖南日报》第5版）

用祖传技艺“雕”出现代创意

——记衡阳非遗名录清式家具传承人杨奇尚

【专家点评】 既写历史传承，又写现代创意，是此文写作的一个特点。如此写来，更显得主人公的不容易。当然，这样写作也更不容易。难能可贵的是，作者选择了这个不易，坚持如此写作，并收到了良好效果。

宽敞明亮的客厅，摆放着一套原木色组合沙发。沙发由 4 大件组成，主沙发为 3 座，两边各有一组 2 人客坐沙发，一张三尺见方的虎蹄茶几坐落中央。古色古香，精致典雅，让人一见便感受到名贵高雅的气质。

这套沙发是衡阳非遗名录清式家具传承人杨奇尚利用祖传技艺制作的。

今年 60 岁的杨奇尚，是衡阳县长安乡人，出身于木匠世家，10 岁时就能做小柜子、小凳子等简单家具。初中毕业后，他便在祖父的教导下，正式拜师学艺。

而今，石鼓书院、衡阳博物馆、武侯祠、彭玉麟故居、雁峰寺等景点，都陈列着他的清式家具及雕刻作品。

“清式木雕家具的文化内涵博大精深，一套完整的清式家具，几乎囊括了清代木业加工制作的技术精髓。”提到清式家具的木雕技艺，杨奇尚的话匣子很快打开了。他从木工的“老祖宗”鲁班发明木锯谈到诸葛亮的“木牛流马”，从历代名楼不用一根铁钉的奇迹谈到郑和乘坐航海大木船勇闯西洋……旁征博引，竭力表达木工艺术的神奇。

对清式家具的技艺，他从木质选择、式样设计、加工制作、修缮保护等各个方面，都有精准到位的表述。

“木雕就像绣花，一刀不到位，整个作品就有瑕疵。”据杨奇尚回忆，10 多年前，他接到了一宗制作清式琴台的业务，当时，他把这件对雕刻技术要求极高的产品交给了自己的两名高徒。

琴台的 4 个支点采用的是“几”字形镂空雕刻，从琴台的一侧向另一侧望去，镂空的透视面应该在没有任何错位的两个平面上。两人经过近 10 天的制作，完成了作品。

杨奇尚仔细检查发现，支点的一对镂空面有细微的位移，镂空面的图案也有偏离对称线的瑕疵。

杨奇尚把两位徒弟叫到身边，详细讲解祖传技艺中关于雕刻的技巧。自以为功夫还不错的徒弟，在师父的细心讲解下，领悟了什么是对技艺精髓的追求，并当即表示重头再来。

“清式家具的文化‘含金量’虽然很高，但毕竟时代久远，与现在生活的需求相比，根本不合拍。”杨奇尚在传承与发展上，有自己的思考。

清式家具中使用得最多的是高密度的镂空雕刻，而这种镂空空间细小，相互之间密度太大，给人的感觉显得拥挤不太舒展，加上缝隙中沉积的灰尘不易去除。针对这种局限性，杨奇尚大胆尝试增大镂空面，去除多余的格式化结构，增加突出面的立体感，使家具镂空平面更加通透简洁，更具美感，同时，又便于清洁。

在沙发和桌椅的结构上，杨奇尚也改变了清式家具的一些传统工艺。他根据不同桌椅的功能，先后设计出了20多套不同高度、弧度的靠背和扶手。他还根据人体工程学，把一些满足人体舒适度的设计尽量用到桌椅的设计上。

这些现代元素的注入，使清式家具焕发了生机。近年来，杨奇尚团队制作的清式家具走俏市场，相对以前的传统产品，销售量、营业额大幅增加。

“家具中的木雕，其实与艺术中的木雕是相通的，把清式家具中的雕刻技术用到工艺木雕上，能获得事半功倍的效果。”杨奇尚在这方面颇有收获。

据他自己统计，他所创作的2000多件作品中，有近200件是工艺木雕作品，这些作品大都被一些有艺术眼光的藏家收藏。他创作的木雕作品《关公》，在参加全国大型木雕艺术作品展览会时荣获金奖。

把祖上的东西传承下来，又融入现代生活中，传承人杨奇尚做到了。

（本文为作者与刘魁春、戴军合作，载2017年4月22日《湖南日报》第3版）

爱满心窝

——记湖南商学院副教授陈琦

【专家点评】人生目标的确定，并非事先设定的，往往是被某种刻骨铭心的事情所触动，产生立志要往某个方向去奋斗的想法，陈琦正是这样确定了自己的人生目标。作者在报道中很快把握了这条主线，把陈琦对学生的爱贯穿文章始终。结构上也井然有序，行文潇洒自如，情理交融。

暑假刚至，湖南商学院工商管理专业副教授陈琦，没有休息一天，又马不停蹄地奔波。7 月 14 日上午，陈琦带着 10 多名实习生，顶着炎炎烈日赶赴衡南农村，挨家挨户进行课题问卷调查。

这并不是偶然。在 2013 年，陈琦为让学生们交出满意的毕业答卷，撇下年幼的儿子，整个暑假带着学生踏遍 8 个市州的 40 多个县区，上门做问卷调查，得到有效答卷 600 多份，完成了近 2 万字的调查报告。学生们获得了宝贵的一手资料，而陈琦，却被烈日烤得脱了一层皮。

“做老师就应该为人师表，尤其是在学术研究上，更要起到垂范作用。”陈琦告诉记者，自己有一位阿姨是一位优秀教师，桃李满天下。受阿姨影响，她大学一毕业就选择回老家双峰当老师。从2000年起，她用了将近7年的时间，完成了硕士和博士学位的攻读。其间多家政府部门向她伸出橄榄枝，但她仍坚持选择当一名教师，来到湖南商学院教书。2015年5月，陈琦被评为“全省优秀青年骨干教师”。

陈琦热爱自己的事业。前些年，院校全面推广多媒体教学，为把一学年教学内容录制成多媒体教案，陈琦利用暑假不分昼夜地加班加点。在一个夜晚，陈琦因劳累过度，昏倒在办公室，直到第二天早上，才被人发现送回家里。这个暑假，她做了80多堂多媒体教案。

辛勤汗水，换来硕果满枝。近年，陈琦承担国家和省部级科研课题10项，已完成9项，先后在《数量经济技术研究》《系统工程理论与实践》等全国性专业刊物发表学术论文近30篇。

“陈老师不仅在学术上引领我们，在生活中，又细致入微地关爱着我们。”一位学生告诉记者。

今年7月，陈琦发现有位成绩优秀的女生，突然有两科考试挂科，而且还精神萎靡。陈琦赶紧了解情况，原来，这名女生失恋了。

为帮助这名女生走出低谷，陈琦利用周末时间，约女生到家里聚餐、到校园散步、在网上聊天……“没有过不去的事情，只有过不去的心情，把心情大门敞开，愉快的阳光就会射进来。”循循善诱，女生又逐渐变得积极乐观，成绩也很快上来了。

（载2015年7月17日《湖南日报》第7版）

托起民族工业希望

——江麓机电科技有限公司的自主创新之路

江麓机电科技有限公司（以下简称江麓）会展中心展品琳琅满目，其中，“自主创新专柜”的展品格外耀眼。展出的奖杯、奖状、证书有：中国兵器科学技术特等奖、国防科学技术一等奖、国家科技进步一等奖、国家高技术武器装备发展建设工程重大贡献奖及省部以上重大科技奖共29项，国家专利授权48项。

“这是我们5年来自主研发的成果，凝聚了江麓人的心血。这些成果永远属于我们中国人的。”在场的江麓总经理柳秀导指着奖品和证书告诉记者，语气中透露出自豪与欣慰。

柳总把江麓自主创新方面做的事，简要地概括为8个字：“平台、技术、产业、市场”。

打造研发平台

提到江麓，人们会自然想起一种武器“汉阳造”。企业的前身是120年前湖广总督张之洞创办的汉阳兵工厂。

有着传统创新意识的江麓人，站在新的发展起点上，首先想到的是，如何靠自主创新振兴民族工业。

“创新需要投入，舍不得花钱，办不了大事。”“十一五”期间，江麓先后投入5亿多元搭建自主研发平台，这项投入是“十五”期间总量的3倍。他们先后创建了“国家认定企业技术中心”、国家级博士后科研工作站、湖南省工业设计中心、湖南省研究生培养基地等高位平台。

同时，通过“产、学、研、用”实效型战略合作，搭建了一批联合平台。与国防科技大学、北京理工大学、中南大学、湖南大学、湘潭大学和多家兵器科研所、高新技术企业等建立技术创新战略联盟。这些平台的建立，为自主研发，找到了长流不涸的源头活水。

在研发能力平台打造上，江麓人更舍得花钱。近两年，江麓投资8亿多元，完成了工程机械、传动机械更新改造项目。专业化、规模化、产业化发展能力初步形成。

2010年，总投资5亿多元的江麓工程机械九华研产基地一期工程、本部塔机结构件油漆喷涂生产线已全面建成投产，并启动了塔机联合工房及生产线建设项目。塔机、液压挖机、施工升降机、压实机械的总产能力，由过去的年不过600台，一举提升到6000台。

江麓人打造研发平台，着眼长远发展，整体思路可以概括为“生产一代，试制一代，预研一代，构思一代”。

掌握核心技术

江麓，这家“百年老店”能经久不衰，且越发呈现生机，一个根本原因，就是拥有大量具有自主知识产权的核心技术，光“中国第一”就有50多项。

“十一五”期间，江麓通过自主研发，拿下的核心技术硕果累累。完成了一大批以国家重大装备项目、“863”计划项目、火炬计划项目、省重大科技攻关专项为核心的新产品研发任务，突破并获得多项军民品核心关键技术。据统计，近5年，江麓累计完成产品、工艺、信息化科研项目200多项，其中，绝大部分为国家级核心技术，有的技术达到或超过国际先进水平。

2010年，江麓承担的某重大装备预研项目，提前半年通过结题验收，填补了我国在该项技术领域的空白，为未来装备升级换代奠定了坚实的核心技术基础。

2009年江麓牵头竞标国家“863”计划项目——“新型合力工程机械关键技术及系统”时，遇到国内外科研机构的强烈竞争。他们凭借深厚的军工技术底蕴，在国家科技部主持的专家组竞标答辩会上，以明显优势赢得答辩第一名。去年，已成功研制出我国首台20吨混合动力液压挖掘机，并顺利通过国家级验收。该产品系统功率流分配管理、动力源与负载参数匹配、动力系统机电合动力学特性、能量回收等核心技术，都具有完全的自主知识产权。相比传统挖掘机可节能30%，作业率提高25%。

2009年，江麓提供的两个独立整车方阵，参加了新中国成立60周年国庆大阅兵。其自主研发的装备，还多次参加了“和平使命”中俄联合军演。

在新能源领域，江麓的核心技术优势也崭露头角，成功研制出国家重点新产品计划项目——风电设备编航/变桨驱动装置，经检测，其综合性能达到国际先进水平。研制成功的2兆瓦级风电设备偏航/变桨驱动电机，填补了国内空白，关键参数达到国际同类产品水平。

“核心技术是灵魂，没有把握核心技术之前，与外国人合作只有亏吃。”江麓人对此感受很深。

聚焦拳头产业

“什么都能做，但什么都做不大，几乎是大型国企的通病。”江麓为了做大做强事业，采取“一收一放”的战略。“收”即收缩阵线，汇聚优势，浓缩精华；“放”即创新体制，推进产业裂变，打造市场主体。

江麓人在完成投资清理整合、注销近20家下属单位的基础上，围绕重型装备与工程机械、传动机械主业和主导产品，先裂变，再聚变，聚焦优势，形成产业拳头。

江麓塔机，是“十五”期间率先研制成功的国家重点工程项目。“中国第一塔”——QTZ315大型塔机系列产品，一直是江麓的拳头产业。在产业规模升级中，江麓人又把目光聚焦到该项目上。目前的生产规模较“十五”期间已经扩大了10倍。获得国家金奖的QTZ120塔机，参与了我国第一座现代化跨越长江的黄石大桥建设；“中国第一塔”先后参与了亚洲第一斜拉桥——润扬长江大桥和世界第一双主跨超千米悬索桥——泰州长江大桥建设。

完全拥有自主知识产权、获得19项专利的CVT变速器，已列入省重大科技创新及产业化项目。产品面市后大受青睐。

目前，已在长沙麓谷建成了投资1.81亿元，年产能力5万台的CVT专业化生产线。

履带式高机动抢险车，是江麓在民品开发中的得意之作。2009年，在北京国际工程机械展示会上，被评为“十大特色产品”。去年7月，大兴安岭发生森林大火，由江麓提供的高机动多功能森林消防车显示出强大威力，为救灾立下奇功。如今，该项目已全面进入批量生产。

抢占市场先机

“谁抢先占领市场，谁就能做大做强。”江麓人为抢占市场先机，使出了三大“撒手锏”。

首先，依靠产业优势抢占先机。重型装备与工程机械、传动机械系列是江麓几十年来的“镇厂之宝”。在市场上所占的份额，多年来都高于其他同类企业。其中，大型塔机、液压挖掘机、施工升降机、液压压路机等机械工程设备，长期在中建、中铁、中交等“国字号”大型企业中，享有极高的信誉。都是这些系统长期以来的指定产品。这种现成的优势，已成为江麓抢占市场先机的保底“后花园”。目前，此类产品的市场占有额逐年向上攀升。

其次，凭借特色抢占先机。江麓的军工技术，有着上百年的积淀，底蕴非常深厚，所拥有的核心技术是其他企业无可比拟的。这些核心技术，一旦融入民品领域进行深度开发，就具有特强的爆发力。这方面，已有成功范例。如多功能森林消防车、高机动抢险救灾车等，产品在几年前就形成了生产规模。

第三，选择难度抢占先机。“低水平的竞争消耗实力，高难度的竞争提升实力。”选择高技术、高难度产品开发的决策，使江麓在白热化的市场竞争中突出重围，很快抢占到了市场制高点。

我国液压件的需求居世界第三，但高难的挖掘机用液压阀长期依赖进口，国内还未发现有此类产品生产厂家。江麓便从这种高难度项目入手进行研发。他们依托军品技术，联合多家高校、院所开展技术攻关。去年3月，已成功研制出样阀，并通过工况试验。“十二五”后期，将形成一大“巨无霸”产业。

“一项核心技术的转化，小可成就企业，大可以改变世界。”江麓的自主创新，使人看到希望、充满信心：民族工业崛起的日子就在前头！

（本文为作者与徐荣合作，载2011年5月1日《湖南日报》第1版）

“倾情”守护质量

——记“全国工人先锋号”、湘电集团电机事业部中型车间“倾情小组”

【专家点评】文中“倾情小组”守护质量的精神令人钦佩，作者精心写作的风格同样值得称道。以千字文写出本不引人“倾情”的事实，竟然让人“倾情”、动心，足见作者在选材、遣词造句等方面下了大功夫。

在湘电集团电机事业部中型车间，有这样一个质量攻关小组——倾情小组，他们视产品质量如生命，“倾尽全力，用情付出”；不放过任何一个细节，攻克一个又一个的技术难题，为“湘电品牌”倾注心血与真情。

2015年4月，湘电集团电机事业部接到一笔大订单，为美国公司生产47台中型电机。“湘电品牌打入美国市场的机会来了！”欢喜之余，大家又开始发愁，作为出口美国的产品，必须经过美国UL认证，而美国的认证标准对产品质量用材要求远远超过国标。

接到任务，以蔡张保为组长的倾情小组，全身心投入到质量攻关中。

他们用了大约 3 个月时间，成功破解了两大关键性难题——铜排转子冲片齿部开裂和中频焊转子焊后起皮。电机事业部在历时 76 天后，实现了整批销往美国产品的高品质、高标准生产制造，并一次性验收过关，为湘电品牌打入国际市场开启了一扇大门。从此，湘电集团拿到的国际市场订单源源不断。

“近年来，倾情小组承接了近 20 个质量攻关项目。每次攻关成功，都是公司产品质量的一次重大突破。”这是集团专家组的评价。

“一道划痕，一颗螺丝，虽不起眼，但都可能给信誉带来伤害，给企业造成损失。”这是倾情小组的共识。

有一次，事业部收到一笔退货单，货款金额近 100 万元，原因是一客户订购的某型号电机外部有一道并不起眼的划痕，但客户因此对产品质量耿耿于怀，硬是把货退回了公司。

这件事虽然过去了很多年，可蔡张保等人至今记忆犹新。他们把这件事作为警钟，时刻提醒自己在质量守护上，不放过任何蛛丝马迹。

几年前，车间加工一批电机转轴，但在产品验收时总过不了关，质检员也找不出原因。蔡张保带领倾情小组一连跟了 3 个班，果然发现铣床一处的螺丝有极轻微的松动，导致铣刀加工时振动，他们当即紧固螺丝，问题很快得到了解决。

“遇到绊脚石，就要搬掉它。”倾情小组的目光始终都盯在技术难题上。

电机振动故障和轴承故障一直是电机制造业的两大难题，2012 年，小组围绕这两大难题，组织科技攻关，进行了上千次现场实验，电机故障率由 6.2%降至 3.1%以下；轴承合格率稳定在 100% 。

10 年倾情质量，迎来硕果满枝。倾情小组先后夺得 6 个全国机械工业“双代会”一等奖、6 个湖南省一等奖。今年“五一”前夕，该小组喜获“全国工人先锋号”称号。

（载 2016 年 5 月 12 日《湖南日报》第 7 版）

科班村医默默写传奇

【专家点评】留心身边事，收获自然来。当年作者还是一名实习记者，回乡发现了这名年轻的科班村医，一打听，事迹还真感人。文章短小精悍，详略得当。特别是开头撷取的一个画面，冲击力强，让读者有想认识这位村医的冲动。“这是石长青一年来救治的第39例危重患者。”一语中的，道出这个村医的不简单。写作的出发点也值得肯定，镜头对准了普通老百姓，这样的“百姓故事”很接地气。

不久前，地处边远湖区的益阳市赫山区新兴村一脑溢血患者生命垂危，家人惊慌失措，当地年轻村医石长青见状，熟练地进行诊断，果断下药控制病情，半个时辰后，昏迷中的病人苏醒过来，并能与亲人对话。这是石长青一年来救治的第39例危重患者。

今年才29岁的石长青，10年前以优异成绩毕业于益阳医专，当时益阳市多家大医院希望他加盟，然而他都谢绝了。原因很简单，在他童年时经历了一场刻骨铭心的痛苦，他的外祖父支气管哮喘发作，因家里离医院很远，未及时抢救不幸去世。从那时起，他就下决心要学医，回乡当村医。在校4年，他没有回过家，更没有休过节假日，全都泡在课本里、资料室、图书馆，以全年级最优秀成绩毕业，回乡后成了当地唯一的科班出身的村医。他以扎实的业务功底和热情的服务态度很快赢得了村民们的信任，除当地人求医问药离不开他外，相邻的资阳区、湘阴县南湖垸村民有病都找上门来。

据村里统计，从去年10月以来，石长青接诊的病人达480多例。谢山村一位高血压中风患者，大便无法排出，小石毫不犹豫3次用手为患者掏粪便，8天后，患者转危为安。在农村，患者因救治不及时而去世的事时有发生，石长青经常为此惋惜。他发誓要让那些有一线希望的人继续活下去。今年10月，本村一位年逾九旬的老奶奶突患支气管肺炎，病情危急，家里人已在准备后事。小石诊断后说，老人家脉性很好，血压正常，只要赶快抢救应无大碍。果然，经他一个星期精心治疗，老人奇迹般挺过难关，目前能下地走动了。

石长青抢救危重患者的神奇之处，在于他诊断准确，用药得当。他经常强调治病如打仗的辩证观点："找准目标，稳住阵脚，集中火力，克敌制胜。"先要找准病因，下药不能过猛，稳住后才能猛药攻之。他对一些危重患者的救治，都是这样进行的。今年8月，羊角村23岁的患者欧其亮，患结核性肠粘连腹痛数日昏迷，小石准确诊断后，果断进行维持疗法，并陪他去大医院手术，经过近两个月治疗，病人已基本康复。

（本文为作者与郭云飞合作，载2009年12月5日《湖南日报》第3版）

年饭伺候“铁道兵”

【专家点评】 看完此文的感觉是：题材新，选材精。“铁道兵”是服务于铁路和他人的，他们在春运期间，自己过得怎样？此文选取他们获得的关心和服务，用几个简短的镜头反映了这种温情，读来令人耳目一新。

“新年快乐！”“新年好！”

走进长沙、岳阳、株洲、益阳等地的长沙房建公寓段管内各公寓值班室，身着铁路制服的叫班员，一脸喜气洋洋，微笑着迎送进出公寓的乘务员，互致新年问候。

公寓大门、餐厅悬挂着红灯笼，大门上张贴着春联，乘务员房间卧具换洗一新，一盆盆鲜花娇艳欲滴。茶几上摆放了盛满瓜子、花生、糖果和水果的果碟。鸡、鸭、鱼、肉等丰富多样的菜式摆上了餐桌。在一线的乘务员们感受着家的真情和温馨。

今年春节期间，广州铁路（集团）公司长沙房建公寓段承担着管内 20 个公寓，待乘出乘的 3000 多名火车司机、列车员、列检人员等的节日接待供应任务。

为了让这些在岗位上工作，不能回家过年的乘务员们吃上和家里一样美味的饭菜，各个公寓精心准备，按照年夜饭标准和节日饭菜供应要求采购了鸡、鸭、鱼、肉等 30 多个品种的年货，组织炊厨人员精心制作加工，为乘务员提供了丰盛的节日佳肴。

除夕夜，该段在 20 个公寓共为乘务员开办年夜饭 89 桌，让节日坚守待班的近 900 名乘务员一起吃年夜饭，共度除夕良辰美景。

大年三十 8 时至 18 时，各公寓有 2000 多名机车乘务员陆续出乘，他们驾驶着列车在万里铁道线上奔驰，绝大部分不能回家吃年饭。

各个公寓针对这一特殊情况，为每一名乘务员都精心准备了一份免费节日加菜，采购准备了 20 多个节日饭菜品种，供乘务员点炒，保证他们节日吃得开心、满意。

永州机务公寓有 100 多名乘务员需在大年三十入寓待乘出乘。公寓除了准备 7 桌年饭，还为出乘在外吃不上年饭的 30 多名乘务员开办“流动年饭”。

他们将烹饪好的卤鸡腿、卤脚爪、老干妈蒸鱼块、酸辣猪肚、烤鸭等美味佳肴装入盒饭，按照出乘计划，由公寓员工一一送到乘务员手上，让他们带着“流动年饭”出乘，确保他们在飞奔的机车上一样能吃上味美的年夜饭。

春节期间，各公寓还在优质服务上下功夫，开展了形式多样的寓乘联欢活动。保证每天供应红案品种 20 个以上、白案品种1个以上，满足乘务员的节日需求。

（本文为作者与唐小平、苏东文合作，载2017年1月30日《湖南日报》第2版）

全家切入“春运模式”

【专家点评】铁路员工“春运”很忙，但全家切入“春运”却鲜有报道。这篇短通讯却选取了这一题材，简练地做了报道。应该说，选材准、写作精是此文的主要特点。

1月29日，是春节大年初二。已是临近下班时间，广铁衡阳电务段郴州车载检测工区工长侯兰兰，还在和车务部门电话联系，细细询问一台线上机车的位置和运用计划，终于确认好了才放下电话。

一到春运，就是铁路职工们全力以赴的奋战时节，而除了自己坚守岗位，还带动他们的家人，同期切入“春运模式”。侯兰兰一家，正是这种模式的代表。

侯兰兰心思谨慎考虑周全，每天把工作安排得满满的：郴州郴北两边的备品须及时补充更新、天晴了车库内外的环线设备需检查整治一下、轨道车GYK设备数据版本要统计升级验收等等……

侯兰兰的丈夫颜新乐是郴州车载检测工区的一名信号工，主要负责轨道车 GYK 设备的检修；因为他的业务技术精湛，在春运前还加入了工区的应急抢险小分队。

春运第一天，颜新乐接到了配合厂家进行轨道车 GYK 设备验收整治的任务，作为工长的侯兰兰也同样参加。一路上工区的伙计们可没少调侃他们俩，“夫妻搭配干活不累”，两口子淡然笑之。

到了车库，颜新乐负责数据升级、设备检查和功能测试，侯兰兰就协调司机辅助作业、技术交接。夫妻俩配合默契，分工明确，全程交流的话语不多却简单高效，引得同事们的叹服。

聊起自己的一双女儿，侯兰兰很是自豪：“从小学 4 年级起，春运期间，她们两个就学会了独立生活，好强得很，自己的事要自己管，都不要父母操心。”孩子们上小学时，自己就学会了转两路公交车去外婆家吃饭、去老师家上课，爸妈深夜还不回家，姐妹俩自己打理好相互陪伴着壮胆。现在她们都已是初三的学生。

全家的春运模式开启，侯兰兰和颜新乐在工区忙，两个女儿就在家里忙。

谈到全家人切入“春运模式”的点点滴滴，侯兰兰的眼中笑意闪动，幸福、自豪溢于言表。

（本文为作者与谢湘艳、梁杰合作，载 2017 年 2 月 1 日《湖南日报》第 2 版）

网络千里传真情

【专家点评】一个大腿高位截肢的伤残人，在汶川地震后主动组织医疗队去灾区救死扶伤，还与灾区伤残人员建立特殊的网络通道，免费提供网络就诊。文章突出主人公对灾区伤者痛苦的感同身受，以主人公济世为怀为主线，挖掘材料、把握细节。当被救助者失去生活信心时，主人公以自己经历痛苦过程和永不放弃的意志鼓励对方；当主人公观察对方伤情时，又凭自己受伤时的感受去发现康复的希望。作者对材料作了比较精当的选择，注意力集中在这条主线上。

在四川理县，有位在轮椅上的患者，名叫何泽田，他与我省怀化市开通了一条特殊的网络通道，网络怀化一端的当事人是残疾人创业协会的毛智文和苏建飞，他们都是当年赶赴四川理县地震灾区参加救援的志愿者，直至2009年才回湘。现在，何泽田每周都会与他们两人在网上联络，内容总少不了要对两位表达感激之情。

今年34岁的毛智文是怀化市残疾人创业协会会长，3岁时因遭遇车祸左大腿高位截肢。2008年5月13日，汶川地震发生的第二天，毛智文就组织残疾人创业协会开展募捐活动，同时在协会内组织有医疗经验的医护人员赶赴四川救灾。“到四川去，救助我们的同胞。”他说，地震有很多人致残，他们的痛苦，常人不能体会，我们感同身受。当时，创业协会就有近百人报名，经过挑选，组成了20人的志愿者救助队前往灾区。

到达灾区后，这支特殊的医疗队夜以继日开展工作，先后跑遍了理县的10多个乡镇的上百个村组，为近千名伤残人员进行就诊、疗伤和心理咨询服务。何泽田就是他们心理咨询中心的一名患者。当时的何泽田，已经在轮椅上坐了38年，大地震后，他的情绪十分低落，担心今生再也站不起来了。毛智文和苏建飞在进行心理咨询中突然发现何泽田有个习惯性动作，用吊在轮椅上的腿蹬一下地，轮椅就可以退后一点，这个不经意的动作，让毛智文和苏建飞意识到何泽田的腿部仍有力量，只要通过治疗和心理介入，完全可以站起来。为了打消他的心理顾虑，毛智文和苏建飞先从精神上给予他鼓励，又把自己当年的康复治疗经验传给他。经过半年多的心理咨询和康复治疗，何泽田终于扔掉了拐杖，可以在短距离内自由行走了。

“老轮椅”何泽田扔掉拐杖一事，一时间在灾区理县传为佳话。很多类似患者也慕名前来，毛智文等救助队人员一一予以诊治，见效者甚多。

何泽田康复后，总想要报答毛智文等人，送钱送物都被婉拒。何泽田为了能够与“恩人”取得长期联系，想出了一个办法，聘请毛智文与苏建飞两位作为他的常年“保健医师”，通过网络远程就诊。

近日，何泽田得知四川日报社正与湖南等18家对口援建的省市党报开展“请恩人再回四川”活动，他从网上连续发了几次邀请函，希望毛智文、苏建飞两位“恩人”能“回家看看”。

（载2011年4月3日《湖南日报》第4版）

流动的“供气站”

【专家点评】人的善举，不光只是能给别人什么，能设身处地为他人解难同样值得称道。主人公是当地一个老实憨厚的农民，他给乡亲们送气上门，首先想到的是如何给他人提供方便。这种善举也使他从中获得了回报，赚到了一份工钱。利人利己的事情，符合当代社会的价值观，而且是先利人后利己，位置也摆得很正。事情虽小，但也是在传递正能量。

在益阳市赫山区兰溪镇羊角村，记者遇到一位身材瘦小的中年男子，驾驶一辆满载液化气罐的三轮车奔走在乡间小路上。此人叫邹胜波，不管是烈日炎炎的盛夏，还是风雪交加的严冬，他都会按时将液化气送到每个预约对象的家里。

邹胜波是当地有名的憨厚老实人，干上送气的事还得从3年前说起。当时村里人富裕后都用上了液化气，但要到离家近10公里的集镇上去灌气，许多人家劳动力外出务工，灌气的都是老人。一位老大爷在骑自行车灌气回家的路上，不慎连车带人掉进了一条又深又宽的水渠里，幸好邹胜波在场，将老人救上岸来。当年这种事时有发生。村里没有液化气站很不方便。邹胜波心想，如果利用自己的运输三轮车去帮乡亲们统一送气，不仅方便了大家，还能赚点工钱，一举两得。邹胜波说干就干，两天时间，他上门与100多农户达成协议：预约供气、随叫随到，每灌气只收2元力资钱。由于老邹与气站签订的是团购协议，结果，到村民家里的每罐气除力资外，还便宜3元钱，3年下来，他就为村民节约了近万元购气成本。

为了保证大家及时用上气，他准备了较充足的流动资金，先送气后收钱，有时一个季度下来，村民们欠下的气款就有万余元。老伴担心：钱恐怕难收回来。“乡里乡亲的，哪个还会少了你这点钱，放心吧。”他相信乡亲们，老伴也无话可说了。到年底，村民们果然按惯例都在大年三十的晚上把欠款送到老邹家里了。遇上个别特困家庭气款收不回来，老邹总是主动提出“免单”。今年就“免”过两次。3年时间，邹胜波在本村的协议服务户发展到了近200个家庭。现在他更忙碌了，因为他的“供气站”已从1个村“流动”到了附近3个村。

（载2011年9月3日《湖南日报》第5版）

梦旅回眸
邹靖方短篇通讯集

相关链接篇

从山河破碎到满目生机

——地震灾区四川绵阳纪行（上）

【专家点评】这是一篇集体采访的经典之作。汶川大地震，绵阳是重灾区。作为当年刚走上记者岗位的作者，就承担如此重大的采访任务，且能迅速写出大篇通讯，足见作者所下的功夫。显著特点有三：一是立意准确。中央和四川省委集中组织主流媒体采访灾区，目的是通过媒体回答大家关心的灾后重建问题，标题就直接给出了答案；二是思考在先。作者意识到这种走马观花式的集中采访，如果事先没有仔细思考与准备，采访恐怕难有收获。从文章的结构、内容等可以看出，作者之前的思考非常缜密；三是掌握的素材丰富，选材也很精到，有详有略，有血有肉。

北川新县城、安县晓坝镇、平武平通镇、江油河南工业园……记者穿行绵阳灾区，所见所闻虽难以抹去两年前的悲切，但如今的满目生机令人倍感欣喜。宽阔的大道、别具特色的新居、一流的学校和医院、一天一个样的北川新县城、集中连片的新农村建设示范点、蓬勃发展的工业集中区、一张张灿烂的笑脸……这一切，令人亲切，也令人难以置信。短短两年多，如此脱胎换骨的巨变昭示了什么？两年前曾被媒体反复提及的一句话言犹在耳：“没有哪一次巨大的灾难，不是以历史的进步为补偿的。”两年了，曾遭受巨大灾难的绵阳，是否实现了历史的进步？

不屈奋起

灾难，像一场噩梦。2008 年 5 月 12 日 14 时 28 分，一场里氏 8.0 级特大地震猝然袭来，绵阳成为四川地震灾区受灾程度最重的地方。在灾情最重的北川县城，地震最大烈度达 11 度，一座繁华的县城被夷为平地。主震破裂带横穿北川、安县、平武、江油。到处是残垣断壁，路，怎样从脚下延伸？

“任何困难都难不倒英雄的中国人民!”2008 年 6 月 29 日，临时安置在九洲体育馆的最后一批受灾群众返回家乡，重建家园；10 月 23 日，全市灾后重建的 196 个项目开工；11 月 7 日，在地震中被夷为平地的北川县城走向新生，新县城易地重建规划全面启动。

站在新的历史起点上，绵阳人以科学视角、开放眼光、战略思维、求实态度，对市情进行再思考、再认识。通过认真梳理，凝聚成了如下共识——非常之时，须有非常之策。要实现“好”，必须先“快”起来！只有“快”，才能迅速治愈地震创伤，解决眼前的诸多矛盾和问题，恢复人们的信心；只有“快”，才能抢先发之机、激后发之势、行跨越之步；只有“快”，才能把起点做高，转变发展方式，为实现长远的“好”

奠定基础。绵阳人就是在这样的共识上迈出了不屈奋起的步子。

“苦干两三年，跨越二十年”！用重建和发展的成果告慰遇难同胞、感恩党和全国人民。绵阳，奏响了“三个加快”的新乐章！

浴火重生

地震可以摧毁家园，但摧毁不了建设美好新家园的意志。绵阳人坚持科学重建、务实重建、和谐重建、艰苦重建，在地震的废墟上站了起来。

相对于“一线希望，百倍努力”的生死驰援，相比于80多秒震后巨大的情感震撼和众志成城，日复一日的重建之路更加艰难、更加复杂。绵阳的灾后重建得到了党中央、国务院的亲切关怀。党和国家领导人多次深入北川、平武、安县、江油的重灾乡镇，慰问受灾群众，指导抗震救灾和灾后重建。灾区的党政领导日夜奔波于山河破碎的各个现场，带领群众展开艰苦重建。

冬去春来，寒暑交替，两年多过去了，越来越多的受灾群众搬进了新建的永久性住房，越来越多的孩子告别了板房学校，越来越多的公路延伸到了乡镇、村组，越来越多的笑脸在阳光下绽放……记者沿着当年的救灾线路再次前行，一个浴火重生的新绵阳，让人们惊喜、惊叹，让人们震动、震撼。

5·12汶川地震中最知名的救灾路线上，人们看到：签约仅仅10个月的艾默生网络能源公司建成投产；新建的辽宁大道宽阔笔直，人来车往，川流不息；安昌河畔，一个既充分体现羌风羌韵、又富有现代气息的新北川县城——永昌镇已经诞生；

唐家山堰塞湖已经失去了昔日的暴虐，地震后裸露的山体渐渐被草木覆盖，返乡的受灾群众在湖畔的山坡上建起了一座座漂亮的新房……

行走在灾区，沿途处处可以看到最亮丽的风景：青瓦白墙，绿树掩映，大红灯笼点缀其间，一座座新建的农房，宛如乡间别墅。两年来，绵阳市重建总投资达2266.3亿元，相当于建市20多年来固定资产投资总额的近两倍。

感恩奋进

灾难，磨砺着意志、铸就了坚韧。两年来，“感恩奋进”成为绵阳大地上最动人的词汇，伟大的抗震救灾精神已经转化为艰苦奋斗、重建家园的坚定意志。曾有人担心，当地震震碎了无数个家庭，哀恸穿透心灵，生者如何在痛楚中重获希望？日子怎样进行，血脉如何延续，不屈的生命之花如何绽放？两年过去了，事实做出了最好的回答。2009年4月26日，北川吉娜羌寨。20对震后重组家庭的新人携手走上了红地毯，久违的笑容，在春日的暖阳中灿烂绽放。2009年12月18日，在绵阳市计划生育指导所诞生了汶川地震灾区首例灾后再生育试管婴儿。孩子呱呱坠地的哭声，让43岁的母亲刘红英流下了喜悦的泪水。截至2010年5月12日，全市已有586个丧子家庭实现了再生育一个孩子的愿望。

曾有人担心，在全国人民关爱中站起来的受灾群众，会不会习惯于“被关爱”，滋长“等、靠、要”的意识；会不会在日复一日的琐碎生活中变得斤斤计较，而忘却了感恩社会。两年过去了，事实做出了最好的回答。2010年4月22日，北川安昌镇。川主村村主任陈小红卸下肩上的背篓，从里面一把一把抓起钞票往捐款箱里面塞，边塞边抱怨：“捐款箱的口子开得太小！”听说给玉树地震灾区捐款，当天在安昌镇赶场的村民们一会儿工夫就凑了16145元，来不及整理，就用背篓直接背到了捐款现场。

曾有人担心，灾难中凝聚起的精神，会不会在平静的生活中日渐消磨？“瞬间爆发”的力量，会不会随着时间的推移而消耗殆尽？两年过去了，事实也做出了最好的回答。龚兴兰，被媒体称为“灾难击不垮的女强人”。5·12汶川地震前，她在北川禹里乡建了一个养猪场。地震中，猪圈被震垮了，她冒着余震的危险，刚刚维修好猪圈，唐家山堰塞湖水又将猪圈淹没，等堰塞湖水退了，她清理好猪圈，把幸存的200多头猪关进圈里，没想到“9·24”洪灾突袭，她的猪圈又被泥石流冲垮。面对接二连三的打击，龚兴兰没有低头，2010年3月，龚兴兰在永安镇重新选址，投资140万元，建起了北川震兴生猪养殖农民专业合作社。

两年多了，曾经的残垣断壁已经成为永久的记忆。大地田垄上的滚滚绿浪，新建农房上的袅袅炊烟，校园操场上高高飘扬的五星红旗，构成了绵阳大地上最坚毅的表情；工厂车间里的机器轰鸣，建设工地上的车辆喧嚣，农家院坝里响起的阵阵笑声，奏响了灾区最动人的乐章。“三年重建任务两年基本完成”，一个浴火重生的新绵阳再次让世界瞩目！

（本文为作者与张权合作，载2010年9月30日《湖南日报》第7版）

魅力新北川

——地震灾区四川绵阳纪行（下）

【专家点评】作为姊妹篇的“魅力新北川”，在内容上决不能与已经见报的上篇重复，如何选择角度是这篇文章成功的关键。作者把重点和笔墨放在展现重建后北川县城的魅力上。通过自己亲眼所见的新闻事实，或叙述，或描写，或归纳，点面结合，既注意在事实交代方面突出重点，又能够在逻辑关系上环环相扣。读者从如火如荼的新北川县城建设中深切感受到社会主义的力量和坚韧不拔、顽强奋起的精神气概，这是文章的可贵之处。

金秋十月，收获的季节。

经过一年多的艰苦重建，被地震毁于一旦的北川县城已经在新址矗立。从本月起至年底前，4 万多名居民将陆续搬进新家。

2010 年 9 月中旬，记者随全国“百家党报总编辑绵阳灾区行”采访团踏入这片土地时，看到的不仅是漂亮的新房、通畅的公路、宽敞的课堂……更感受到了什么是社会主义的力量！什么是坚韧不拔、顽强奋起的精神！

最年轻县级城市

初具规模的北川新县城，可称为共和国最年轻的一座县级城市！如同一个新生的婴儿，给人惊喜，给人希望。

纵观整个县城，城市用地空间走向依托自然地形，主要呈南北方向布局。安昌河从县城中蜿蜒而过，周边则环绕着低矮的丘陵，环山抱水，自然环境极为优良。

目前，北川新县城的面积是 4 平方公里。根据规划，北川新县城 2020 年用地规模将达到 7 平方公里，人口将增至 7 万。

我们的车驶过宽阔平坦的辽宁大道，新北川县城出现在视野里。在西羌南桥前下车，桥的那头，是山东德州承建的安居房项目。一排排安居房沿安昌河分布，米黄色的墙面，棕色的房顶，楼房下半部分统一嵌上了具有羌族特色的碎石片层。

小区的规划既注重民族特色，又十分人性化。所有的外墙面都采用保温、节能、隔热材料，连玻璃都是节能的，房屋里面始终保持冬暖夏凉。房屋的外观造型、装饰都大量运用羌族元素。为了尊重老县城少数回族居民的生活习俗，小区里还专门修建了一个清真寺。

北川新县城规划建设了“一环、两带、多廊道”的绿地，新县城人均绿地面积达 16 平方米。新川路旁边蜿蜒流淌的小河是新川河，像这样的景观河流新县城有 4 条，它们给这个小城增添了无限的灵气与生机。紧依安昌河旁边的就是滨河路，全长 4.2 公里，它构成一个区域生态走廊，是群众休闲、健身、观光的场所。在新县城，有一条纵贯南北、风景优美、由11个风格各异的公园组成的湖泊式景观带——永昌河景观带。

几年后，北川新县城将成为川西地域特色及羌族文化鲜明的国家生态园林县城。

总书记亲自取名

北川新县城是中国城市建设史上的一个奇迹：参与规划的全国顶级设计单位超过50家，多名院士参与的论证会超过100次，参与设计的专家学者超过1000人次。218个新县城项目同时启动，短短一年多就全部竣工。

这座新城市承载了太多人的希望和情感。全国人民不会忘记胡锦涛总书记的殷殷叮嘱：一定要把北川建设好。不会忘记温家宝总理站在老县城废墟上庄重向世界喊出：再造一个新北川！

地震4个月后，北川新县城的选址工作便已悄然展开。但适宜建设县城的选址极度匮乏，北川县全境皆山，北川全县域海拔在1000米以下的土地面积仅占全县的10%。在经过国家抗震救灾规划专家组近一个月的实地考察和论证后，新县城重建地点选在距离北川老县城23公里的安县安昌镇。这里“地势平坦开阔，周边群山低丘环抱，自然景色宜人”。

一纸决定，安县的永安镇、安昌镇和黄土镇的部分地区从此纳入北川，虽说行政区域规划的调整并不少见，但对安县来说，影响无可避免。据说，在交接仪式上，北川县委书记面对安县县委书记，连鞠三躬。

安昌镇首先是安全的，其次因其距离绵阳市区较近，从交通、大的空间布局等各方面都有利于带动新北川产业经济的发展。同时，北川作为我国唯一羌族自治县，也有利于羌族文化传承。羌族是一个山地民族，羌族既喜欢山又喜欢水，他们和山水有非常深厚的渊源，所以既要研究山体，又要构筑一个非常有吸引力的生态环境、非常好的一个水系。

把灾后重建的机遇转化为科学发展的动力，以新的实践生动诠释科学发展观的丰富内涵，绵阳市委书记吴靖平说，这样的思路贯穿于灾后重建的每一个步骤。

2008 年 12 月，中共中央总书记胡锦涛在川慰问灾区群众时为北川新县城取名“永昌”，寓意永远繁荣昌盛。

“超级校舍”的诞生

在北川新县城，有一个地方特别引人驻足观望。它就是——北川中学。

说它特别，是因为这所学校承载了太多复杂的情感。在地震中，全校 1000 多名师生遇难，而震前，全校师生才 1300 多人。

在整个四川，在震后重建中，校舍重建被提升到政治任务的高度。

新北川中学是一个总建筑面积超过 7 万平方米的超级学校，规模相当于半个国家大剧院，而支撑这一庞大工程超速推进的，则是充足的资金力量——总投资 2 亿元。

北川中学的设计，汇聚“各路英豪”，包括美国麻省理工学院、哈佛大学、清华大学在内的海内外顶尖设计团队提交设计方案，12 名专家集体论证，设计蓝图才最终确定。

万事俱备，但并不意味着过程就是一帆风顺的，在北川，9月1日这个时限令施工者如芒在背。从2009年5月12日正式开工，一年多的时间要成就这么大规模的建设，既要“快”又要“好”，建设者们没有丝毫松懈。

在整个灾区校舍的重建过程中，质量被一再强调。

在北川中学，钢筋、混凝土环节被严格把关，几乎所有框架钢筋都被换为超标的36毫米直径，其中钢含量达到极限的46，钢筋粗如儿童小臂。“别说8级，9级强震也没事”，工作人员捶着坚实的框架说。

在北川中学，整个学校订购的精装铁包木门，由于对门口门框的细致打造，每扇门开关的声音及感觉都近似轿车车门。室内装修被要求精益求精。

北川中学校长刘亚春说，学校部分校舍的桩基比楼还高，这些桩基就像古树生根一样将楼体紧紧抓住。

今年9月1日，这座可容纳5200多名学生、被誉为“不倒的学校”终于拔地而起。

（本文为作者与张权合作，载2010年10月5日《湖南日报》第4版）

巴山蜀水播湘情

——我省对口援建四川地震灾区理县纪实

【专家点评】 一方有难，八方支援。我省对口援建的是重灾区理县，援建工程多达 9 大类 99 个项目，投入的资金有 20 亿元人民币。怎样来表现我省对口援建理县，作者并没有着眼在这些硬件上的支援，而是盯住一个“情”字来做文章。文章中选取了援建组几个方面的事实，首先是解决灾区群众的饮水问题，让灾区人民感受到情浓于水；然后是帮助灾区重建住房，让灾区人民体会家的温暖；第三是花 3.6 亿元挽救“东方古堡”，为灾区人民保住一份精神家园的企盼。立意深远，足见作者匠心。

川蜀大地之西，青藏高原以东，四川理县像一枚青翠的橄榄，镶嵌在崇山峻岭之间，这里是中国大陆第二台阶上的一颗明珠，是川西北风景秀丽的世外桃源，是千百年来藏羌儿女繁衍生息的“吉祥之地”。2008 年 5 月的一场特大地震，撕碎了这个“世外桃源”的宁静，“吉祥之地”成为一片废墟，直接经济损失达260多亿元。

一方有难，八方支援。我省按照党中央、国务院的部署，对口援建理县。援建涉及学校、医院、民生工程、交通、文化、工业、农业示范区、城市建设、社会工作及心灵家园重建等9大类共99个项目，总投资20亿元。今年9月底，对口援建工作圆满结束，川西明珠理县浴火重生，吉祥之地重新展现了勃勃生机。

省发改委副主任、湖南援建工作队总指挥张银桥在回顾援建工作时，充满深情地说："这两年，我们带着三湘儿女的重托，深感责任重大，丝毫不敢懈怠。全体援建人员夜以继日地奋斗，把湘情播洒在巴山蜀水之间，终于交出了一份使家乡和灾区人民满意的答卷。"

饮水思源铭记湖南

在海拔2000多米高的半山腰，一位羌族老人，随手推上电动开关，水管顿时引出一股清泉，围观的村民争先恐后用双手捧起泉水，品尝眼前的幸福。回顾去年通水时的情景，援建队员们至今还很兴奋。水，是生命之源。我省率先在理县启动农村安全饮水及灌溉工程，工程命名为"三湘情"。2009年4月，"三湘情农村安全饮水暨农田灌溉工程"顺利竣工，彻底解决了理县3.5万名村民喝水用水难和近3万亩农田灌溉难的历史问题。如今在理县各个高山村落，每家每户只要打开水龙头，就能得到干净的清水。祖辈几代人的愿望今日终于得到实现，藏羌百姓自发在"三湘情"蓄水池旁铭刻下了这样的碑文："饮水思源铭记湖南"。

为了让受灾群众早日住上新房，由湖南省出资1.45亿元成立的“理县产业发展基金”，以贷款形式，帮助理县6952户重建户、3318户维修户在2009年年底全部搬进了新家。与此同时完工的9个医院卫生院项目，则极大增强了理县医疗能力，为理县4.5万藏羌同胞提供了有效的医疗保障。

地震中损毁严重的学校同样是优先重点重建项目。2009年8月26日，理县中学、蒲溪乡小学等14所学校，在阿坝州接受援建的6个县中率先整体竣工并交付使用。

想方设法降低建设成本

理县地广人稀，坐落于高山峡谷地带，可用土地资源十分紧缺。在恢复完善和增加新的公共基础设施的同时，提高援建资金使用效率的最佳途径，是将一些功能相近或者投资规模较小、分散的项目进行“合并同类项”，形成规模效应。2010年9月20日落成的文体中心，占地2.8万平方米，是理县，也是阿坝州目前最大的单体建筑。它将过去分散建设的文化馆、体育馆、广电局等8家单位合为一体。而儿童福利院、敬老院、收容站等项目，则合建为福利中心。新建的理县人民医院，则涵盖了原理县人民医院、理县中医院和急救中心。理县公共卫生服务中心，将理县疾控中心、妇幼保健站、卫生执法监督所和计划生育服务站等4家单位合并建设。新建的理县工会阵地建设，就整合了原理县职工活动中心、职工培训中心和困难职工帮扶中心。这些创新措施在大大节约土地资源的同时，又大大降低了建设成本。

“输血与造血功能并举。”援建队制订了“一条藏羌文化走廊、三大产业基地”的发展战略，精心编制援建规划；注资1.45亿成立理县产业发展基金，有效缓解了理县产业发展的资金压力；协助理县在长沙成功组织招商会，吸引外来资本助推理县经济发展；兴建理县110KV输变电站及配套工程，为县域经济腾飞注入强劲动力。2009年4月，以317国道为轴线，以各乡镇、行政村道路为支线，援建队开始对覆盖理县全境的灾后重建农村公路网进行重构，项目涉及全县25条通村公路和6座桥梁，道路总长145.4公里，总投资9800万元。仅仅4个多月，理县农村公路全线竣工，通村道路从不到2公里延长到160多公里。

抢救藏羌文化创新社会工作

独特的民族构成，使得理县拥有丰富而迷人的藏羌文化资源。其中，羌族被称为云彩上的民族。被列为国家文物保护单位、具有2000多年历史的“东方古堡”桃坪羌寨受损，被列为省级文物保护单位、具有700多年历史，素有“石头文化活化石”之称的甘堡藏寨毁于一旦。为此，湖南援建队安排3.6亿元专项资金用于抢救、保护、挖掘和传承理县藏羌历史文化。理县文体中心是湖南援建的大手笔，是湖南援建投资居第二位的项目，也是未来理县城区的地标性建筑。投资过亿元的理县文体中心，成为理县藏羌文化的航母。

对于桃坪羌寨和甘堡藏寨，则在传承历史、创造历史的原则下，以“修新如旧”的原则进行深度挖掘和重修，将其打造成令人神往的旅游目的地。

地震过去了，“余震”却可能永远留在心里。在物质重建的同时，同步开展精神重建便显得尤为重要。为此，湖南援建队成立了“湘川情”社会服务工作队，针对灾区民众因地震灾害而产生的心理问题进行专业治疗、抚慰。2009年10月，湘川情社会服务工作队被中国社工协会批准为“全国社会服务组织示范”试点单位，成为全国五个试点单位之一。在人民大会堂举办的“社会工作服务党的民族工作”论坛中，湘川情社会服务工作队被中国社工协会和国家民政部授予“社会工作创新奖、组织奖和集体奖”三项大奖。

对口援建任务业已完成，合作发展之路刚刚起步，我省与理县签订了长期战略合作协议，湘川的友谊仍然在延续。可以预见的是，吉祥之地理县将插上腾飞的翅膀，在未来经济社会发展中，越飞越高，越飞越远。

（本文为作者与李仕铭合作，载2010年10月6日《湖南日报》第2版）

医生，我们想你“回家”看看

【专家点评】 谁都没有想到，藏族小伙杨明奇还记得家乡那件与他本人没任何关系的援灾事情，曾经有人帮过他们，有人救过他的老乡，他在惦记着心目中的好心人。作者被杨明奇的这种情怀所感动，觉得在危难之时只要是你献出了爱心，都永远被人铭记在心里。这是一种中华民族的大爱。文章语言质朴，既反映杨明奇内心深处的报恩情怀，也窥见作者的精神品质。

“湘理一家亲，湖湘人民永远是我们的至爱亲人!”4 月 1 日，本报“征集赴理县恩人代表”热线电话收到这样一条温暖的短信。发信人叫杨奇明，是来自四川理县下孟乡萨门村的在长务工人员。2 日下午，记者约见了他和他的另外两个老乡杨全富、张全生。谈话间，对地震回忆的感慨，对湖南帮助他们重建家园的感激，不时在 3 个藏族汉子眼中闪现。

“我们很想知道那两个医生如今在哪里，还想再说一声

‘纳多瓦内’（当地藏语方言，‘谢谢’的意思）！”杨奇明说，从地震后，那两个医生在他们村里，是最令人宽慰也最受欢迎的身影。

地震时，杨奇明在离家一百多公里的马尔康，听到消息后，他背着行李、流着眼泪，在满目疮痍中走走爬爬一两天才赶到自己家。看到亲人都在的时候，眼泪更是刷刷地往下流。当时，萨门村的房屋悉数被毁，万幸的是没有人员伤亡。但房子全倒了，吃住等都成了问题，尤其是地震带来的环境污染，原本干净的清泉变成了污水，各种病菌蠢蠢欲动，疫情一触即发。

为了杜绝大灾之后的大疫，我省援建队派出大量医护人员进村入户进行灾后消毒、检查。杨奇明说，萨门村的地形特点是山多、坡多、沟多，平日路就不好走，地震后更是艰难。有两个男医生，每周都要到他们村里好几次，背着一二十公斤重的器材、干粮，一处处检查、消毒，全程都只能靠步行。走到村落尽头的杨家时，往往已累得上气不接下气，杨家人总要拉他们在自家帐篷里喝茶歇息，然而医生总是停停就走，因为还要赶往下一个村庄。那是从杨家后面往山上走的一个村，最近的那一户也要爬一个多小时。等到太阳落山，他们从山上下来走不动了，又在杨家喝口水继续赶路。在这短暂的停留中，杨奇明只知道两个医生都来自湖南邵阳，三四十岁光景，一个姓汪，一个姓肖。

2008 年 7 月 31 日，杨奇明等匆匆赶到长沙工作，从此失去了和医生的联系。只是断断续续在电话里听到家人述说他们的故事，比如及时救治了某个中毒的村民或是一些大病小情。虽然没有什么惊天动地的事情，也没有生离死别的震撼，但在地震的巨大悲恸里，医生们所做的细致而艰苦的工作，确保了村庄的平安和村民的健康，也给他们心理上带去了极大的安慰。他们背着大小的器材在废墟里穿梭，谁家有什么疾病伤痛甚至心理上的纠结都找他们。也正是许多和这两个医生一样的支援者，让远离家乡的杨奇明们放下了牵挂的心。

大灾之前有大爱。地震之后，感人的故事说也说不完。眼前的3个藏族小伙憨厚、朴实，他们不停地跟记者说着地震后发生的许多故事，他们只知道帮助他们的有政府，还有许多许多的“湖南人”和这两个医生，但是，却叫不出单位、道不出名姓。包括从理县到长沙，从车站到现在的单位长丰集团，湖南人民的热情和关爱，让他们“说不出话来”。看到本报的寻恩报道，他们也想找到这两个医生说声感谢。

“我们理县的樱桃、核桃都很好吃，现在也重新变美了，真心希望曾经帮助过我们的恩人们，尤其是那两个好心的医生，能再‘回家’看看!”这话道出了几个藏族汉子的朴实愿望。

截至发稿时止，记者已辗转联系到两位医生，他们分别是来自邵阳市疾病预防控制中心的汪跃飞和新邵县人民医院的肖剑辉。汶川大地震时，作为首批医护人员赶赴四川，主要负责救治伤员、防疫消毒等工作。汪跃飞说，他们所做的只是一个医生的本职工作，没什么了不起，像他们这样的人还有很多。

（本文为作者与秦慧英合作，载2011年4月6日《湖南日报》第8版）

传邮千里服务万家

——湖南邮政践行“人民邮政为人民”纪实

人民邮政为人民。今年以来，湖南邮政以通政、通民、通商为己任，以推动邮政便民化为突破口，不断改革创新，着力转型升级，服务水平大大提高，服务功能日趋完善，受到客户的广泛好评。

前不久，省委书记、省人大常委会主任徐守盛听取了省邮政公司工作汇报，对湖南邮政全面发挥资源优势，全力服务地方经济取得的成绩给予充分肯定，勉励湖南邮政再接再厉，为广大人民群众提供优质服务。

综合服务平台，便民服务送到城乡百姓身边

9月刚到长沙市岳麓区发展的李先生，开了家小店，经营得有声有色。而让他有些伤脑筋的是，因人生地不熟，经常要为缴纳各类费用东奔西跑。

10月初，李先生去小店附近咸嘉新村邮政营业所转账。事毕，工作人员递上一张“全市城区46个邮政网点开通代缴新奥

燃气费”宣传单。他感到十分高兴，今后再也不用跑老远到新奥燃气营业点排队购气了。

省邮政公司党组书记、总经理徐茂君介绍，在湖南，每年像李先生这样享受到邮政便民服务的有近 2 亿人次。近年来，湖南邮政主动融入国家基本公共服务体系建设，整合内外部资源，积极构建覆盖城乡的“一站式”社会公用邮政服务平台，为社会提供缴费、金融、邮政、购物、票务、政务等综合服务。

作为省内最大的公共服务平台，湖南邮政综合服务平台由城市渠道和农村渠道组成。城市主要分布在人口较为集中的社区、单位附近，旨在打造“十分钟便民服务圈”；农村主要结合邮政自办营业厅和“三农”服务站的建设，让老百姓“购物不出村、缴费不出村、取款不出村”。至 10 月，全省邮政公共服务平台网点达到 10742 个。今年 1 到 9 月，全省邮政公共服务平台实现系统内收费 6236 万笔，代收金额 76.7 亿元。

线上线下结合，农民享受便捷实惠购物服务

随着互联网时代的来临，网购已成为人们购物的重要途径，尤其是在城市，几乎每个家庭都享受过网购带来的便捷和优惠。但在农村，除了部分年轻人体验过此项服务外，大部分消费者还是更相信“眼见为实”的当面买卖。不过，今年 8 月以来，我省广大农村百姓的购物观，正被一个新的购物平台“惠民优选”所改变。

“惠民优选”是中国邮政发挥自身在三线以下区域的实体网络覆盖、品牌信誉等优势，向消费者提供质优价廉的一线品牌畅销商品，以及代购、配送、退换货等服务的惠民项目。

一台电脑或手机，加上全省573条邮路、2409个邮政服务点、4000多名邮政投递员，通过电脑、手机购物，与线下实体店购物相结合，最大化地满足消费者特别是广大农村消费者对一线品牌商品的购买需求。在商品物流相对闭塞的农村，百姓足不出户就可在“惠民优选”网站上选购物美价廉的一线品牌商品，并由邮政快速配送上门，享受到与一二线城市均等化商业服务。

距离邵阳市城区200多公里的绥宁县长铺子苗族乡小水村的村民，以前购物都是在村里或镇上的小超市。最近，村民杨大姐通过投递员介绍，体验了一次“惠民优选”后，村里顿时热闹了起来。“上个月要投递员帮我在‘惠民优选’买的东菱不锈钢电热水壶，不仅价格比超市便宜了几十元，质量也是没话说。”听她这么一说，村民也纷纷发表“购物感言”，将自己的时新购物成果拿出来“晒”。

8月以来，湖南邮政通过“惠民优选”，将一批一线品牌中最超值的、与生活消费密切相关的家电、化妆品、家居饰品等爆款产品，以低于线下实体店的价格，送到三湘百姓手中。

金融服务下沉，农民取款点覆盖8000多个村

10月29日，湘阴县鹤龙湖镇七组村民余爹爹，步行10多分钟来到了村里的邮政助农取款点。在这里，他的9项涉农补贴款都能够提取。自从有了惠农“一卡通”，他再也不用像从前一样，跑到离家六七公里镇上的邮政所和信用社排队取钱了。

作为全省惠民“一卡通”支付方式改革试点单位，湘阴县依托财银数据交换平台，将原来由多部门分散管理、以现金形

式发放到城乡居民的35项生产性、生活性补贴，全部纳入“一卡通”，通过全县18家邮政储蓄网点，实行“一人一折一号”发放。

近年来，湖南邮政建成“助农取款点”9073个，覆盖70多个县（市）的8000多个行政村，累计完成助农取款28.24万笔，有效解决了边远山区、偏僻乡镇居民取款难的问题。同时，利用“省—市—县—支局—代办点”5级邮政“三农”服务网络体系，减少农资流通环节，降低产品价格，为农民减负1.12亿元；积极帮助农民将其生产的蔬菜、水果、土特产等农产品推向市场，帮助农民解决农产品销售难、销售费用大等问题。

邮储银行也始终坚持“服务三农”“服务社区”“服务小微企业”的定位，加大信贷投放力度，积极支持地方经济建设。成立6年来，邮储银行累计向地方投放资金3300多亿元，其中向“三农”、小微企业投放贷款1000多亿元，逐步发展成为全省“拾遗补阙”“不可或缺”的金融生力军。

（本文为作者与邹玲合作，载2014年11月11日《湖南日报》第1版）

春色满洞庭

移动互联网每时每刻都在书写传奇。

“双11”前夕，身在边远山区怀化新晃农村的张女士，从网上看到“御泥坊”新推出的一款护肤品。她用手机购物APP在网上搜索，几分钟就轻松完成下单；更令她意想不到的是，第二天快递哥就上门送货来了。

类似张女士这样的“网事”，已不是什么新闻，“互联网+”每天都在为人们的生活创造惊喜。

“十二五”期间，湖南通信业突飞猛进，惠及千家万户。

通信基础设施建设大干快上

“十二五”期间，湖南通信行业大力度实施通信网络基础设施建设。

湖南省通信管理局局长许继金介绍，我省加大基站建设，“十二五”期间移动宽带（3G/4G）投资占比达64%。

2014年光纤接入端口总数达到509万个，占全部互联网接入端口比重提升至34.7%。新增移动通信基站2.2万个，同比增长39%。3G和4G基站总数达到9.8万个，实现3G和4G网络全省乡镇的全覆盖。目前，移动电话用户数达4789.6万户。

湖南移动，累计投入上百亿元用于基础设施建设，4G基站规模已达4.5万个，4G信号已覆盖全省90%以上的国土面积和95%以上的人口。

湖南联通，已拿出100余亿元投资基站建设，打造精品网络，移动宽带网络速度由WCDMA网络的7.2M，向峰值超300M的LTE+网络演变。

湖南电信，已累计投入180余亿元，在光网城市建设、农村信息化、政企应用、物联网、云计算以及三网融合试点等方面都取得了显著的成绩，全省城市光纤到户覆盖率达到70%，已实现2355个乡镇光网全覆盖，累计完成1.4万多个行政村网络升级改造，全省乡村通宽带比例达到92%。

电信业资费综合价格下降近四成

“十二五”期间，湖南电信业资费综合价格水平累计下降38.5%，累计投资突破500亿元，直接就业人员超过10万人，有效带动了服务业发展，创造了大量就业机会。

互联网应用不断创新，基于互联网的新技术、新业务、新形态不断涌现，信息获取、商务交易、交流沟通、网络娱乐等互联网应用迅速扩展。

2015年上半年，湖南电子商务交易额突破2000亿元，湖南竞网智赢、湖南快乐阳光、拓维信息等3家互联网企业进入2015年“中国互联网企业100强”排行榜。

移动宽带用户规模壮大，催生更多移动互联网新业态，诞生了移动电子商务、云计算、物联网、手机阅读等新的业务。“三网融合”推广的稳步推进，IPTV（网络电视）用户达到185.5万户，催生了多屏融合、高清视频等新业务。

2014年2月，湖南移动在全省率先开通了4G网络，从3G到4G网速提升10倍以上，峰值速率达到100M。据统计，2014年全网和包（手机支付）用户突破1亿户，单日交易额突破20亿元大关，目前开发有手机汇款、NFC手机钱包、多应用管理平台、手机支付电子券等多项应用，缴费项目达1003个，覆盖371个城市。

邮政业务量年均增长17%

沅江市一位王姓八旬退休老教师，一生爱好书法，总想买一套精致的文房四宝，但一直未能如愿。其孙女得知老人的心愿后，很快在网上找到了江西婺源的一家徽砚供货商。下单后第三天，一套精致的产品就由快递送上门了。老人非常惬意，随口吟成一首打油诗：“手机做平台，购物真开怀，不用逛商店，快递送货来。”

“互联网+”可以让人们足不出户，很快能购买到各种各样称心如意的商品。快递业的迅速崛起，让人们的生活更便捷、更实惠。

“十二五”的前四年，我省邮政业业务量年均增长17%，业务收入年均增长20%；新增就业人员3万人，累计吸纳就业人员6万人。其中，快递业务是增长的核心。

2014年，全省规模以上快递企业完成业务量22716.17万件，较“十一五”末的2010年翻了5番。全省规模以上快递企业网络已覆盖省内75%以上的乡镇。

全省快递市场空间得到充分释放。“十二五”期间，我省快递企业在数量和素质上得到前所未有的发展，民营快递企业异军突起，外资快递企业加速向省内延伸，形成国有、民营和外资多种所有制共存、多元竞合的市场格局。

（本文为作者与和婷婷合作，载2015年11月11日《湖南日报》第5版）

情系腊尔山

“邮政局的信誉真是没得说”

“这 300 元钱，想不到你们能为我保管并送来，邮政局的信誉真是没得说！”10 月 7 日，家住凤凰县腊尔山镇双林乡的隆秋菊老人，拉着投递员龙金云的手激动不已。

10 月 7 日，是腊尔山镇赶集的日子。隆秋菊和乡亲们坐了一个多小时的车，来到镇上的邮政营业厅取钱。每逢赶集日，腊尔山镇才会有车接乡亲们到镇上，很多退休老人拿存折来支局查询、取款，业务量非常大。“当时隆秋菊取的是 1000 元，但由于人太多，隆秋菊拿走 700 元后，将 300 元遗留在了取钞口。”支局长隆德秀告诉记者。

当邮政局营业员发现这一情况时，隆秋菊已不见了。拿着写有隆秋菊姓名和账号的信息单，投递员龙金云骑着“电驴子”，翻过 3 个山头，走访了 6 个村落，经过 3 天寻找，终于把钱交到了隆秋菊老人的手中。

地处凤凰县西北边陲的腊尔山镇，距县城有37公里，是一个典型的“老少边穷”地区。在这边远贫困的山区，中青年大部分都外出务工，留守的是老人和儿童。凤凰县腊尔山邮政支局就坐落其中，服务广大苗乡群众。

“邮政局帮了我的大忙”

今年6月，腊尔山邮政支局的投递员在腊尔山希望小学投递邮件时，无意中得知品学兼优的韩隆娟家境贫寒，加之母亲双眼失明又身患肝癌，家中还有3个年幼的弟弟，面临辍学。这名投递员回到支局后，当即向支局长说明了这一情况。当晚，支局上下一商量，毅然决定要帮一帮这个可怜的孩子。3天后，腊尔山支局与校方联系，替韩隆娟缴清了学杂费，又帮她买了新书包、文具等学习用品。

追高来村有一位叫刘祖文的老人，是曾经下乡的知青，膝下无儿女，仅凭一点微薄的退休工资糊口。得知老人孤苦无依，腊尔山营业厅的4名员工经常去陪老人拉家常。今年7月，由邮政支局牵头，组织了一次由镇政府、学校、邮政局共同开展的捐款活动。老人感动地说：“邮政局帮了我的大忙！”

（本文为作者与刘园园合作，载2012年10月20日《湖南日报》第4版）

“双 11”，湖南电商“火”里捞金

天猫 38 分钟过 100 亿元、京东一小时 108 万订单……一年一度“双 11”来临，在消费者疯狂购物的背后，是大大小小的电商一年中最紧张与兴奋的时刻。御泥坊、东欣电商、松桂坊、易车网科、特卖汇等本土知名电商也全情投入到了这个“双 11”中，共同打造了一场购物狂欢节，让人惊喜。

电商带着棉被通宵奋战

11 月 11 日，零点钟声敲响，湖南的电商开始了一年中最紧张的一天。

凌晨，位于长沙市高新区的御泥坊总部大楼灯火通明，1200 名客服轮值，应对全国消费者的抢购，每一台电脑屏幕上都密密麻麻地布满对话框，整个公司都是密集的键盘声和繁忙的“叮咚”咨询声。从 11 月 10 日晚上开始，他们将在这里奋战三天三夜。尽管客服人数庞大，但面对全国的顾客，还是会出现“以一敌百”的情况。

作为汽车后市场的一匹黑马，此次“双 11”易车网科的产品占据了天猫、京东最好的会场，为打好这场硬仗，很多员工从家里带来棉被，准备在公司奋战24小时。

为了迎战“双11”，全网腊肉销量冠军松桂坊，足足提前了两三个月时间进行准备，还额外聘请培训了超过200名拣货、打包、发货人员，以保证在繁忙的“双11”有足够的人手。

线上化妆品渠道商东欣电商，提前增加了30%的人员，半个月前400万元货品就已全部入仓，客服人员从10日开始“夜以继日”奋战直到12日。

成交额预计将在去年的基础上翻番

“双11”购物节已经举办6年，历年成交额都呈几何级数增长。虽然外界早就预测今年“双11”成交额将再次刷新，但当天消费者的下手速度之快仍突破想象，淘宝天猫平台在38分钟过100亿元，随后，仅用13小时31分，天猫总成交额突破362亿元人民币，打破了去年“双11”全天总成交额。

长沙市电商协会秘书长王英平称，今年“双11”各家电商准备工作更加充分，面对大场面也更加从容，多家电商预测销量将在去年基础上翻番。

零点刚过，御泥坊的销售额立刻从0开始，直线激增，短短13分钟，就达500万元。28分钟，销售额已过千万。截至11日18时，御泥坊全网全平台“双11”的销售额已达5400万元。作为湖南最大的网络品牌，御泥坊今年“双11”的目标是1亿元，这也将开启湖南电商当日销售的最新纪录。

作为“湖南人自己的双11”，湖南电商公共平台也迎来了“客流高峰”，至中午12时，访问量超过50万元。平台上的电商也迎来了繁忙的一日：百信手机网11时销售额突破220万元；11时，化妆品门户网站村安网订单量已突破1500单，销售额突破30万元……

易车网科总经理龙友军预计，当天销售额会是日常销售的80至100倍；松桂坊腊肉公司董事长杨琳文称，当日腊味销量可突破500万元。

虽然没有特别针对“双11”当天的活动，友阿股份旗下的电商特品汇11日也迎来了5倍于平日的成交额。

移动端销售占据半壁江山

今年“双11”，一个重要的变化是，无线客户端购物成交量占比不断上升。

据阿里巴巴提供的数据显示，在“双11”刚刚开始的3分钟里，天猫平台的销售额超过10亿元，其中无线客户端交易额一度高达80%。此后，无线占比逐步下降，一小时后已降至45%左右。阿里巴巴集团无线事业部相关负责人称：“今年无线端的参与度将是空前的。”

移动端下单也成为湖南电商的一大亮点。据御泥坊总裁戴跃锋介绍，御泥坊全平台今年在手机端下单已经超过了总销售额的50%。记者从御泥坊无线淘宝的后台数据看到，“双11”当日御泥坊的无线端占比已经超过了总销售额的55%。

东欣电商负责人邹海波也表示，至17时，东欣电商旗下可俪美妆完成销售369万元，其中移动端占比达46%。

（本文为作者与周月桂合作，载2014年11月12日《湖南日报》第4版）

为"智慧生活"建设关键载体

——中国铁塔湖南分公司基础设施建设走笔

信息高速公路，正改变着人们的日常生活。人们足不出户可以购物消费，看病就诊可以预约挂号，在偏僻的农村可以做电商……作为"智慧"生活的关键载体，信息通信基础设施建设，在我省的战略地位和先导作用正在充分凸显。

作为我省信息通信基础设施建设的主力军，中国铁塔湖南分公司（以下简称湖南铁塔）累计投资 55 亿元，已交付运营商基站数达 5. 64 万个，助力 4G 网络覆盖到了 90%的行政村。

让铁塔共享发挥巨大效益

共建共享是湖南铁塔最为重要的使命。公司成立后，行业新建铁塔共享率从过去的 12%快速提升至 70%，相当于减少重复建设 1. 7 万座铁塔。铁塔共享不仅带动了 4G 网络和服务品质的有效提升，而且彻底改变了过去"三塔并立""多塔林立"的局面，通过降本增效为行业和社会带来巨大效益。两年多来，湖南铁塔累计节约投资 6. 5 亿元、节约土地 730 余亩。

长沙国际会展中心占地面积约800亩，总建筑面积约44.5万平方米，是集展览、会议、商务、购物、娱乐等为一体的综合性会展城。在前期规划中，湖南铁塔长沙分公司接到3家运营商共计15个基站的建设需求以满足各自的通信覆盖，如果3家单独建设预计总投资额将达到525万元。经长沙分公司整合需求后，仅需新建6个共享基站，即可使三家的网络覆盖整个会展中心，此举为3家运营商节约投资近300万元。

让“网络红利”惠及偏远地区

湖南铁塔将网络延伸到更多的“老少边穷”地区，缩小城乡数字鸿沟，让“网络红利”广泛惠及偏远贫困地区人民。

岳阳市青山岛位于洞庭湖中，岛上交通闭塞，仅靠渡轮与外界联系。岛上原有两座基站，信号不足以覆盖全岛，尤其是作为全岛最为重要的货物、游客集散中心的渡口无法正常通信，已影响周边的居民、游客的生活。

湖南铁塔岳阳分公司克服交通运输条件的限制，将重达2000多吨的材料和设备全部搬运到岛上。在建设过程中，岳阳分公司在保障质量的前提下严格控制工期，确保基站于3个月内建成开通，为改善岛上居民的信息生活质量，打造“互联网+农产品+旅游”的新业态做出了积极努力。

让设施建设成为城市景观

湖南铁塔努力探索铁塔、机房造型美化创新，改变了铁塔和机房传统的建设模式，使通信设施建设尽量融入城市背景，成为城市风景。

长沙市的岳麓山、橘子洲头、世界之窗等是全国著名旅游景点，湖南铁塔长沙分公司因地制宜，灵活采用美化树、绿色机柜以及路灯改造等建设方式，在解决景区网络覆盖短板的同时，也满足了基站建设融入景区环境、不破坏植被、不影响景区的正常运营等要求。

截至2016年底，长沙市三大景区的需求均建成交付，共计新建基站20座，共享率达到82%，树立了省会城市通信基础设施建设施工标准化、技术专业化、效益最大化的良好口碑。

（本文为作者与杨琳、邹诗琦、万明星合作，载2017年5月17日《湖南日报》第9版）

清污处废靓星城

——长沙市城市固体废弃物处理场探访记

夏天的雨，把大地冲洗得格外清新。

高高耸立的黑麋峰，经过一夜的洗礼，更加葱茏秀丽。

山脚下，丛林环抱的长沙市城市固体废弃物处理场，宛如一颗镶嵌在碧绿丛中的黑珍珠。

2012 年 5 月 14 日，天还没亮，记者驱车 40 多公里，冒雨来到这个处理场采访。

本以为，这么一大早来采访，恐怕人家还没有起床，但眼前的一幕却完全出乎所料：处理场的大门早已敞开，垃圾运输车一辆接着一辆，进进出出。工作人员在各自的岗位上井然有序地忙碌着。

“这里的工作没有昼夜之分，每个岗位都是全天候”，在填埋场现场指挥调度的刘师傅告诉记者。

长沙市城市固体废弃物处理场建成投产的第一天开始，上班就是 3 班倒，人停岗不停。

运送和填埋垃圾的流程，像链条一样，环环相扣。

驻场工人要赶在新的垃圾到来之前，将填埋作业平台的覆盖膜揭开——这项工作往往从凌晨两三点就开始了。晴天，一般问题都不大；一旦遇上刮风下雨天气，工作难度就会大大增加。

刘师傅在与记者的交谈中，回顾了这样一件往事。

4年前冬天的一个深夜，北风呼啸，大雪纷飞，把垃圾填埋场上层的覆盖膜封藏得毫无踪迹。

驻场的20多名工人，从凌晨1时就开始清理场地，因积雪过厚，当第一波近30台垃圾运输车进场时，场地还有一半没有清理出来。这时，外面的车越来越多，把整个填埋平台堵塞得水泄不通。

处理场管理层紧急组织增援，直到中午才把整个填埋场清理完毕。大部分人员都在冰天雪地连续作业了10多个小时，几名工人为此累倒了。

为防止风雪等恶劣天气，垃圾填埋后必须经过层层加固。30多公斤重的盖板，都要工作人员用手搬过去覆盖。盖板反光，遇上夏天的毒日头，头顶烈日，脚下还要承受强烈的热辐射，那滋味可真不好受。

上午9时，一台大型垃圾运输车开上了填埋平台。司机姓李，长沙市环卫系统的老驾驶员。

他告诉记者，像他驾驶的这种大卡车，每天至少来回要跑5趟，这是他当天跑的第二趟了。运送垃圾实行任务承包制。每台车每天都有具体任务，多跑多得，前提是每天要完成规定任务。天天与垃圾打交道，脏和累其实不是问题，主要是怕有毒有害的废弃物对身体的危害。

李师傅曾经有这样一次经历。他去河西一家关停的农药化工厂装运垃圾时，一大堆腐烂变质的农药包装散发出一阵阵刺鼻的硫化物气味，他双眼被熏得发红。当他运完第三趟，开始头晕，呕吐不止。看医生时才知道这是硫化物中毒。

“听说大车司机外出跑运输可以赚大钱，您来运垃圾，划算吗？”

“我干这个轻车熟路，收入也稳定，已经满足了。何况这种事，总得有人做。”听了李师傅朴实的话语，一种敬意顿时在记者心中油然而生。

填埋场的另一侧，一个大型的建筑工地，正在紧锣密鼓施工。

工地负责人陈松乔告诉记者，这是长沙市城市固体废弃物处理场的又一配套工程。该工程主要用于城市生活污水处理以及污泥集中处置，工程投资3.78亿元，今年底将建成投产。

建设内容包括污泥储存输送系统、消化系统、干化系统，以及配套的附属辅助工程等。污泥消化产生的沼气，送配套建设的沼气锅炉焚烧利用；干化后的污泥，送垃圾填埋场作垃圾覆盖土掺和料利用。

下午4时，记者来到渗透液处理车间。各种复杂的专业机器正紧张地运行着。据车间工作人员介绍，所有的渗透液都会汇集至此，经过生化、降解、超滤、强化等几十道工序处理之后，才能回归大自然。

污水处理厂厂长蒋斌带着20多名员工负责处理填埋场挤压排出的废水。废水从蓄水池抽入生化反应池，再经过深度过滤。全天24小时可全自动处理1800吨废水。工作人员还在排放水中加入葡萄糖，抑制氨氮。这里，环保部门每隔两个小时自动抽检一次，以确保排放水达到“一般地区排放标准”。“排放出来的水完全达标，我们常常用来洗澡”，蒋斌笑呵呵地说。

夜幕来临，处理场的人们，仍在用辛勤的汗水，装扮美丽的星城。

（本文为作者与吕瑞贤合作，载 2012 年 5 月 17 日《湖南日报》第 5 版）

光通信设备领域的“黑马”

——衡阳中科光电子有限公司探秘

“别看这支不足两厘米的小圆管，它却是当今世界一项顶尖级的高科技成果。迄今为止，全世界，仅有中国和日本拥有这项成果，而我国水平远在日本之上。”记者在衡阳中科光电子有限公司（简称中科光电）采访时，董事长卢立建直奔主题，十分自豪地介绍公司主打产品：光通信中的核心连接器件——氧化锆陶瓷插芯。

陶瓷插芯是用二氧化锆烧制而成的一种陶瓷圆柱小管，是光纤通信网络中最常用、数量最多的精密定位件，最主要作用是实现光纤的物理对接。

近年来，光通信领域的市场需求在不断扩大。2012 年我国宽带总投资预计超 5000 亿元，2016 年中国将成全球最大光网络设备市场。

陶瓷插芯因其极其精密的技术要求，生产技术长期被日本企业垄断，而日企对我国实施技术壁垒，成了制约我国相关产业发展的一大瓶颈。

“20 世纪 80 年代起，我们从日本高价购买陶瓷插芯。2000 年左右，董事长卢立建的老乡刘顺峰砸下去 9000 多万元，开始这项研究；而当时国家也在组织力量对这一技术进行攻关。”中科光电副总经理卢剑向记者介绍该项目的来由。

2009 年，刘顺峰和他的团队研究的陶瓷插芯“双向定位干粉干压”成型技术破茧而出。在大大降低制造成本的同时，还更加节能环保。日本生产陶瓷插芯需要 120 个小时，而利用“双向定位干粉干压”成型法只需 27 个小时。

这一成果，不仅填补了国内空白，同时领先国际水平。

记者从卢立建手中接过一叠厚厚资料，在现场就地翻阅起来。

“‘中光之芯’光通信（光纤）连接核心器件——陶瓷插芯，采用‘双向定位干粉干压’成型技术，该技术属世界独创、国际领先，并将日本注射成型法生产的陶瓷插芯传统工艺，远远地甩在了后面。”

“同时，生产的陶瓷插芯产品质量通过了世界最先进光学仪器检验，被业内人士称为‘新材料、新技术、新装备和新工艺’的‘四大发明’，公司目前已成为国内唯一一家具有‘陶瓷插芯’技术自主知识产权的企业。”

卢剑跟记者算起了效益账。2012 年陶瓷插芯全球市场总需求量 8000 万个/月，市场远远供不应求。中科光电今年 6 月投产，年底销售额就可达 3 亿元。公司还将在园区内建设自有厂房和专家楼。投资规模全部实现后，年产值可达 30 亿元。加上日本工艺设备的淘汰，陶瓷插芯生产设备这一块，也将是一个巨大的潜在市场。

卢立建是温州人，曾在衡南县投资房地产。他得知同乡好友刘顺峰发明了陶瓷插芯“双向定位干粉干压”成型技术，有意将项目引到衡南来。

“项目引进，要看科技含量的高低，引进一个好项目，就能造福一方”，衡南县委书记周千山谈到中科光电项目时深有感触地说。周千山介绍，引进这个项目出于偶然。

县里有关部门获悉这一信息后，当即向县政府汇报。此事引起了周千山的关注。他主动上门了解情况，多次与卢立建面谈，并召开了专题会议。

县委、县政府通过专门调查，了解到这个项目市场前景广阔，果断拍板，作为重点招商引资项目来抓。

县里提供了1.8万平方米的标准厂房和1.1万平方米的员工宿舍。同时，在县云集工业园做出用地规划，为企业的纵深发展提供使用场地，完善配套服务设施。目前公司购买设备、装修厂房，已投资3亿多元。

项目引进、投产、见效之快，在全市乃至全省都不多见。

陶瓷插芯的开发仅仅是该公司系列产品之一，这家企业还将生产光连接器、光分路器、光纤阵列等一系列下游产品，目前已与中兴、华为等行业龙头企业进行接触洽谈。

临别前，卢立建满怀信心地告诉记者：“3年后，大家再来中科光电，看到的将是一座光电子产业新城。那时，我们的产品将遍布全国，乃至世界各地。”

（本文为作者与谢江峰合作，载2012年8月6日《湖南日报》第3版）

铸造质量“金色盾牌”

——我省实施质量强省战略纪实

“质监局既要做好服务，又要加强监管，当好质量的服务者，也当好质量的监管者。”7月4日，李克强总理考察株洲市质监局，并就简政放权做了重要指示。

“质量问题关乎社会经济发展，关乎国计民生，是富民强省的战略性问题。”谈到质监工作的重要地位和作用，省质监局局长蒋新祺如是说。

近年来，我省在标准化制定、工业产品监管、食品安全监督、打击假冒伪劣等方面，都取得了令人瞩目的成就。全省质监系统上下拧成一股绳，形成一盘棋，铸造质量的“金色盾牌”。

实施质量强省战略助经济发展

国际标准制定拥有“话语权”

省政府十分重视质量强省战略的重要性，每年初的工作部署和年终工作总结，都会召开专题会议进行研究落实。

全省各市州纷纷开展“质量强市”工作，其中湘潭市、资兴市还积极申报了“全国质量强市示范城市”，为湖南名牌战略和湖南制造扩大影响，营造了良好的氛围。

中联重科、三一重工荣获首届中国质量奖“提名奖”，安化黑茶获批“全国知名品牌创建示范区”。

用机制管理质量，是我省长期坚持的一个有效途径。如设立“湖南省省长质量奖“。从 2010 年开始，以省长名义，颁发我省关于产品质量的最高奖项，授予在省内登记注册，有广泛的社会知名度和影响力，实施卓越绩效管理模式，质量管理水平和自主创新能力在国内同行业处于领先地位，取得显著经济效益和社会效益的单位以及为我省质量振兴做出突出贡献的个人。

2012 年 5 月 10 日，首家国际标准化机构落户湖南，这一国际化标准机构是制定国际烟花爆竹标准的专业机构，国际标准化组织烟花爆竹技术委员会秘书处设在浏阳市。

“在国际标准制定中，有无话语权，直接影响产品走向国际市场，对提高产业和产品竞争力、促进国际贸易等方面具有非常重要的作用。”蒋新祺对此深有感触。

2012 年 7 月 17 日国际标准化组织起重机技术委员会秘书处在长沙成立。这是我省承担的又一个国际标准化组织秘书处，它彰显了我国在全球制造业的领先地位。

2014 年 7 月 29 日，省政府召开新闻发布会，岳阳黄茶等 10 类产品获国家地理标志产品保护。至此，全省共对 53 个类品实施了国家地理标志产品保护。获准国家地理标志产品专用标志使用权的企业达 267 家，年产值超 1000 亿元。

打击假冒伪劣产品“零容忍”
强化产品质量监督不留“空白点”

“发现一起，查处一起，不给假冒伪劣有任何容身之地”，蒋新祺说。

全省质监系统，去年完成监督抽查9733批次，定检44259批次，执法打假共立案查办各类制假售假违法案件8235起，约谈警示企业156家，捣毁制假窝点150个，移送涉刑案件75起，收缴假冒伪劣产品货值和罚没款均超亿元。严厉打击违法违规生产使用特种设备行为，取缔非法制造特种设备企业8家、非法充装企业6家。

在打击假冒伪劣产品中，已摸索出了一些规律，如食品生产、农资产品、特种设备等，都会根据不同领域和不同时间，有针对性地开展专项行动，如农资产品打击假冒伪劣大都放在开春期间。

今年4月10日，省质监局稽查总队对洞口县高效农业开发服务中心库存的由湖南省怀化磷化工总厂生产的“星”牌钙镁磷肥进行抽样，经检验，实测有效磷含量仅为7.6%（标准要求为有效磷含量≥12%），被判为不合格产品。执法人员当场予以查封，并责令其限期整改。

去年我省全面启动“企业首席质量官制度”，目前已有76名重点企业的高管参加首席质量官培训，企业产品质量得到有力提升。全省重点工业产品抽查合格率达到91.2%，食品类抽查合格率达到91.98%。

依法办事简政放权当好“服务者”
服务民生成为“贴心人”

近年来，全省质监改革，依法行政、简政放权工作有序推进。自2008年以来，湖南质监大幅减少和下放行政审批项目，先后4次简政放权，对32项行政审批项目梳理合并，目前仅保留14项行政审批项目，减幅达56%；加强执法证件管理，严格持证上岗制度，通过对执法办案质量和法律培训结果考核，对全省质监系统的行政执法人员进行年度审核。

全省质监系统规范机关管理，全力塑造“人民质监、质监为民”的良好形象。以民为本，严抓12365、政务大厅、质监网站等平台和窗口的建设，畅通群众诉求表达、利益协调、权益保障渠道，真正做到解民忧、帮民困。

省质监系统12365服务热线开通以来，“有人理诉、有序办诉、有效减诉”，仅2013年就受理业务4227个，其中有关产品质量和质监各项业务的咨询电话3000次，产品质量举报案件417宗，产品质量投诉案件810宗，处理率均达到100%，案源转化率90.4%，群众满意度95.1%。

今年，全省质监系统在与人民群众生活密切相关的十大领域实施“计量惠民生、诚信促和谐”双十工程，为1000家中小学校和社区乡镇提供免费计量服务。上半年，全省共检定计量器具46万台（套），对检定不合格的786台（件）计量器具采取暂停使用、复查的措施。

（本文为作者与杨跃伟、封锐合作，载2014年9月28日《湖南日报》第1版）

获奖，源自卓越

——“湖南省省长质量奖”是如何出炉的

2014年10月9日，第四届“湖南省省长质量奖”颁奖。晚安家居实业有限公司、凯美特气体股份有限公司、华菱线缆股份有限公司、高斯贝尔数码科技股份有限公司、熙可食品有限公司、张家界旅游集团股份公司等6家企业，以及南车时代电气有限公司刘可安、三一集团有限公司唐修国2名个人，从省长杜家毫的手中接过一份沉甸甸的荣誉——2013年度“湖南省省长质量奖”。

自2010年首次启动省长质量奖评审以来，我省累计有20家企业、6名个人获得这一荣誉。

这份由省长颁发的省级最高质量荣誉奖，含金量有多大？省长质量奖榜单又是如何出炉的？记者就此采访了省长质量奖评审办公室以及相关评审专家，为您解读省长质量奖的评审。

省长质量奖评选：公平、公正、公开

“湖南省省长质量奖，简称省长质量奖，是省政府设立的

最高质量荣誉奖。”省质量技术监督局局长、湖南省省长质量奖评审办公室主任蒋新祺介绍，省长质量奖主要授予在省内登记注册、有广泛社会知名度和影响力、实施卓越绩效管理模式、质量管理水平和自主创新能力在国内同行业处于领先地位、取得显著经济效益和社会效益的单位，以及为我省质量振兴做出突出贡献的个人。

蒋新祺说，省长质量奖的评审，由多名专家组成的评审委员会对照相关标准进行重重审核、评选、公示，最后报省长审定批准，由省长颁奖。“整个过程公平、公正，除了评审专家、企业核心资料保密外，其余都是公开的。”

评审标准体系源自美国国家质量奖

省长质量奖评选依据是《湖南省省长质量奖管理办法》，评价标准是国家标准《卓越绩效评价准则》。省质监局质量管理处处长胡俊平先后参与组织了 4 届省长质量奖评审。他向记者介绍，我国现行的评审准则相关标准体系，源自美国国家质量奖评价准则，这也是国际上众多著名企业成功经验的总结。

记者翻阅评价准则，其评审内容包括领导、战略、顾客与市场、资源、过程管理等 7 大领域，每个领域又分若干细则。

比如，市场满意度测评一项，细分为顾客期望、感知质量、感知价值、顾客满意度、顾客抱怨、顾客忠诚度等 6 个基本方面，设计了 20 个信息采集分析。

产品品质功能、外观、颜色等能在多大程度上满足顾客个性需求，售后服务是否及时、方便，产品价格与质量是否相符等，都是评审中要细化的考核项目。“省长质量奖是‘全能考核'，并非'单项冠军'。要想获奖，仅仅'优秀'还远远不行，必须做到'卓越'。”胡俊平说。

今年省长质量奖的评审，按照《湖南省省长质量奖管理办法》规定的标准和秩序，评审办公室在各市州上报的企业和个人中，经过资格审查、资料评审，筛选出10家企业和2名个人进入现场评审程序。

首先，从评审专家库中选出6名专家，对申报单位和个人的资料进行审核。参评对象如果触碰了以下“红线”中的任何一条，均会剔除出局：凡是不符合国家产业、环保、质量政策的；近3年内发生过质量、安全、环保、卫生责任事故的；近3年内有产品抽查不合格、出现过重大质量投诉的；近3年有违反法律法规和不诚信等不良记录的。

过了这一关的参评对象，才有机会进入下一轮。由评审委员会组织省内外专家，对余下的参评对象进行现场评审。

由国内知名的3位质量管理专家担任组长的12名专家组成的专家组、8名观察员组成3个评审组，对每家企业进行为期3天左右的现场评审。由评审组专家按照标准对参评对象进行严格考核、打分。

“专家评审程序繁杂，评审员的一举一动均有观察员监督。”胡俊平介绍，观察员要监督评审员的廉洁自律情况，并填写记录表；评审员实行动态管理，一旦有任何违规行为，立马取消其评审资格，不再参与任何评审工作。

第三步进入市场满意度测评。这项工作由省统计局民调中心组织实施。2013年度省长质量奖评审，民调中心对通过现场评审的8家企业的4000多家客户进行了随机调查，并分别提交顾客满意度测评报告。

在综合评审结果的基础上，评审委员会召开全体会议进行投票表决，按得票多少评选出省长质量奖拟获奖单位和个人。此名单在媒体进行 7 天公示且无异议后，再报省长审定批准，给予表彰奖励。

获奖者是当之无愧的行业标杆

这次获奖对象，涉及生产、农产品深加工、旅游服务，还有为质量振兴做出贡献的个人。“获奖者均在各自行业内达到了卓越，是当之无愧的行业标杆。”胡俊平称。

在“全能”卓越的同时，每个获奖对象也有各自特点。

熙可食品有限公司 18 年来在其食品质量安全方面树立了口碑，其产品通过了美国 FDA、英国 BRS、欧盟 IFS 等质量认证体系，产品销往美国、欧盟、加拿大、澳大利亚、日本等国，柑橘罐头出口排名全国第一。该公司构建从田间到商场货架的产品溯源体系，公司生产的任何一件产品来自哪块土地、哪户农家，进口料件来自哪个国家、哪个供货商，均可在 2 小时内追溯到。产品原料甚至可以追溯到单个农民。董事长阳国秀表示，此次获奖既是对熙可食品卓越管理能力的肯定，也是对熙可食品在追求科学管理道路上取得成功的肯定。

晚安家居、高斯贝尔两家在客户精细化服务上有独到之处。针对不同区域，在产品品种、价格、性能等方面实行细分；对客户提出的个性化需求，尽可能满足，“哪怕只需要一件，也同样满足”。

凯美特气体股份公司拥有国内首创的二氧化碳动态减压提

纯工艺，二氧化碳产品纯度达到99.99%。其食品级二氧化碳产品通过可口可乐、百事可乐认证，是国内外众多饮料企业的原料供货商。

华菱光缆是中国“特种线缆领跑者”，其产品通过了美国ABS、法国BV、挪威DNV和英国船缆认证，在航空、航天领域得到广泛应用。

张家界旅游集团股份有限公司，是服务行业首次获评省长质量奖的企业。其首创的亲情化、个性化、标准化、规范化旅游服务模式，提升了旅游服务的核心竞争力和盈利能力。

获奖个人中，刘可安是南车时代电气股份有限公司总工程师，主持攻克了多个牵引传动控制领域技术难题，成功打破国外技术垄断。他积极承担相关领域国际标准的制定，创造性地建立健全了涵盖市场营销、设计开发、采购、生产制造、产品服务等全流程的质量保证体系，有效推动了我国轨道交通控制系统产品质量达到国际先进水平。

现为三一集团董事、总裁的唐修国，是三一集团创始人之一。多年来，他始终坚持“品质改变世界”的核心经营理念，持续创新质量管理模式，致力打造具有“绝对竞争优势”的产品，助推三一集团成为全球第五的工程机械制造商。

（本文为作者与李伟锋合作，载2014年10月10日《湖南日报》第8版）

赫山，为何粮食连年丰收

三伏天的益阳赫山区农村，金灿灿的稻浪随风起伏，预示着又一个大丰收年的到来。

今年赫山区的早稻，虽经历了持续阴雨，但产量绝不亚于历史上的任何一个丰收年。50 多万亩稻田，单产平均接近 500 公斤，总产量在 2.7 亿公斤以上。

进入新世纪以来，该区粮食生产曾连续 5 年获国务院和国家农业部“粮食生产标兵县”“粮食生产先进大县”光荣称号。

“如今种粮食，是科技在当家”

“如今种粮食，是科技在当家。”在谈到赫山区粮食为何连年丰收时，区长邓正安说。

被誉为洞庭湖南岸“铁打粮仓”的赫山区，曾先后被国家和省里定为“水稻种植技术推广示范县”“双季稻机械化增产模式攻关试点县”。

全区推广的 50 多个双季稻新品种，几乎汇集了国内外水稻领域的全部精华。据农业部门的统计，近5年内，该区先后引进推广优良品种30多个，种植总面积超100万亩，每年以5%到7%的速度递增。

与此同时，区里大量研发、引进推广种植新技术20多项，并大力推广双季稻全程机械化生产模式。目前，全区水稻生产机械化水平达75%，其中机耕、机收率达到95%。

“种粮大户挑起了大梁”

“赫山粮食连年丰产，种粮大户挑起了大梁”，赫山区农业部门负责人对记者说。

该区农业部门充分利用农业土地合理流转政策机遇，大力发展种粮大户。目前全区30亩以上的种粮大户已发展到3345户，与10年前相比，增加近2000户。

“种粮食同样有奔头。”兰溪镇新兴村农民石见强感慨。他是个种粮高手，除有先进的种粮理念外，还特别善于精耕细作。5年前，他承包了临近乡镇40多亩抛荒地种粮，每年产量都超过40吨，年纯收入都在10万元以上。

赫山区种粮大户所产粮食，占据该区粮食生产的近半壁江山，早晚两季年产粮总量达到2.4亿公斤，相当于全区粮食总量的45%。

“兰溪米市是第一推手”

“赫山粮食生产几十年旺盛势头不减，兰溪米市是第一推手。”在探究赫山粮食生产经久不衰的深层原因时，区委书记贺辉这样认为。

横贯东西的省道308线两侧，兰溪镇密密麻麻的大米加工厂，多达160多家。

兰溪米市不仅完全消化了本区的粮食，每年还从周边县市及全国各大交易市场调入粮食150万吨以上，年产大米及副产品达200多万吨，年创产值在50亿元以上。

“有米市，粮食变现就能吹糠见米。”粮农们这样形容兰溪米市给他们带来的实惠。

（本文为作者与孙立民合作，载2014年9月1日《湖南日报》第5版）

一键在手 操控全盘

——长沙市定王台街道借助网络实现网格化管理

今天上午，长沙市芙蓉区定王台街道办事处的超大型网络显示屏幕上，清晰地看到识字岭路口发生严重交通堵塞，南北东西双向被堵得水泄不通。街道办主任尹卫乐正在值班，他轻轻移动鼠标，指挥辖区增派交通疏导员。不到10分钟，堵塞点的画面上出现了10多名志愿者，交通也因此很快恢复正常。

所谓街道网格化管理，就是将城区划分为一个个行政性"网格"，运用网络技术，把街道管理的所有职能、工作等汇总到"网格"内，真正实现工作在网格中落实，问题在网格中解决，绩效在网格中检验。今年新组建的定王台街道办事处，从成立的第一天开始，就把街道社会管理的数字化、信息化、可视化建设作为创新社区管理模式的头等大事来抓，先后投入资金300多万元，集中研发出涵盖经济发展、人口管理、社会治安、安全生产、舆情信息等三维可视化网格管理系统。通过该系统，把全街道多类职能、数据等与时空对接，利用数字化平台，多视角、高智能地管理街道的一切事务。

2012年10月22日上午8时30分，超大屏幕上出现异常画面：古稻田巷18号总水阀门突然爆裂，水柱腾起1米多高，周围的多家商业作坊被迫停工，近300户居民全部断水。值班室及时将情况反馈到自来水公司，不到20分钟，就排除了险情。

编后语：社区管理是我们面临的一个重大的课题，如何使它进入一种智能化、科学化的管理，是当前各级城市行政管理部门考虑最多的问题。定王台街道借助现代网络技术，把管理的各项职能和工作全部纳入网格式管理，一键在手，操控全盘，所有工作都在顷刻之间落实到位。定王台的做法值得借鉴。

（本文为作者与余新勇合作，载2012年11月7日《湖南日报》第4版）

秦建国：装修包工头不好当

“家装小包工头不好当哦，拼支队伍不容易，装修师傅要价也越来越高。”2013 年 3 月 18 日，记者在长沙市开福区归心苑小区采访房屋装修包工头秦建国时，他一开口就大倒苦水。

秦建国介绍，如今的装修市场，除规模较大的装修企业外，所有中小装修公司，几乎都是采用这种用工方式：包工头拉到业务后，分成设计、泥工、水电工、木工、油漆工、门窗玻璃工等，分别到市场上去找相对专业的班子施工；由这支拼凑起来的队伍，共同完成一个装修项目。

“我以前常年在广州、深圳搞装修，那时候做事爽啊，拉支队伍一呼百应，根本用不着担心找不到做事的。”提起以前滋润的岁月，秦建国一脸的笑。

2007 年初，秦建国在深圳承接了两套别墅的装修，用工消息刚一公布，找上门来的队伍就有 20 多支，通过面试和资质审查，很快就选定了其中的两支队伍。这两支队伍功能都比较齐全，在当地也小有名气，分别提前 20 天和 15 天保质保量完成了任务。业主高高兴兴地结了账。

2012年初，秦建国回到湖南做业务，接到了一处小型工装和一处小区别墅的装修。好不容易揽到活，没想到装修队伍这么难找。他先后用了3个月时间，动用了过去的所有业务关系，才把队伍凑齐。

2012年4月份正式动工后，问题却接连不断，不是设计不到位，便是水电铺设不合理；不是队伍来不齐，便是找不到临时搬运工。

“现在装修这么难搞，仔细一想也正常。”秦建国介绍，主要是劳动强度大。以一套160多平方米房屋为例，泥工班子，一天要搅拌近3吨混凝土，所有瓷砖要一周铺设完；木工班子，要在半个月内完成整个装修工程的木工任务。为赶工程进度，有时只能不分昼夜加班加点。正是这样，很多农民工都不想干这种繁重的体力活。

装修难搞，另一方面是技术要求高。装修可不能小看哦，这是一个实实在在的技术活。技术好的不愿来，技术差的干不了。秦建国介绍，正在装修的归心苑小区这套房子，木工这一块，就换了3拨人：第一拨木工师傅技术好，嫌工价低，不愿意做；第二拨做了几天，不会按图纸施工，被炒了鱿鱼；到第三批正式确定下来时，已耽误了近半个月工期。

“现在装修的钱不好赚，主要是装修工的工价提高了。”秦建国介绍，现在装修工的工价早已不是前几年的概念了。泥工每天在300元至500元之间，木工也要300多元；至于技术要求较高的水电工，工资还要高得多。平均下来，一个装修工一个月的纯收入至少超过6000元；勤奋一点的、技术更好一点的，月收入可过万元，的确比一般的白领工资高。

“装修工的工资高，站在他们的角度看，其实也好理解。”秦建国介绍，他的队伍全部是来自农村的劳动力，都没有参加医疗、养老等社会保险，一旦发生什么人身安全事故，无任何社会保障可言，都得靠自己或家里人来掏腰包，工价要得高一点，也是情理之中的事。

“装修市场越来越大，但也越来越不好做，他这个小包工头要顺利做得下去，只能走一步看一步了。”采访结束时，秦建国感叹。

（载 2013 年 3 月 20 日《湖南日报》第 2 版）

25 岁“业余村官” 舍己救人牺牲

2014 年 6 月 14 日，衡阳县岘山镇彭家村水毁工程建设工地，被称为“业余村官”的谭国栋驾驶的一辆装载车突然刹车失灵，一头冲向防洪堤下作业的村民。为了让 7 个村民赢得宝贵的逃生时间，谭国栋放弃逃生机会，献出了自己年仅 25 岁的生命。

前不久，彭家村主渠道和防洪堤被洪水冲毁。事发当天，谭国栋正参与工程抢修。下午 3 时多，因施工现场水泥已用完，谭国栋驾驶装载车从一公里外的储料场往工地运送水泥。行至施工处准备卸货时，意外出现了，装载车刹车失灵！“大家快躲开，刹车失灵了，快、快躲开……”谭国栋一边拼命呼喊，一边紧握方向盘，并死死踩住刹车。4 米高的防洪堤下有 7 个村民，由于事发突然，他们还在紧张作业。正在地面准备卸水泥的村民汪胜生和汪衡中，迅速搬来石块，准备塞住装载车的车轮，但石块根本阻挡不了 10 吨重的装载车前进。

情况非常危急，谭国栋把头探出车外，继续呼喊。正当谭国栋准备打开车门跳车时，耳边传来村民急促的呼喊声："贺少林，赵顺耀，你们快躲开……"原来，有4个村民已迅速撤离到安全地带，但距离较远处还有3个村民在埋头施工。听到大家的呼喊，谭国栋迅速把头缩回车内，双手牢牢握着方向盘，同时拼尽全身力气大声呼喊："快躲开……"听到谭国栋的呼喊声，贺少林等3个村民迅速闪到一边。呼啸而来的装载车擦着贺少林的背，重重地撞到了防洪堤下。

大家哭喊着冲向装载车时，谭国栋已被挤压得血肉模糊。"他完全有机会逃生的，如果他跳车逃生的话，死的就是我们了……"劫后余生的贺少林哽咽着说。

事发后，村民告诉记者，谭国栋不是彭家村村民，他之所以到村里工地施工，是为了帮助在村里当支书的舅舅吕少平。原来，谭国栋7岁丧父，是在彭家村外婆家长大的，19岁时跟随舅舅吕少平到北京经商。今年3月，一直热心村里公益事业的吕少平被选为村党支部书记，谭国栋也随舅舅回到彭家村，义务当起了舅舅的"助理"，为村里各项工作忙上忙下。谭国栋从小在彭家村长大，又热心村里公益事业，因此被村民们亲切称为"业余村官"。

（本文为作者与朱章安、张福芳、刘魁春合作，载2014年6月17日《湖南日报》第1版）

我收获最多的是感动与责任

在田间和地头与勤劳朴实的农民同劳动，在街头和巷尾与大妈大伯们拉家常，在重大项目建设中与当地干部群众同吃同住同劳动，许多令人感动的场景，像电影一样，时刻在我的脑海中涌现，一遍又一遍地重复着。

2014 年 5 月下旬，根据省委宣传部统一安排，我作为《湖南日报》的年轻记者，参加了全省新闻工作者下基层的实践锻炼。我所锻炼的地点是衡阳县的曲兰镇。

曲兰，是湘南地区的一个古老而充满生机的小镇。这里有山有水，风景秀丽，民风淳朴，物产丰富。虽然，从整体上看，属于丘陵地带，但很多植物却充满水乡特色，如湘莲、苇草等。

在这片美丽如画的灵山秀水之中，我非常有幸地度过了难以忘怀的 60 个日日夜夜。在这里，我真的得到了很多，也学到了很多。然而，我收获最多的还是感动与责任。

一段没有距离的贴近经历

5 月 27 日这天，我们没有做任何停留，径直来到距衡阳县城约 80 公里的曲兰镇，镇里安排我们住进了当地的一个农户家中。

我们的主要工作是协助宣传委员和副镇长搞工程拆迁。省内有条高速横穿曲兰镇，乡亲们充满企盼，称之为“一条富路过曲兰”。

但拆迁动起真格来，却遇到了不少阻力。宣传委员和副镇长责任心特强，每天不管刮风下雨，他们总是在天亮前就起床了，赶上 10 多里路，来到拆迁现场，和往常一样，挨家挨户去做工作，我也一步一步地跟着他们。

故土难离，一些农户随你苦口婆心地劝说，反正无动于衷。他们见状，今天不行，明天再来，明天不行，后天又上门……循环往返，不厌其烦。大多数农户被副镇长的这种精神所打动，最终签订了拆迁协议。

但总还有那么几个“钉子户”铁板钉钉地立在那里，纹丝不动。他们也毫不畏难，还是热脸贴冷脸地去做工作。

我看到这些，跟他们建议说，何不叫执法部门来治治他们。宣传委员摇摇头：“问题弄僵了更难办，做农村工作，吃不了几碗冷饭是办不成事的。”

他们的精神使我深受感动，那时候，我的内心就对眼前的这两位乡镇干部多了一份敬重之情。

我工作和生活在大城市，对于农村春种秋收和农活究竟多辛苦，像一张白纸没有概念。我刚来曲兰的时候，早稻还处在包浆抽穗阶段，没过多久，满田满垅便翻起了金浪。我意识到，粮食应该到了收割的季节。

我住的村子，绝大多数农户都种有稻子，我便自觉地参加村民的抢收劳动。

7月中旬的一天，我特意6点钟起床，去参加一户村民的抢收劳动。一到田边，只见收割机在不紧不慢地向前推进，打包好的稻草整齐地留在了机器后面的田里。田埂上开来了运谷子的手扶拖拉机，几个上了年纪的农民将一袋袋粮食扛上车子。我赶紧加入扛稻谷袋的行列。我这个个子快一米八、体重一百八十多斤的汉子，费了九牛二虎之力才把一袋谷子扛到肩上，但没走几步，袋子又从肩上滑了下来。当我再想去扛时，一位年近50的大叔赶紧跑到我身边："别难为你了，我来。"只见他一手拧着袋口，一手托起袋底，身子一蹲，很快就把谷袋扛走了。

眼前这一幕，除自己感到脸上火辣辣的外，更多的是对农民兄弟的敬佩。

一次触及灵魂的传统教育

我很小的时候就能背诵革命烈士夏明翰的就义诗："砍头不要紧，只要主义真，杀了夏明翰，还有后来人。"

这次下基层，非常幸运地参观了夏明翰烈士的故居，故居就在曲兰附近的洪市镇。刚到曲兰的一个双休日，我和几个走基层的同事，特意来到故居参观。

故居坐落在山水相依的洪市镇礼梓村，故居门前"全国爱国主义教育基地"等各种牌匾赫然醒目。故居面临水塘，背倚卫冲山，坐北朝南。

夏明翰是伟大的革命先驱，杰出的无产阶级革命家、政治家，是100位为新中国成立做出突出贡献的英雄模范人物，是毛泽东主席亲自发展的第一批中共党员，1928年英勇就义，就义时才28岁。

故居大厅，陈列着烈士的铜像，庄严肃穆，400多件文物中，尤以烈士的就义诗引人注目。参观的人们总是在这里驻足不前。我来到这里，心情十分沉重，不由得联想到烈士的当年，联想到无数革命先烈，为了人民的事业、为了伟大的信仰英勇牺牲的可歌可泣的事迹，联想到先烈们用鲜血和生命换来了我们今天的幸福生活，从而更加激发了我们这些"后来人"继承先烈遗志，在党的领导下发奋努力，去完成先烈的未竟事业，建设伟大富强的祖国。

说老实话，作为"80后"，我接受这种教育的机会很少。身临其境、耳濡目染，除了感动、深受教育，一种责任与担当之情油然而生。伟大的烈士们，安息吧，传承的接力棒，我们已牢牢地接过来了。

一场湖湘文化的精神洗礼

这次走基层，意外收获真是一个接着一个。被誉为"东方黑格尔"的伟大哲学家王船山的故居就在曲兰镇。工作之余，我们来到了王船山的故里。

王船山又名王夫之。王船山是湖湘文化的精神源头，他与西方的黑格尔被称为世界哲学双子星座，是中国朴素唯物主义思想的集大成者，启蒙主义思想的先导者。

说到湖湘文化的开创者，可以追溯到几千年以前。最初有楚国的屈原，留下《离骚》《九歌》《湘夫人》等不少湖湘地域的千古绝唱；后来有杜甫游长沙时也写下了不少诗篇。真可谓流派众多、举不胜举。

然而，发展到王船山所生活的年代，其内涵已发生本质性变化。王船山的“道莫盛于趋变”的思变思想，则是吹响了湖湘文化走向高峰的进军号。

“六经责我开生面，七尺从天乞活埋”是王船山自画像的中堂联。表明了他凛然的崇高气节、中华文化继往开来的历史责任感。倡经世致用、实事求是之学，自成一家，蔚为一代宗师。

现在人们所概括的湖湘文化“心忧天下，敢为人先，经世致用，兼收并蓄”及“吃得苦、耐得烦、霸得蛮”等，均依稀可见船山先生关于湖湘文化的思想精髓。

宗师之学说，内涵深刻，教义深远。掌握船山先生与湖湘文化的渊源，对于了解湖湘文化脉络，领会湖湘文化乃至中华文化的精髓，都有十分重要的历史意义和现实意义。

参观王船山故居，我感受最深的是，源远流长的湖湘文化之所以具有无限的生命力，是因为它的博大精深和与生俱来的永远向上的内在动力。探求船山先生的心路历程，使人感到经受了一次中华文化特别是湖湘文化的精神洗礼，真有茅塞顿开、豁然开朗的快意。

一个感天动地的生死抉择

6 月 14 日，距我驻地不远的岘山镇彭家村水毁建设工地，发生了一桩惊心动魄的车祸，在危急关头，当事人用自己年轻的生命，谱写了一首感天动地的悲壮之歌。

今年25岁的谭国栋，是一名建筑工地的装载车驾驶员。这天下午，他驾驶的车子突然刹车失灵，一头冲向正在防洪堤下作业的村民。为了让7名村民赢得宝贵的逃生时间，谭国栋放弃了逃生机会，献出了自己宝贵的生命。

我第一时间赶到了现场，看到的是悲惨的一幕：谭国栋的车子翻倒在防洪堤下，他的身子被挤压得血肉模糊。“他完全有机会逃生，如果他跳车逃生的话，被撞的就是我们了……”劫后余生的贺少林哽咽着说。

不到半个钟头，出事地点便来了好几百名村民，男女老少万分悲切，人群中不时有人失声痛哭。我身边一位老大娘泣不成声：“这孩子从小没有父亲，是外祖父和舅舅一家把他拉扯大的。”谭国栋对舅舅感情很深，他这次来工地，完全是为了帮在该村当党支部书记的舅舅的忙才来做义工的。

我被眼前的情景所感动，被村民们的悲情所感动，更被舍己救人英雄的事迹所感动，泪水夺眶而出。

良知的呼唤，责无旁贷，一定要把英雄的事迹宣传出去。我采写的《25岁“业余村官”舍己救人牺牲》一稿很快在《湖南日报》一版显要位置见报了。

（本文原载中共湖南省委宣传部、湖南省新闻工作者协会编《记者在基层》之八）

跋

三十多年的光阴，我几乎全部混迹在新闻人堆里。我的父亲从地方做新闻，一直做到《湖南日报》专业记者，爬了几十年的“格子”。我身边的叔叔阿姨都是耳熟能详的新闻人。耳濡目染、潜移默化，自己也不知不觉地爱上了这份“爬格子”的事业。大学毕业后，很快美梦成真，成了《湖南日报》的专业记者。《梦旅回眸》这本小册子，与其说是本短篇通讯集，不如说是本人几年工作的一份记录。撰写这些文字应该是自己的一份本职工作，是党报这个“码头”优势成全了我。说到这里，我特别要提到湖南省总工会的各位领导的支持。本书的文章极大部分是关于劳模和工匠等典型人物的典型事迹，而这些典型人物的线索与材料大部分来自全省各级工会。工会是工人的家，是劳动者的家。适时宣传报道这些典型人物的典型事迹，是对伟大时代的讴歌，也是一个党报新闻工作者义不容辞的责任。全省各级工会的领导同志，为本人完成这样的使命做了大量的工作，提供了诸多便利，在此，本人表示深深感谢！

“初出茅庐，不知深浅。”包括实习的时间，在新闻工作岗位上，本人满打满算也不足八年，要出版新闻专著，真有点不知天高地厚，加上具有特别影响力的作品不多，题材选择上，又偏偏选了新闻写作中难度最大的短通讯，这样一来，真让人有些底气不足的感觉，担心小册子难登大雅之堂。好在这些作品曾经历过“破五关，斩六将”的严格审核，且全部在省委机关报上公开发表过，传递的都是正能量，对于凝聚人心、弘扬正气，歌颂英雄人物和伟大的时代精神，产生的是积极作用，这一点对本人来说值得欣慰。

本书的出版，是领导关怀、同事关照、朋友抬爱的结果。《湖南日报》社委、副总编辑邓献忠先生在百忙中抽出时间为本书写下了激情洋溢的序言，从政治高度和专业角度对本书作者和内容给予了极高评价；在书稿收集整理期间，益阳电视台总编室主任杨亚夫先生果断安排专门时间，从《湖南日报》3万多个见报版面中大海捞针式地“捞”出了书稿的100多篇短通讯，并打印整理成初样；高级编辑陶田阶等前辈，顶着夏秋的酷热，为大部分作品进行了精彩点评，这种点评成为本书的亮点和高点；书法家段传新先生热情为本书题写书名；在联系本书出版印刷和后续相关工作中，曾长林先生做了大量的工作。这里要特别提出的是经济新闻中心的多位领导和同仁，对本人写作予以支持和帮助，并为此付出了辛勤的劳动与心血；同时，湖南人民出版社总编辑李雄伟先生和相关编辑同志，在编辑、审稿工作中给予了热情支持。谨借本书公开出版发行的机会，一并表示最诚挚、最衷心的感谢！